Das Buch

»Die gewöhnlich barschen israelischen Sicherheitsbeamten schüttelten resignierend den Kopf, derartige Anfälle
jiddischer Mammeliebe waren gewiß schwerer zu bekämpfen als palästinensische Terroristen.« Samuel Goldmann, Student, soll endlich erwachsen werden. Seine
Mamme will nicht, daß er ständig mit Schicksen rum-
macht. Er soll gefälligst eine Jüdin nehmen, und zwar zur
Frau. Doch Samuel flüchtet vor der übermächtigen Mutter nach Israel. Ein Stipendium soll es ihm ermöglichen,
die volkswirtschaftliche Bedeutung der israelischen Eisenbahn zu erforschen. Erst einmal allerdings erforscht er
Karin, Rebecca, Sara, Verena und Margalith. Die Frau-
en, allen voran seine Mamme, treiben ihn in das Netz
der Ehe. Aus der Ehe-Intrige wird ein Ehe-Zeremoniell,
und alles nimmt ein glückliches Ende. Glücklich für
wen? Für Mamme, natürlich.

Der Autor

Rafael Seligmann, 1947 in Israel als Kind deutschjüdi-
scher Emigranten geboren, war zehn Jahre alt, als seine
Eltern nach Deutschland zurückkehrten. Nach Hand-
werkslehre und Abitur studierte er Geschichte und Politik in München und Tel Aviv. Seit Ende der 70er Jahre
Journalist, u. a. als Chefredakteur der ›Jüdischen Zeitung‹. 1982 Studie über ›Israels Sicherheitspolitik‹. Von
1985 bis 1988 war Seligmann akademischer Rat am Ge-
schwister-Scholl-Institut der Universität München; seit-
dem freier Schriftsteller. Sein erster Roman ›Rubinsteins
Versteigerung‹ erschien 1989.

Rafael Seligmann

Die jiddische Mamme

Roman

Deutscher
Taschenbuch
Verlag

Von Rafael Seligmann
ist im Deutschen Taschenbuch Verlag erschienen:
Rubinsteins Versteigerung (11381)

Ungekürzte Ausgabe
Mai 1996
Deutscher Taschenbuch Verlag GmbH & Co. KG,
München
© 1990 Eichborn Verlag, Frankfurt am Main
ISBN 3-8218-0142-5
Umschlagbild: ›Bildnis Jeanne Hébuterne‹ (um 1918)
von Amedeo Modigliani
Satz: Ebner Ulm
Gedruckt auf säurefreiem, chlorfrei gebleichtem Papier
Druck und Bindung: C. H. Beck'sche Buchdruckerei,
Nördlingen
Printed in Germany · ISBN 3-423-12172-6

INHALT

SAMUEL

Ein schmerzhafter Fall

> »Ehre Vater und Mutter«
> · 2. Mose 20, 12

Seit meinem Aufwachen hatte ich darauf gewartet. Endlich war es soweit.

Der Abend brach an. Bella, meine wunderschöne Mamme, nahm mich in ihre Arme. »Wie geht es meinem Jingele?«

»Prima.«

»Wollen wir baden, Samylein?«

»Ja, Mammele.«

Bella reichte mir ihre Hand und führte mich ins Badezimmer. Das Wasser war schon eingelassen, es duftete nach Fichtennadeln. Behutsam zog Mamme mich aus. Ich durfte ins lauwarme Wasser. Dann wandte sich Bella halb ab und schlüpfte rasch aus den Kleidern.

Ich liebte den Anblick ihres rundlichen Körpers, ihre blaßrosa Haut, die prallen Brüste mit den fingerhutförmigen rötlichen Warzen, den leicht gewölbten Bauch, das dunkle Dreieck ihrer Schamhaare. Sie stieg zu mir in die Wanne. Mit gespreizten Beinen glitt sie vorsichtig ins Wasser, »um meinem Jingele nicht weh zu tun«. Ich roch Mammes Duft, ein Gemisch aus Puder, 4711, Niveacreme und Schweiß. Sanft umfingen ihre Waden meine Pobacken. Ich griff nach ihren runden Knien und streichelte ihre fleischigen Schenkel.

Bella zog meinen Kopf an ihren Busen. »Samylein, mein ein und alles, was wäre mein Leben ohne dich?«

Ich schmiegte meine Wangen an die zarte Haut ihrer Brüste. Nachdem ich ihre Umarmung eine Zeitlang genossen hatte, richtete ich mich wieder auf. Mammes Züge waren gelöst. Plötzlich stemmte sie sich hoch. Das Wasser tropfte von ihren Brüsten und von ihrer Scham.

»Willst du schon aus dem Bad, Mammele?«

»Keine Angst, Samylein. Ich habe nur den Waschlappen vergessen, um mein Jingele ordentlich einzuseifen«.

»Bleib hier, Mamme, ich hol ihn dir.« Sogleich sprang ich auf.

»Laß das, Samy, du könntest ausrutschen und hinfallen, und ich will nicht, daß mein Liebling hinfällt und sich weh tut.«

Ich mußte ihr zeigen, daß ich schon ein großer Junge war, daß ich meiner Mamme helfen konnte. Also stieg ich aus dem Wasser, watschelte über die kalten Fliesen zum Waschbecken, zog ein Frotteetuch aus dem Regal, tippelte vorsichtig zurück und stieg wieder ins warme Wasser. Aber Bella freute sich überhaupt nicht über meine Hilfe. Sie wurde sogar richtig böse und schimpfte: »Warum hast du nicht auf mich gehört und bist in der Wanne geblieben?«

»Ich wollte nur . . .«

»Du hast nichts zu wollen! Wenn deine Mamme dir sagt, daß du im Bad bleiben sollst, dann hat sie ihre Gründe. Du hättest dir Arme und Beine brechen können.«

»Aber ich wollte dir doch nur eine Freude . . .«

»Eine schöne Freude wäre das gewesen, wenn sich mein Sohn den Hals gebrochen hätte!«

»Aber . . .«

»Kein Aber! Wenn ich dir etwas sage, dann hast du zu gehorchen, verstanden!« schrie Bella.

So kannte ich meine Mamme nicht. Sonst war sie immer so verständnisvoll, sogar wenn ich Unsinn anstellte. Was hatte sie heute? Liebte sie mich nicht mehr? Bei dieser furchtbaren Vorstellung füllten sich meine Augen mit Tränen. Als Bella es sah, hockte sie sich wieder ins Wasser und drückte mich an ihren Körper. Ihre Hände streichelten meine Wangen. Bellas Stimme wurde wieder ganz weich.

»Samylein, deine Mamme liebt dich. Aber gerade weil ich dich liebe, weiß ich am besten, was gut für dich ist. Wenn ich ein wenig streng war, dann nur aus Sorge um dich.«

Sicher hatte sie recht. Nur sie liebte mich wirklich. Nur sie nahm sich immer Zeit für mich – nicht mal mein Vater Herschl tat das. Statt dessen saß er den ganzen Tag im Geschäft und hatte trotzdem kaum Geld, wie Bella mir sagte. Weil mich ihre Schelte so traurig gemacht hatte, verwöhnte sie mich heute besonders. Sanft massierte sie mich mit dem Lappen. Mir ging es schnell wieder gut.

»Jingele, Jingele. Du weißt ja gar nicht, wie viele Gefahren in dieser Welt auf dich lauern. Nicht nur nasse Böden sind gefährlich. Es gibt soviel Böses überall, vor allem schlechte Menschen. Nur deine Mamme weiß dich davor zu beschirmen und zu beschützen.«

Bella umarmte mich.

Nachdem sie mich gewaschen hatte, seifte sie sich selbst sorgfältig ein, ihre Arme, ihren Busen, ihren Bauch, ihr Geschlechtsteil. Wohlig schaute ich ihr zu. Danach lehnte sie sich kurz zurück, schloß die Augen, ihr leicht gerötetes Gesicht entspannte sich. Meine Mamme sah so friedlich und liebenswert aus. Schließlich erhob sie sich und stieg aus der Wanne. Ich wollte ihr folgen.

»Samy, bleib noch einen Moment im Wasser. Ich muß mich erst abtrocknen.«

Ich hatte ihr doch gerade erst bewiesen, daß ich allein aus der Wanne klettern konnte, ohne auszurutschen. Kaum drehte sie mir den Rücken zu, stieg ich auf den Wannenrand. Bella sah es.

»Nein, du Idiot!« schrie sie.

Wegen ihres Gekreisches rutschte ich weg und stürzte kopfüber zu Boden. Ein furchtbarer Schreck überkam mich. Ich spürte einen brennenden Schmerz im Gesicht. Ich weinte.

»Mamme, Mamme, hilf mir! Mamme, es tut so schrecklich weh.«

Bella stand genau über mir und lachte. Wirklich! Meine Mamme lachte. Ihre Stimme klang fern und fremd und kalt: »Das hast du davon, du Schlemihl, daß du nicht auf mich gehört hast. Tausendmal habe ich dir verboten, allein aus der Wanne zu gehen. Tausendmal!« Sie lachte grimmig.

Meine Mamme mußte mir doch helfen. Es tat so grausam weh. Warum half sie nicht? Ich mußte einfach kräftiger weinen. Vergeblich.

Ungerührt zog Bella sich an. »Wer nicht hören will, muß fühlen!« meinte sie endlich, ließ mich heulend auf dem Boden liegen und ging aus dem Badezimmer. Ich weinte lauter und lauter. Sonst hüllte sie mich immer in ein dickes Handtuch, kaum daß ich aus der Wanne war. ›Damit sich mein Jingele nicht erkältet.‹ Warum ließ sie mich heute auf dem kalten Fußboden liegen? Ich heulte, so laut ich konnte. Irgendwann mußte ich ihr doch leid tun.

Nach einer Ewigkeit hörte ich ihre Schritte – endlich kam sie, um mich zu umarmen. Ich schrie auf, um meine Mamme ganz sicher herzulocken. Bella blieb vor der Tür stehen.

»Halt den Mund!« rief sie knapp und löschte das Licht.

Verloren lag ich im Dunkeln.

MAMME

Ein lachhaftes Trauma

Und diese läppische Episode soll eine »zentrale Rolle in meinem Frauenbild« spielen? Der Rosenfeld spinnt. Ich werde meinen Therapeuten wechseln oder ganz damit aufhören. Ich bin doch nicht verrückt. Nur ein wenig niedergeschlagen, weil meine Frau Sara mich aus heiterem Himmel verlassen hat. Statt sich mit meinen wirklichen Problemen zu beschäftigen, jongliert dieser Seelenakrobat mit meiner Kindheit. Selbstverständlich, so dauert die Therapie länger, und er verdient mehr. Seit Wochen hackt er auf dieser Badegeschichte herum. Wozu? Das ist doch 40 Jahre vorbei.

Ich war damals ganze drei Jahre alt oder so. Es ist wohl meine früheste Erinnerung. Ich weiß nicht mehr genau, was damals wirklich geschah. Alles ist diffus. Vielleicht irre ich mich. Sicher! So schlimm kann es nicht gewesen sein. Angenehm war es nicht, auf die Schnauze zu fallen und von Mamme liegengelassen zu werden. Aber ich war selbst schuld. Bella hatte mich gewarnt, nicht rumzuzappeln. Ich wollte nicht auf sie hören, deshalb bin ich hingeflogen. Ich hätte mir tatsächlich Arme und Beine brechen können. Ihr blieb nichts übrig, als ein wenig streng mit mir zu sein. Das ist doch ganz in Ordnung. Jedenfalls für normale Menschen. Natürlich nicht für den meschuggenen Rosenfeld. Der will mir daraus einen Mutterkomplexstrick drehen. Lächerlich! Ich habe meine Mutter geliebt, liebe sie immer noch! Bin ich deshalb verrückt? Mache ich mich strafbar? Steht schon in der Bibel, viertes Gebot: »Ehre Vater *und* Mutter!« Und dieser Miesmacher will mich gegen meine Mamme aufhetzen. Wahrscheinlich wird er mit seiner eigenen Mutter nicht fertig. Er ist einfach neidisch, daß Bella und ich uns lieben. Ja, lieben, und wenn es diesem eifersüchtigen Schmock tausendmal nicht paßt.

Meine Mamme und ich lieben uns, seit ich denken kann. Sogar in diesem kleinen, unbedeutenden Kindheitserlebnis wird das deutlich. Daran wird niemand etwas ändern können, schon gar nicht ein frustrierter Psychologe. Dieser Intrigant will unbedingt einen Keil zwischen Bella und mich treiben. Deshalb versucht er mir einzureden, daß meine Mamme mich damals im Stich gelassen hat – Unsinn. Ich war ungehorsam, deshalb bin ich hingefallen, obwohl mich Bella gewarnt hatte.

Daraus konstruiert dieser Seelengeschäftsmann fix eine Angst, von Frauen hängengelassen zu werden. Einen größeren Schwachsinn habe ich nie gehört. Meinem Einwand, daß ich den meisten Tanten den Laufpaß gegeben habe, begegnet er stets mit der gleichen verqueren Psycho-Logik: »Das mag Ihnen so vorkommen. Tatsächlich jedoch inszenieren Sie zwanghaft stets aufs neue die Verlassenheitssituation Ihrer Kindheit. Wenn Sie die Frauen scheinbar verlassen, dann lediglich, um ihnen zuvorzukommen.«

Zuvorkommen, scheinen, zwanghaft, schmanghaft. Der Kerl ist meschugge, das ist alles. Es ist allgemein bekannt, daß alle Psychoheinis spinnen. Die haben ihren Beruf nur ergriffen, um sich selbst zu therapieren – selbstverständlich vergeblich. Man muß ihn nur ansehen, dann weiß man Bescheid: Wie verschüchtert er im Sessel hockt und mich aus seinen braunen Äuglein fürsorglich ansieht. Wahrscheinlich ist er kontaktgestört oder weiß Gott was. Ich werde ihm empfehlen, selbst zum Psychiater zu gehen und mich in Frieden zu lassen.

Der Rosenfeld ist bloß eifersüchtig, daß ich immer so viel Flunsen habe, obwohl ich fast so häßlich bin wie er. Er hat's selbst gesagt: »Man könnte fast neidisch werden, wenn man hört, wie viele Frauen Sie haben.« Rosenfeld wäre wohl selbst gerne zwanghaft traumatisiert. Schafft er aber nie. Er ist viel zu verklemmt.

Wahrscheinlich hat *er* gewaltige Angst vor Frauen. Nicht ich! Ich liebe die Frauen, weil mir meine Mamme unendlich viel Liebe und Wärme geschenkt hat. Ja, geschenkt, ohne je eine Gegenleistung zu fordern. Das spüren die Mädels und wollen mich. Sie wollen mich, weil ich sie liebe. Ihre anschmiegsamen Leiber, ihre zärtlichen Hände, ihre weichen Brüste. Wenn sie mich in ihre Arme nehmen, mein Gesicht an ihren Busen drücken und meinen Kopf und Rücken liebkosen, während ich ihre Brustwarzen nuckle, fühle ich mich fast so sicher und geborgen wie früher bei meiner Mamme. Die Frauen sind bei mir glücklich, weil sie spüren, daß ich ihre Körper und Seelen verstehe, daß ich sie brauche und am liebsten ständig in ihnen baden möchte.

Unglücklicherweise ging es dennoch meistens schief. Weiß der Teufel, warum. Schade. Einerseits. Andererseits hat es auch seine Vorteile: Man lernt immer neue Frauen kennen und lieben. Trotzdem, ich habe mich immer nach einer harmonischen Beziehung gesehnt. Eine Verbindung, in der die Frau mir wirkliche, uneigennützige Liebe schenken würde. Allein deshalb habe ich geheiratet, sogar eine jüdische Frau, wie meine Mamme von mir forderte. Aus Angst, verlassen zu werden? Lachhaft!

KARIN IN DEUTSCHLAND

Die Schickse

Nehmen wir doch meine Beziehung zu Karin. Sieben Jahre waren wir zusammen, obwohl Bella Himmel und Hölle in Bewegung setzte, um uns auseinanderzubringen. Verständlich, denn Karin war eine Schickse, ihr Vater ehemaliger Nazi. Trotzdem hielten wir zusammen wie Pech und Schwefel. Angst, daß Karin mich verlassen wollte, hatte ich nicht. Im Gegenteil. Karin hing an mir wie eine Klette. Trotzdem hielt ich zu ihr, bis ich mich aus ihren Fangarmen winden mußte, um eine Katastrophe zu verhindern. Denn Karin hatte sich in den Kopf gesetzt, mich zu heiraten, und wollte sogar Kinder von mir. Einfach so. Skrupellos. Sie wollte nicht begreifen, daß eine deutsche Schwiegertochter und vor allem Nazi-Enkelkinder den sicheren Tod meiner Mamme bedeutet hätten. Ich konnte es ihr noch so oft geduldig erklären, sie blieb stur wie eine deutsche Eiche und schwatzhaft wie ein jüdisches Marktweib, das versucht, einem wankelmütigen Kunden alten Tinnef anzudrehen. Ständig lag sie mir in den Ohren:

»Samy, ich will auch so kleine schwarze Teufel haben wie dich!«

»Warum, die Bälger machen doch Tag und Nacht einen Höllenlärm?«

»Na und?«

»Was heißt: na und? Ich muß studieren, dazu braucht man Ruhe.«

»Dann warten wir eben mit der Heirat, bis du dein Examen gemacht hast.«

»Wozu heiraten?«

»Weil ich keine unehelichen Kinder haben will.«

»Du weißt haargenau, daß meine Mutter das nicht verkraften würde.«

»Warum?«

»Weil du eine Deutsche bist!«

»Sie ist doch selber eine.«

»Nein, meine Mamme ist eine Jüdin!«

»Dann werde ich eben meinetwegen auch eine von euch.«

»Du eine Jüdin? Da lachen ja die Hühner.«

»Wieso?«

»Weil es unmöglich ist.«

»Falsch, Samuel Goldmann. Ich habe mich erkundigt. Es ist ein wenig kompliziert, aber es geht.«

»Unsinn!«

»Doch! Euer Rabbiner hat es mir selbst gesagt.«

Diese Schickse schreckte wirklich vor nichts zurück. »Wer hat dir erlaubt, mit dem Rabbi zu sprechen?«

»Ich wußte nicht, daß ich dafür deine Erlaubnis benötige.«

»Du ahnst nicht, was du damit angestellt hast.«

»Nein, aber wie ich dich kenne, wirst du es mir sofort sagen.«

»Allerdings! Am gleichen Abend, an dem du mit dem Rabbi sprichst, weiß die ganze Gemeinde, daß ich eine Schickse heiraten werde.«

»Na und?«

»Na und!« brüllte ich. »Das heißt, daß auch Bella es erfahren wird oder schon erfahren hat . . . um Gottes willen! Wann warst du beim Thoramann?«

»Gestern.«

»Dann wissen's schon alle.«

Karin blieb ungerührt. »Samy, du spinnst. Deine Mutter weiß doch, daß wir ein Paar sind.«

»Ein Paar? Wie meinst du das?«

»Wie ich es sage.«

Es war hoffnungslos. Von ihrem Standpunkt aus hatte sie sogar recht. Wir waren schon vier Jahre zusammen, Karin liebte mich und wollte endlich die Ernte einfahren: Ehe und Kinder. Daß Bella, und damit auch ich, an ihrer gojischen Herzlosigkeit zugrunde gehen würden, war ihr schlicht egal.

Was konnte ich dagegen tun? Karin wußte genau, daß ich nicht die Rücksichtslosigkeit besaß, ihr den Laufpaß zu geben. Denn ohne mich würde sie ins Bodenlose fallen und tat sich womöglich was an. Heiratete ich sie aber, machte ich mich zum Komplizen bei Bellas Ermordung. Samuel Goldmann ein Muttermörder!

Mir blieb also nur die Flucht. Aber wohin? Wohin kann ein Jid schon fliehen? Wer will uns überhaupt? Nur ein einziges Land auf der Welt ist scharf auf uns. Israel! Genau dahin wollte ich gehen.

Ich werde in Israel das Leben genießen – als Jude unter Juden. Endlich ein Leben ohne Neurosen, ohne wild gewordene Schicksen und leidende Mammes.

Heimlich, ohne Karin und Bella ein Wort zu sagen, beantragte ich ein Israel-Stipendium beim »Deutschen Akademischen Auslandsdienst«. Da ich ein Jid war und noch dazu in Israel studieren wollte, heuchelte man Verständnis und war sofort bereit, mich zu unterstützen: »Sie wollen zurück zu den Ursprüngen Ihres Volkes, es ist selbstverständlich, daß wir eine derartige Intention befürworten, noch dazu, wenn sie von wissenschaftlichem Wert ist und derartig seriös begründet wird wie in Ihrem Fall . . . die Erforschung der volkswirtschaftlichen Bedeutung der israelischen Eisenbahn.«

Hauptsache, die Deutschen zahlten. Oder?

Wochenlang hielt ich meinen bevorstehenden Umzug nach Israel geheim. Erst wenige Tage vor meiner Abreise gestand ich Bella meinen »Verrat«.

»Bist du vollkommen meschugge geworden?« schrie sie auf.

»Beruhige dich, Mamme. Es ist nur für eine kurze Zeit. Ein kleines Forschungsstipendium, das ist alles.«

»Forschen! Schaut euch meinen Forscher an! Du willst deine Mamme im Stich lassen, das ist alles.«

»Ist es dir lieber, wenn ich hierbleibe und eine Schickse heirate?«

»So weit ist es also schon mit dir gekommen?«

»Noch nicht, aber wenn ich hierbleibe, ist es nur eine Frage der Zeit, wann ich Karin oder eine andere Schickse heiraten werde.«

»Warum, du Idiot?«

»Weil wir in Deutschland leben, falls es dir nach dreißig Jahren noch nicht aufgefallen sein sollte.«

Sie hielt kurz inne, um eine passende Antwort zu finden. »So? Warum können all deine Freunde jüdische Frauen finden, nur du nicht?«

»Weiß ich nicht.«

»Aber ich weiß es! Du versuchst es überhaupt nicht.«

»Doch!«

»Wie?«

»Indem ich nach Israel gehe.«

»Daß du mich damit zugrunde richtest, ist dir gleichgültig!«

»Warum, meinst du, veranstalte ich den ganzen Zirkus überhaupt? Um Jaffaorangen zu pflücken vielleicht?«

»Warum sonst?«

»Wegen dir, nur wegen dir! Ich weiß, daß es dich umbringen würde, wenn ich eine Schickse heirate.«

Bella blickte mich hilflos an. Am liebsten hätte ich sie in den Arm genommen und das Scheißstipendium sausen lassen. Nein! Ich mußte hart bleiben, sonst blieb ich ihr – und Karin für immer ausgeliefert. »Es ist zwecklos, Bella. Mein Entschluß steht fest. Nächste Woche gehe ich nach Israel. Ich habe bereits das Flugticket.« Mamme schneuzte ihre Tränen ins Taschentuch. Mit aller Gewalt zwang ich mich, sie nicht zu trösten und nicht zu umarmen. Schweigend verließ ich den Raum. War es Bella ähnlich ergangen, als sie mich damals allein im Bad lassen mußte?

Eine Stunde später kreuzte ich bei Karin auf. Sie hatte vom Weinen gerötete Augen. Woher wußte sie Bescheid? Bella sprach doch nie ein Wort mit ihr.

»Deine Mutter hat mir alles gesagt – du Judas!«

»Wieso Judas?«

»Weil du mich verrätst und einfach abhaust!«

»Ich haue nicht ab. Wegen meines Studiums muß ich für ein paar Monate nach Israel – das ist alles.«

»Für wie lange?«

»Vier, fünf Monate.«

»Was denn nu, vier oder fünf?«

»Ein halbes Jahr nur.«

»Du Schwein, warum hast du mir das verheimlicht? Wenn deine Mutter mich nicht angerufen hätte, wärst du abgehauen, ohne mir ein Sterbenswörtchen zu sagen. Eins muß ich deiner Mutter lassen, auch wenn sie manchmal schwierig ist, sie hat mehr Verantwortungsbewußtsein als du!« Karin sah mich drohend an. »Warum hast du's deiner Mutter gesagt und nicht mir?«

»Weil ich bei ihr wohne.«

»Fast dreißig und wohnt noch bei seiner Mutter. Du Muttersöhnchen!« Ihre Stimme überschlug sich.

»Eben, da wird es höchste Zeit, daß ich von zuhause wegkomme.«

»Ich dachte, du gehst wegen deines Studiums nach Israel?«

»Sicher.«

»Was ist sicher? Daß du vor deiner Mutter abhaust oder daß du zum Studieren nach Israel gehst?«

»Beides.«

»Soso, du willst also heimlich verduften und machst auf Studium. Raffiniert eingefädelt, das muß man dir lassen.« Ein leises Lächeln huschte über ihr verweintes Gesicht. Selbst im Zorn konnte sie ihrem schlauen Samy nie ganz Liebe und Anerkennung vorenthalten. »Aber warum hast du denn kein Wort gesagt?«

»Aus Angst.«

»Vor mir?«

Natürlich. »Nein. Aber ich hatte Angst, wenn du es erfährst, würde es auch Bella über kurz oder lang wissen. Und das wollte ich mit aller Gewalt vermeiden, du kennst sie ja.«

»So schlimm ist sie auch wieder nicht. Stell dir vor, sie hat mich für nächsten Dienstag zu euch eingeladen.«

Beide auf einmal, das konnte ja heiter werden.

»Wann fährst du überhaupt?«

»Nächsten Donnerstag nachmittag, mit der EL-AL«, es klang herrlich, »nach Tel Aviv.«

»Und du kommst in einem halben Jahr zurück?«

»Sicher.«

»Ehrlich?«

»Ganz ehrlich.«

Ich streichelte Karas gerötete Wangen, küßte ihre verheulten Augen und die blassen Lippen. Sie öffnete leicht den Mund. Wir küßten uns immer wilder und zogen uns aus. Zärtlich biß ich in die knospenförmigen

Warzen ihrer mädchenhaften Brüste. Meine Fingerkuppen streichelten die glatte Haut ihrer schlanken Arme. Kara zog meinen Kopf an ihr Gesicht. Wir umarmten uns. Langsam drang ich in sie ein. Früher war das ein Moment höchster Erregung. Im Laufe der Jahre aber hatte die Spannung nachgelassen. Geblieben war ein Gefühl des Wohlbefindens und der Langeweile. Immer häufiger mußte ich an andere Frauen denken, um zum Höhepunkt zu kommen. Ich stellte mir vor, an Karins Stelle würde ihre Freundin Irmgard mit mir schlafen. Es wirkte.

Gelöst lag ich auf Kara, die mit feuchten Fingern mein Gesicht streichelte.

»Samy, dieses Wochenende bleibst du aber hier und läufst nicht schon wieder davon zu deinen Eltern?« mahnte Karin mit unsicherer Stimme.

»Ja, ja.« Ich war zu müde und zu feige, um mich mit ihr ebenso ausgiebig zu streiten wie vormittags mit Bella. Also beschwichtigte ich Karin im Bett.

Wiederholt rief Bella zornig an und befahl mir, nach Hause zu kommen. Karin zeigte erstmals Verständnis für Mammes Sorgen. »Wenn du weg bist, hat sie niemanden, ihre ganze Familie ist umgekommen.«

Nicht die Gewissenskiste schon wieder. »Red kein Blech! Sie hat doch meinen Vater.«

»Stimmt«, Kara überlegte kurz. »Aber ich! Ich habe wirklich keinen – außer dir.«

»Jetzt schlägt's aber dreizehn. Du hast deine Eltern und deine Geschwister und Freunde.«

»Meine Familie lebt in Wolfsburg.«

»Na und?«

»Das ist weit weg. In München bin ich allein.«

Da half nur Trösten – es half wirklich. Kara schöpfte wieder Mut.

»Weißt du was, Samy, ich besuche dich in Israel. Mir

hat's prima gefallen, als ich vor drei Jahren da war. Sobald du eine Bude gefunden hast, sag mir Bescheid . . . oder willst du unten alleine sein?«

Chuzpe! Sie wußte es genau und fragte dennoch.

»Selbstverständlich nicht.« Sobald ich dort bin, kannst du mich mitsamt meiner Mamme gernhaben. Ich erschrak bei dem Gedanken. Waren Bella und Karin die wichtigsten Menschen in meinem Leben? Stand Kara mir näher als mein Vater Herschl, obwohl sie nur eine Schickse war?

Karin besuchte uns am Dienstag. Mit einer riesigen Pralinenschachtel und einem prächtigen Blumenstrauß versuchte sie, Bellas Sympathie zu kaufen. Beide verstanden sich zunächst hervorragend oder taten zumindest so. Keine »dumme Schickse«, keine »hysterische Mutter«. Statt dessen: »Frau Goldmann« hier, »Fräulein Karin« dort. Sie waren sich auch darin einig, daß ich ein Verräter, Schlawiner, Heimlichtuer, Ausbrecher und so weiter und so fort war. Mit unbändiger Energie machten Mamme und Kara sich ans Packen. Was nicht niet- und nagelfest war, wurde in vier Koffer gepreßt. Bella genoß als Hausherrin natürlich Pack-Platzvorteil. Aber auch Karin ließ sich nicht lumpen. »Sollen wir ihm nicht auch Geschirr und Besteck mitgeben?«

»Danke, Karin. Daran habe ich noch nicht gedacht.«

»Aber ich darf nur 20 Kilo Gepäck mitnehmen«, warf ich ein.

»Das deichseln wir schon«, trumpfte Bella auf. »Ich werde am Flughafen mit denen reden.«

Karin nickte beifällig. »Ich komme auch mit.«

Mamme protestierte nicht mal.

Ich hielt's in dem Chaos nicht mehr aus und verdrückte mich ins Wohnzimmer. Irgendwie ging's mir gesundheitlich nicht gut. Kein Reisefieber, Gott behüte, eher irgendein Infekt, Grippe oder so: erhöhte Temperatur, Heiserkeit und ähnliche Symptome. Ich war bedrückt. Bella ließ nicht lange auf sich warten.

»Was sitzt du so belämmert da?«

»Ich fühle mich nicht besonders.«

»Mein Gott, du bist ja ganz heiser.«

»Nicht so schlimm.«

»Was heißt nicht so schlimm? Du legst dich sofort ins Bett! Ich werde gleich deinen Flug stornieren, du kannst auch nächstes Jahr nach Israel fahren – im Urlaub.«

»Nein«, krächzte ich.

»Doch!«

Ich gab nach. Den Flug wollte ich aber erst absagen, wenn mein Fieber auf 38 Grad steigen sollte.

Kaum lag ich im Bett, trugen Karin und Mamme einen verbissenen Samy-Pflegewettbewerb aus. Während Bella im Bad nach Aspirin, Hustensaft und ähnlichem kramte, bereitete Karin in der Küche Kamillentee und Wadenwickel gegen Fieber zu. Kurz darauf erschien jede mit Heilutensilien an meiner Lagerstatt. Meine Krankheit und die drohende Abreise erzeugte bei meinen Frauen ein vorübergehendes Zusammengehörigkeitsgefühl.

Herschl bereitete dem Burgfrieden ein Ende. Als er abends nach Hause kam und Bella mit Karin an meinem Bett sitzen und mir abwechselnd Kamillentee und Haferflocken einflößen sah, packten ihn Wut und Eifersucht.

»Was fehlt ihm eigentlich?« fragte er Bella ungewohnt herausfordernd.

»Das Kind ist heiser und hat Fieber.«

»Wieviel?«

»37,5 rektal.«

»Ihr drei seid rektal! Vollkommen verrückt, so einen Zirkus aufzuführen.« Ein Zirkus, der um ihn nie veranstaltet wurde.

»Herschl, du weißt nicht, wovon du redest. Der Junge ist krank«, Kara nickte eifrig bei Bellas Worten, »und in diesem Zustand will er nach Israel fliegen!«

»Der gnädige Herr hat also Reisefieber, und ihr hysterischen Weiber macht dieses Theater mit.«

Mein Vater hatte recht. Ich sprang auf.

»Da siehst du, was du angestellt hast, Herschl. Der Junge steht auf, obwohl er Fieber hat. Er wird sich noch eine Lungenentzündung holen.«

Ich holte mir keine Lungenentzündung, aber Herschl eine geharnischte Zurechtweisung: »Du hast leicht reden. Sitzt den ganzen Tag im Geschäft, kümmerst dich um nichts und läßt mich alles machen. Wenn das Kind, Gott behüte, krank wird, darf ich allein ihn pflegen.«

»Samy ist kerngesund.«

»Kerngesund nennst du das? Er hat Fieber.«

»37,5 Grad ist doch kein Fie . . .«

»Für dich nicht! Du willst wohl, daß mein Jingele todkrank mit 40 Grad Fieber herumliegen soll? Das könnte dir so passen. Aber ich werd's nicht zulassen. Niemals! Niemals, hörst du! Und jetzt tu mir bitte den Gefallen und geh aus dem Zimmer. Du stehst hier nur im Weg und machst alle verrückt.«

Wortlos verließ Herschl den Raum. Das Strohfeuer seines Aufbegehrens war erloschen.

Bellas Rüffel wirkte wie gewöhnlich nachhaltig auf meinen Vater. Selbst zwei Tage später bei meiner Abreise am Flughafen Riem war er sichtlich niedergeschlagen und sprach kaum ein Wort. Vielleicht war er auch ein wenig traurig, daß ich nach Israel ausbüchste

und er nun Bellas Herrschsucht allein ausgeliefert war.
Oder erschreckte ihn das Gekeife der Weiber?

»Sie sind schuld, daß Samy nach Israel geht!«

»Wieso ich, Frau Goldmann?«

»Weil Sie ihn immer weiter vom Judentum entfernen!«

»Warum geht er dann nach Israel, wenn ich fragen darf?«

»Weil er ein vollständiger Idiot ist.«

»Der Meinung bin ich allerdings auch.«

»Und weil es für ihn die letzte Gelegenheit ist, aus Ihren Klauen zu entfliehen und ein aufrechter Jude zu bleiben.«

»Ich glaube eher, es ist für ihn die letzte Chance, Ihren Klauen zu entkommen. Samuel muß endlich von zu Hause weg, er ist ja schon fast dreißig!«

Der Krach am Flughafen machte mir den Abschied leicht. Ich war heilfroh, die Uni, Deutschland, Karin und sogar meine Mamme hinter mir zu lassen. Allein Herschl tat mir ein wenig leid.

Heiter und unbeschwert landete ich nach einem ruhigen dreistündigen Flug in Tel Aviv. Am Ben Gurion Airport holten mich meine israelischen Kumpel ab. Ich kannte sie vom »Weltverband jüdischer Studenten«.

Seit ich mit einer Schickse ging, hatte ich mich eifrig in der jüdischen Studentenpolitik engagiert. Ich wollte Bella und mir selbst beweisen, daß ich ein guter Jude geblieben war. Anfangs nahm ich die »jüdische Sache« ernst. Was genau darunter zu verstehen war, wußte so recht niemand von uns, obgleich wir alle ständig darüber schwafelten. Ich muß es wohl besonders penetrant getan haben, denn ich wurde bald Vorsitzender des »Jüdischen Studentenverbandes in Deutschland«. Das

Gute an dem Posten war, daß man oft – umsonst – ins Ausland reisen konnte.

Dabei hatte ich vor allem die israelischen Kommilitonen schätzen gelernt. Sie waren die einzigen, die sich nicht dauernd mit Identitätsproblemen rumschlugen. Stets konzentrierten sie sich aufs Wesentliche: Ämter, Reisen, Spesen und natürlich Frauen. Während die verkniffenen Möchtegernintellektuellen aus Europa und Amerika nächtelang über Antisemitismus, Rassismus, Zionismus, Imperialismus und Sozialismus debattierten und sich dabei erbarmungslos bekriegten, zog ich mit den Israelis von einer Disco in die andere. Wenn wir partout keine Frauen auftreiben konnten, landeten wir mitunter im Puff. Am lustigsten war es in Amsterdam, wo wir in der Kanaalstraat und im Bahnhofsviertel viele israelische Touristen trafen.

Gelegentlich wurden wir auch in Schlägereien mit Einheimischen verwickelt. Fast immer gewannen wir. Denn anders als die versoffenen Gojim blieben wir Jidn natürlich immer nüchtern, und die Israelis zeigten, was sie in der Armee gelernt hatten, und teilten gewaltig Kloppe aus. Das tat meiner Diasporaseele gut. Denn die Israelis waren endlich nicht mehr die verängstigten Juden, die sich wehrlos von jedem dahergelaufenen Goj schlagen oder massakrieren ließen. Im Gegenteil, sie hatten richtig Spaß an der Keilerei und fingen nicht selten damit an. Bald legte auch ich meine Diasporaängste ab und prügelte ordentlich mit. Da die Raufereien nie schwerwiegend waren und wir ohnehin fast immer gewannen, erlitt ich kaum ernsthafte Blessuren. Bella hätte mich sonst nicht mehr ins Ausland gelassen. Sie lamentierte ohnehin: »Das ist Zeitverschwendung und lenkt dich nur vom Studium ab.« Wie üblich hatte sie recht. Ihre Ängste und Kassandrarufe um mein Leben waren jedoch – Gott sei Dank! – unbegründet: »Die

Araber warten nur darauf, euch umzubringen.« Uner-
klärlicherweise hatten arabische Terroristen aber Loh-
nenderes zu tun, als geilen und rauflustigen jüdischen
Studenten den Garaus zu machen.

Anders die amerikanischen Schwarzen. Eine Konfe-
renz jüdischer Studenten in New York gab den Israelis
und mir Gelegenheit zu einem Trip nach Harlem. Da
wir uns als Gruppe für unbezwingbar hielten, wagten
wir uns in die wildesten Kaschemmen. Den Schwarzen
dort waren die psychologisch-historisch-soziologischen
Beweggründe unserer Mutproben egal: Sie haßten uns,
weil wir Weiße waren, sie waren stärker als wir und in
der Überzahl.

Kurz, die armen, unterdrückten Schwarzen verdro-
schen uns nach Strich und Faden. Jeder nahm ein Sou-
venir aus Harlem auf den Weg in die Alte Welt mit:
Hautabschürfungen, Prellungen oder ähnliches. Mir
verpaßten sie ein blaues Auge und Blutergüsse im
Gesicht. Außerdem zertrampelten sie meine Brille.

Eine zufällig auftauchende Polizeistreife verhinderte,
daß es uns noch schlechter erging. Im Nu waren die
Schläger weg, wir dagegen mußten zur Feststellung der
Personalien aufs Revier, wo die Bullen uns bis zum
Morgen festhielten. Die gemeinsam erlittenen Prügel
und die Nacht auf der New Yorker Polizeiwache brach-
ten uns einander näher. Von da an akzeptierten mich
Udi, Kuti, Gidi und Moshe als einen der Ihren. Ich
war stolz und fühlte mich fast als Israeli.

Nun standen Udi und seine Freunde wie Lausbuben
am Flughafen. »Heute nacht machen wir Jaffo unsicher, Samy.«

Ohne gefragt zu werden, quartierte man mich in der
Wohnung von Udis Eltern ein. Solche Gastfreundschaft
war hier selbstverständlich. Nachdem ich mich kurz

geduscht und umgezogen hatte, fuhren wir zu fünft nach Jaffo.

Das Wetter war warm, vom Meer wehte eine laue Brise, in der Ferne sah man die Lichter Tel Avivs. Hier gab es keine Antisemiten, keine herrschsüchtigen Mammes und keine heiratswütigen Schicksen. Israel machte mich frei. Erstmals in meinem Leben.

Laut tönend zogen wir von einem Café, Kneipen gab's hier kaum, ins nächste. Die alten Geschichten, besonders die Knastnacht in Harlem, wurden fortwährend in unzähligen tatsächlichen und erfundenen Details wiedererzählt. Danach machten wir eine Disco-Tour.

Die Mädels in den Schuppen waren schwer aufgestylt. Offensichtlich hielten sie nach »soliden« Männern Ausschau. Damit konnten wir nicht dienen. Deshalb ließen die Girls uns erbarmungslos abblitzen. Kaum eine fand's nötig, auf unsere zaghaften Ansprechversuche mit einem Wort oder zumindest einem Lächeln einzugehen. Die meisten drehten nur verächtlich den Kopf weg. Als ich vorschlug, unseren Frust in einer flotten Rauferei abzureagieren, sahen mich die anderen entsetzt an: »Schlag dir das sofort aus dem Kopf, Samy! Solchen Unsinn können wir nur im Ausland anstellen. Es ist wirklich ein Riesenspaß, die Gojim zu verprügeln. Aber hier kennt uns jeder, wir sind die offiziellen Vertreter der israelischen Studenten. Was soll man in der Öffentlichkeit von uns denken?«

Sie nahmen ihre Posten wirklich ernst. Weshalb? Keiner von ihnen ging mit einer Schickse.

Da es mit den Mädchen und der Rauferei Essig war, erinnerte ich an unsere früheren Taten: »Gehn wir in den Puff«. Ein israelisches Freudenhaus, darauf war ich ehrlich gespannt.

»Es gibt bei uns keine Bordelle, Samy. Es ist verboten! ›Keine Tochter Israels sei eine Hure‹, heißt es in der Bibel. Die religiösen Parteien haben durchgesetzt, daß Prostitution in Israel verboten ist.«

Deswegen waren die Kerle im Ausland so scharf auf Nutten.

»Natürlich laufen auch hier Huren rum, aber sie sind illegal. Sie werden nicht vom Gesundheitsamt überwacht. Man kann sich, Gott behüte, die schlimmsten Krankheiten bei ihnen holen. Es gibt selbstverständlich trotzdem eine Menge Puffs. Aber die sind sündhaft teuer.«

Nach zwei Nächten wurde ich auf den Balkon ausquartiert. Es war Sommer und nicht besonders kalt, aber verdammt feucht, und ich habe nun mal empfindliche Bronchien. Udi und seine Eltern bemühten sich, mich nichts spüren zu lassen, dennoch war es unverkennbar, daß ich ihnen zunehmend auf den Geist ging. Nicht weil ich ihnen unsympathisch war – im Gegenteil, sie mochten mich und begrüßten meinen »Zionismus, aus dem Mörderland in unser aller Heimat einzuwandern«. Aber ihre allerengste Heimat bestand aus nur zweieinhalb Zimmern. Darin mußten sie gemeinsam mit mir und Udis jüngerem Bruder Ruben hausen. Da wurden Platz, Zionismus und Geduld knapp. Ich mußte an den jiddischen Spruch denken: »A Gast is wie a Hering – nach a paar Tag' stinkt er.«

Wo konnte ich ein Dach überm Kopf finden? Bis ein Uhr mittags saß ich täglich im Ulpan, dem Hebräisch-Intensivkurs der Uni. Danach war es enorm heiß, alle machten Siesta – auch ich. Und abends wollte ich mich amüsieren, statt eine Wohnung zu suchen.

Die einfachste Möglichkeit, rasch eine Bleibe zu kriegen, war bei Rebecca, Bellas Schwester. Sollte ich es wirklich wagen? Dafür sprach vor allem meine Bequemlichkeit. Dagegen meine soeben mühsam errungene Unabhängigkeit – und mein schlechtes Gewissen, mein lebenslanger Gefährte. Wie üblich konnte ich mich nicht entscheiden und tat nichts. Nach einer besonders furchtbaren Nacht auf dem Balkon war ich stark erkältet – gewiß wegen der hohen Luftfeuchtigkeit im Freien. Ich mußte handeln, wenn ich mir nicht den Tod holen wollte. Unabhängigkeit ist gut, aber was nützt sie, wenn man an einer Lungenentzündung stirbt?

Am frühen Schabbesvormittag machte ich mich zu Fuß auf den Weg zu Rebecca. Mir blieb nichts anderes übrig, denn an diesem heiligen Tag fährt in Israel kein öffentliches Verkehrsmittel.

REBECCA

Inzest

Wovor fürchtete ich mich eigentlich so? Gut, Rebecca, oder Riwkale, wie wir sie nannten, war in der ganzen Familie als Hysterikerin verschrien. Na, wenn schon! Welcher Mensch ist nicht hysterisch? Andererseits wohnte Rebecca in einem tollen Penthouse, bei ihr würde ich nicht auf dem Balkon schlafen müssen. Außerdem kochte meine Tante hervorragend und liebte mich abgöttisch. Als Kind wollte sie mich sogar adoptieren: »Damit das Kind als stolzer Jude unter seinesgleichen aufwächst und nicht unter Mördern im verfluchten Naziland. Außerdem werde ich ihn auf die teuersten und besten Schulen schicken.«

Bella hatte abgelehnt. Natürlich.

Auch ich wollte bei meiner Mamme bleiben. Einerseits.

Andererseits waren die Urlaube bei Rebecca in meiner Kindheit voller Spannung und Lust. Jeden Morgen schlich sie sich ins Gästezimmer, in dem ich mit meinen Eltern übernachtete, und »raubte ihr schmeckliches Jingele« aus dem Bettchen, das sie extra für mich gekauft hatte. Sie trug mich geradewegs ins Schlafzimmer. Dort kroch ich unter die leichte Steppdecke. Das Bett war noch warm. Riwkale warf ihren schwarzen Seidenmantel ab und schlüpfte zu mir unter die Decke. Ich kuschelte mich an ihren warmen Körper:

»Mein Jingele, mein geliebtes Jingele«, schnurrte sie

und drückte mich sanft an ihren Busen. Ich schwamm in ihrer Wärme und ihrem Duft.

Rebecca roch anders, intensiver als Bella, sie benutzte schwere, süße Parfums. Ihre Haut war heller und weicher als die meiner Mamme. Ihr Busen war klein und fest, die violetten Brustwarzen wurden sofort steif, wenn ich mit ihnen spielte. Riwka lachte auf. »Nein, nein!« kicherte sie und schüttelte ihren Kopf, um mich noch fester an sich zu pressen. Ich streichelte ihre Brüste, küßte sie und biß behutsam in eine Brustwarze. Augenblicklich zuckte ihr Körper zusammen, sie stöhnte »Samyle!« und umarmte mich heftig. »Jingele, was machst du da? Das darfst du nicht tun . . .« Riwkale drückte ihr Gesicht an meine Wange und liebkoste meine Arme und meinen Leib. Unser Spiel wiederholte sich ein ums andere Mal. Mein Kopf glühte, in meinen Händen und Ellbogen kribbelte es. Mein Pimmel wurde heiß und steif. Rebecca war so schön. Ich war vernarrt in ihren hellen Körper und ihre blonden, langgewellten Haare. Irgendwann schob sie mich sanft von sich, blickte mich aus dunkelblauen Augen an. »Samylein, Jingele«, Rebecca drückte mir einen schmatzenden Kuß auf die Wange, ihre Stimme klang hell, »wen hast du lieber, Bella oder mich?«

Ja, wen? Bella war meine Mamme, aber Riwkale war so strahlend schön. Auch Mamme war hübsch, aber Rebecca war so aufregend, und außerdem machte das Rumspielen im Bett mit ihr soviel Spaß. Was sollte ich ihr nur antworten? Sie fuhr mir mit ihren langen Fingern durchs Haar und blickte mich schelmisch-verschwörerisch an. »Du mußt keine Angst haben, Samylein. Ich verrate es niemand, es bleibt unser Geheimnis.« Ich liebte meine Mamme, aber ich konnte doch Riwkale nicht enttäuschen, mit der es so schön war. »Dich«, hauchte ich unsicher.

»Samylein, mein ein und alles«, antwortete sie jauchzend und umarmte mich stürmisch. Dann verriet sie mich!

»Bellinca«, flötete sie, während wir alle am festlich gedeckten Schabbestisch saßen, »Bellinca, dein Sohn hat sich verliebt.« Mamme sah sie amüsiert an. »Und weißt du in wen?« Riwkale strahlte: »In mich, Bellinca. In mich!«

»Gratuliere!« antwortete Bella nüchtern.

Zu nüchtern. Rebeccas Miene verfinsterte sich kurz, dann flog ein Lächeln über ihre Züge. »Sei nicht so selbstgefällig, Bella. Dein Sohn liebt mich. Er liebt mich mehr als dich!«

Mamme antwortete nicht.

»Du glaubst mir nicht? Bitte, bitte frag deinen Sohn selbst.«

Warum tat sie mir das an? Was hatte sie davon, daß meine Mamme böse auf mich werden mußte?

»Riwka, du bist meschugge.« Bella gab sich ungerührt. Dann blickte sie mich an – nur kurz wie damals im Badezimmer. Ich wollte weg, nur weg.

»Soso, ich bin meschugge.«

»Ja! Seit frühester Kindheit.«

»Frag doch Samy, frage doch deinen Sohn, wen er mehr liebt«, schrie Rebecca.

»Wozu?«

»Damit dir dein Sohn sagt, daß er mich mehr liebt als dich.«

»Jetzt ist es aber genug, Riwka!« Bella erhob sich. »Du kannst meschugge sein, soviel du Lust hast, das ist deine Sache. Aber laß gefälligst mein Kind aus dem Spiel. Komm, Samy!«

Mamme war unwiderstehlich. Sie hatte die schöne, reiche Rebecca abgefertigt wie ein ungezogenes Kind.

Weinend saß Riwkale am Tisch. Ich wollte sie trösten, aber ich traute mich nicht. Statt dessen folgte ich meiner Mamme ins Gästezimmer. Herschl dagegen blieb bei der heulenden Rebecca und ihrem Itzig.

»Soso, du hast Rebecca also lieber als mich«, sagte Bella, sobald wir allein waren.

»Nein.«

»Lüge mich nicht an! So was saugt sie sich nicht aus den Fingern.«

»Aber . . .«

»Kein Aber! Wenn du Rebecca mehr liebst als deine Mutter, die seit deiner Geburt nur eins im Kopf hat, daß es dir gutgeht, mußt du's nur sagen. Du kannst dann gleich bei Rebecca bleiben. Ich, dein Vater und ich, fahren dann sofort zurück nach Deutschland. Wir werden dich nie mehr belästigen, so wahr mir Gott helfe, nie mehr.« Ihre Stimme wurde rauh.

»Nein, Mamme!« Heulend lief ich zu ihr, legte meinen Kopf in ihren Schoß. Sie rührte mich nicht an.

»Überleg es dir gut, Samy. Rebecca vergöttert dich. Sie würde dir alles kaufen, dir die Welt zu Füßen legen und dich mit ihrer Hysterie genauso meschugge machen wie sich und ihren Itzig.« Bella erhob sich. Ich kauerte vor ihrem leeren Sessel.

»Also was ist, du Held? Willst du bei Rebecca bleiben? Ich habe nichts dagegen. Du würdest damit zwar deine Mutter ins Grab bringen, aber wenn du Rebecca lieber hast, bitte! Ich werde mich nicht zwischen euch stellen.«

»Nein, nein!« schluchzte ich verzweifelt. Ich hatte doch nur Rebecca eine Freude machen wollen, das war alles. Es wäre mir nie eingefallen, meine Mamme zu verlassen. In diesem Moment kam Herschl ins Zimmer.

»Was suchst du hier bei deiner erniedrigten, zerbrochenen Frau? Geh lieber zurück zu Rebecca, um sie zu trösten.«

»Aber, Bella, ich wollte doch nur . . .«

»Ich weiß ganz genau, was du willst! Meinst du, ich sehe nicht, wie du meine Schwester anschaust? Wie du keine Gelegenheit ausläßt, ihr ins Schlafzimmer nachzulinsen, um endlich einen Blick auf ihre nackte Brust abzukriegen? Du armer Trottel! Das ist ihre Masche von Kindheit an. Schon als Mädchen wollte sie immer nackt schlafen. Mein Vater hat ihr das ausgetrieben! Der einzige Mann, vor dem sie sich fürchtete – diese schamlose Person. Alle anderen, mit denen sie zu tun hatte, waren Schlappschwänze, den größten Waschlappen hat sie geheiratet.« Sie lachte auf. »Da hat sie sich allerdings verrechnet. Itzig ist wortwörtlich ein Schlappschwanz. Der arme Kerl ist impotent. Sie hat's mir unter Tränen gestanden. Da helfen kein französisches Bett und keine Hurenwäsche. Recht geschieht's ihr! Seither versucht sie um so mehr, jedem Mann den Kopf zu verdrehen. Und du Trottel fällst darauf rein und läufst ihr wie ein Schoßhündchen hinterher.«

Herschl stand betreten da und fuchtelte mit seinen Händen im Leeren. Er wollte einen Einwand machen, gab's aber auf.

»Du mußt nicht so beleidigt tun, ich habe dich genau beobachtet. Mach dir trotzdem keine Hoffnungen. Rebecca hat die Männer immer nur verrückt machen wollen, zu mehr hat sie nie Mut gehabt.« Sie blickte ihn herablassend an. »Tut mir leid für dich. Ich habe alles hingenommen. Denn ich konnte weder dich noch sie ernst nehmen – obwohl ihr euch schändlich benehmt. Aber jetzt will sie auch noch mein Kind verrückt machen. Legt sich nackt mit einem fünfjährigen Jungen ins Bett und vergnügt sich. Man sollte von Rechts wegen die Polizei rufen. Diese schamlose, hysterische Zicke!« Bella hielt kurz inne. »Herschl, wir reisen sofort ab!« Mein Vater wagte keinen Widerspruch. Auch ich war froh, daß wir wegfuhren. Die Spielereien mit Rebecca waren herrlich, aber ich wollte meine Mamme damit doch nicht so traurig machen.

Es brauchte Jahre und erforderte geduldige Bemühungen der ganzen Mischpoche, ehe Rebecca und Bella sich wieder versöhnt hatten. Riwka ging gleich in die Offensive. Zu meinem Abitur schenkte sie mir ein Flugticket nach Israel. Strahlender Laune holte sie mich vom Flughafen ab, sie war Anfang vierzig und sah immer noch blendend aus. Itzig dagegen war sichtbar gealtert, seine Schultern waren gebeugt, das lichte Haar stark angegraut, greisenhaft quäkte seine Stimme.

Rebecca war nicht zu bremsen. Sie schlängelte sich durch die Absperrung, sprang auf mich zu und umarmte mich stürmisch. »Mein Jingele, mein geliebtes Jingele«, rief sie zwischen heftigen Küssen. Überrascht registrierte ich, daß ich inzwischen größer geworden war als Rebecca. Nach einer Weile hakte sie sich bei mir unter und führte mich wie selbstverständlich aus dem Kontrollbereich. Die gewöhnlich barschen israelischen Sicherheitsbeamten schüttelten resignierend den Kopf, derartig heftige Anfälle jiddischer Mammeliebe waren gewiß schwerer zu bekämpfen als palästinensische Terroristen.

Itzig hatte vor der Absperrung auf uns gewartet. Pflichtgemäß umarmte er mich und lächelte dabei gequält. Rebecca ließ ihm jedoch keine Zeit zu grübeln.

»Was stehst du so rum, Itzig? Du siehst doch, daß mein Jingele noch ganz erschöpft von der Reise ist.

Nimm seine Koffer.« Halbherzig wehrte ich ab – vergeblich, Itzig mußte seinen Frondienst leisten.

Im Auto zog sie mich zu sich auf den Rücksitz. »Was sagst du zu unserem neuen Volvo, Jingele? Man sagt, Mercedes ist besser, aber wir werden kein Hitlerauto fahren, stimmt's, Itzig?«

Er nickte eifrig. Von der fehlenden Uniform abgesehen, entsprach Itzig dem Bild eines devoten Chauffeurs.

»Ich kann deine Mutter, deine Eltern nicht verstehen, Samy. Hocken im Naziland! Das ist schlimm genug. Aber daß sie auch dich zwingen, auf diesem verfluchten Boden aufzuwachsen – das werde ich Bella nie verzeihen! Samylein, wie gut, daß du ins Land deiner Väter zurückgekehrt bist.«

Rebecca und Itzig lebten in Ramat Aviv, einem Außenbezirk im Norden Tel Avivs. Von der Terrasse, die ihr Penthouse umgab, hatte man einen weiten Blick aufs nur wenige hundert Meter entfernte Meer und auf die Silhouette Tel Avivs bis hin zur Altstadt von Jaffo. Rebecca hatte das Gästezimmer für mich umfunktioniert. Der Schreibtisch samt Bürosessel war offensichtlich erst vor kurzem besorgt worden. An den Wänden hingen meine Kinderfotos.

Ich verstaute die Koffer im Schrank und wollte zum Schwimmen gehen. Rebecca war dagegen. »Du bist noch ganz müde von der Reise. Setz dich lieber zu mir und erzähle mir von dir und Isabella.« Zum Erzählen hatte ich zunächst wenig Gelegenheit, denn Rebecca herzte mich beständig, drückte und küßte meine Hände und quasselte ununterbrochen. »Wie geht es Bella, meiner einzigen überlebenden Schwester? Was macht ihre Gesundheit? Hat sie nervliche Probleme? Kann sie sich auch etwas Luxus leisten? Die Arme, sie hätte es verdient. Das ganze Leben hat sie nur geschuftet und nie mehr als das Nötigste gehabt. Erzähl mir, was ihr alles fehlt. Sie soll mir doch einfach schreiben, wenn sie was braucht. Wenn sie nur nicht so entsetzlich stolz wäre, die Arme. Schon als Kind war sie so. Weil sie so eingebildet war, saß sie oft alleine zu Hause. Wenn sie zu hochnäsig wurde, gab unsere Mamme ihr eine tüchtige Tracht Prügel.« Rebecca lachte versonnen. »Unsere Mamme war der einzige Mensch, der mit ihr fertig werden konnte.«

Ständig schwankte Rebecca zwischen Neugier, Besorgnis und Schadenfreude. Schließlich wandte sie ihre Aufmerksamkeit mir zu.

»Ich bin sicher, du hast ein glänzendes Abitur gemacht, Samitschu.«

Nebbich!

»Du wirst jetzt in Israel leben und studieren.« Was ich studieren würde, war Rebecca gleichgültig. Hauptsache, ich wohnte »zu Hause« – bei ihr.

Am nächsten Morgen ließ Riwka mich ausschlafen. Ich lag wach im Bett und hörte amüsiert ihr tuschelndes Gezische: »Ruhig, Itzig! Er muß ausschlafen! Wage es ja nicht, mein Jingele aufzuwecken! Still! Wir sind hier nicht in deiner Werkstatt! Leiser!« Endlich fiel die Tür ins Schloß. Rebecca hantierte geschäftig auf der Terrasse. Dann hielt sie es nicht mehr aus und kam zu mir ins Zimmer. Ich stellte mich schlafend. Sie schlich an mein Bett. Behutsam beugte sie sich über mich, ich roch ihr Parfum, spürte ihren warmen Atem immer näher kommen, dann küßte sie mich sanft auf den Mund. Langsam schlug ich die Augen auf und zog sie zu mir herab. Lachend schrie sie auf: »Was machst du mit mir, Samylein?« Halb saß sie, halb lag sie neben mir. Nur dürftig verhüllte der Kimono ihre Brüste. Ich griff in ihre Haarmähne und drückte sie näher an mich. Ihre Brust berührte meine Schulter.

»Samy, bitte, ich bin doch deine Tante.« Rebecca seufzte, dann gab sie sich einen Ruck, stand auf. Dabei öffnete sich ihr Kimono, ich konnte ihre hellen Schamhaare sehen. Sie bemerkte es. Sogleich straffte sie ihren Gürtel. Ob sie ihn gelockert hatte, ehe sie zu mir ins Zimmer kam? Rebecca nahm mich bei der Hand, zog mich hoch und führte mich auf den Balkon. Es war herrlich: Ich roch den salzigen Duft des Meeres, von dem eine weiche Brise herüberwehte, das Wasser war tiefblau, darüber ein klarer, wolkenloser Himmel. Der weiße Frühstückstisch war üppig gedeckt. Obst türmte sich in mehreren Porzellanschüsseln. Ein Brett aus Olivenholz war mit verschiedenen Käsesorten drapiert. Knusprige Begels, Brötchen und Bourekas häuften sich in einem schwarzlackierten Körbchen. Ein Bukett aus frisch gepreßtem Orangensaft, gebrühtem Kaffee und Blumen duftete mir entgegen: In der Mitte der Glasplatte hatte Riwkale eine schwere chinesische Vase voller roter Nelken plaziert – sie kannte noch meine Lieblingsblumen. »Wie fühlst du dich, Samylein?« Ich umarmte Rebecca. Sie löste sich von mir und drückte mich in einen Sessel. »Iß und trink, mein Jingele«, ihre Augen jubelten.

Nach dem Frühstück zog sich Rebecca zurück. Dann rief sie mich zu sich: »Samylein, Samylein, komm doch mal für einen Moment her.« Über die Veranda trat ich durch eine breite Schiebetür in das Schlafzimmer. Mein Herz raste. Rebecca lag nackt in ein gelbes Seidenlaken gehüllt in der Mitte des französischen Doppelbettes. Unter dem Tuch zeichneten sich ihr schlanker Leib, ihre Brüste, Hüften und Oberschenkel ab. Die Füße ragten aus der Seide, ebenso die runden, festen Schultern und die straffen Oberarme. Rebeccas Kopf war auf ein großes hellblaues Kissen gebettet. Bei meinem Eintreten streckte sie mir ihre Arme entgegen, das Laken hob sich leicht. Ich stürzte mich auf sie. »Samitschu, Samitschu! Nicht so stürmisch! Ich bin doch deine Tante!« Wir umarmten und küßten uns lustvoll. Mehr ließ sie nicht zu. »Samitschu, Jingele, genug!«

Ich glühte von Kopf bis Schmock. Vergeblich versuchte ich ihre Decke herunterzuziehen. Rebecca hielt sie krampfhaft fest. Wir rieben unsere angespannten Körper gegeneinander. Das Laken verrutschte, ich griff ihr zwischen die Beine.

»Nein, Samy. Bitte nicht. Ich bin doch deine Tante!« Rebecca setzte sich auf, schlug das Tuch wieder um ihren Körper. Sie lachte verlegen und umarmte mich. »Samitschu, ich bin verheiratet. Und das ist mein Ehebett. Ich habe so was noch nie gemacht. Ich bin Itzig nie untreu geworden. Nie!« Verwirrt erhob ich mich, wollte zurück auf den Balkon. »Bleib hier, mein Schatz, bleib hier!« Sie griff nach meiner Hand und zog mich wieder zu sich herab. »Sei kein Kindskopf, Samy. Du bist erst einen Tag hier. Sei nicht so ungeduldig. In meiner Wohnung werde ich Itzig nie untreu werden – nirgends! Aber wir können gemeinsam zur Erholung fahren. Letztes Frühjahr haben wir eine entzückende Ferienwohnung in Cäsaräa gekauft, direkt am Strand. Dort werden wir hinfahren – nur mein Jingele und ich. So, und jetzt leg dich ein wenig zu mir. Wir können uns doch ein wenig streicheln, ohne daß was passiert. Das werde ich wohl noch dürfen, mein geliebtes Jingele verwöhnen.« Und wie sie mich verwöhnte. Wir ließen nichts aus – bis auf ihr Geschlecht: Es blieb unbefleckt. Im Gegensatz zu Laken und Bezügen, die sie am späten Vormittag wechselte. »Itzig könnte sonst auf falsche Gedanken kommen.«

Itzig kam auf keine falschen Gedanken. Erschöpft fand er sich gegen Mittag ein, schlang einige Bissen herunter und begab sich dann gemeinsam mit Rebecca zum Mittagsschlaf. Erschöpft trottete ich auf mein Zimmer, konnte aber keine Ruhe finden.

In welches Schlamassel war ich geraten! Itzig hatte mir nicht das geringste zuleide getan. Im Gegenteil, er nahm mich in seinem Haus auf. Und ich betrog ihn mit seiner Frau. Ach was! Ich schlief doch nicht richtig mit ihr. Und selbst wenn, er war impotent und konnte nichts mit ihr anfangen. Trotzdem – sie war seine Frau.

Sobald Itzig gegen drei Uhr wieder zur Arbeit gefahren war, erlöste mich Rebecca von meiner sinnlosen Gewissensmarter. Sie rief mich in ihr Schlafzimmer. Wir begannen da, wo wir am Mittag aufgehört hatten. Rebecca jauchzte vor Vergnügen. Sie wollte alles haben – außer meinem Schmock im Schoß. Endlich schliefen wir erschöpft ein. Irgendwann wurde ich durch Riwkas Schreie geweckt. »Wir sind verrückt! Verrückt! Auf was habe ich mich mit dir eingelassen? Um Gottes willen, es ist schon sieben, Itzig kann jeden Moment kommen!«

Gottes Wille ließ Itzig erst erscheinen, nachdem sein Weib Zeit gefunden hatte, erneut die Bettwäsche zu wechseln.

Rebecca überwand rasch ihren Schrecken. Ja sie begann das Versteck- und Hinhaltespiel mit Itzig und mir zu genießen. Während des Abendessens unterhielt sie uns mit Anekdoten aus ihrer Kindheit. Stets war sie die fröhliche, verschmitzte Göre, die ständig ihrem strengen Vater und ihrer miesepetrigen Schwester Bella eins auswischte. Von Zeit zu Zeit ließ Itzig ein pflichtschuldiges »Unglaublich« vernehmen. Das war ihr Gewäsch in der Tat. Schlecht gelaunt ging ich schlafen. Ich wollte bei Rebecca liegen. Alle meine Sinne fieberten nach ihrem Körper. Mein Gewissen dagegen schalt mich einen Ehebrecher.

In den nächsten Tagen ging es genauso weiter. Rebecca blühte richtiggehend auf. Ich verschaffte ihr Vergnügen – frei Haus. Mir dagegen ging's schlecht. Meine Schuldgefühle gegenüber Itzig wurden von Tag zu Tag schlimmer. Gleichzeitig gierte ich danach, mit seiner Frau zu schlafen. Aber je mehr ich in ihren Schoß drängte, desto heftiger verweigerte sie sich, und je stärker sie sich sträubte, desto wilder wurde mein Verlangen. So bestanden meine Tage bald aus einem endlos vergeblichen Versuch, mit Rebecca zu schlafen. Meine Nächte dagegen waren begleitet von Schuldgefühlen.

Der Schabbes sollte die Wende bringen. Frühmorgens chauffierte Itzig uns nach Cäsaräa. Die »Ferienwohnung« entpuppte sich als kleine Villa. Etwa zehn Autominuten vom römischen Amphitheater entfernt, lag das Häuschen in einer neu angelegten Feriensiedlung inmitten sanfter ockerfarbener Dünen, deren Kämme mit Matten von struppigen graugrünen Strandgräsern bewachsen waren. Am Ende der Straße war ein Park, dessen satter Rasen jeden Abend künstlich bewässert wurde. Die Villa von Itzig und Rebecca war von einer Reihe flacher, hellgestrichener Betonbauten umgeben.

»Ich bin sicher, ihr werdet euch hier gut erholen«, meinte Itzig, ehe er sich nach einem kurzen Nickerchen wieder auf den Weg nach Tel Aviv machte.

Rebecca und ich konnten es kaum erwarten. Winkend standen wir am Gartentor und beobachteten, wie sein Wagen um die Straßenecke glitt. Sofort stürzten wir ins Ehebett.

Samy wollte immer nur das eine. Meine unschuldige Zärtlichkeit war ihm dabei nur lästig. Er wollte mich unbedingt besitzen und damit demütigen. Daß ich daran zerbrach, war ihm egal oder bereitete ihm sogar Vergnügen. Als ich ihm zum wiederholten Male mit aller Geduld, Güte und Zärtlichkeit klarzumachen versuchte, daß ich mich als seine Tante unmöglich mit ihm einlassen konnte, noch dazu in meinem Ehebett, stand er einfach auf, ließ mich liegen wie einen nassen Lappen und ging.

»Wohin gehst du, Samy?«

»Ins Bad, wenn's gestattet ist, meinen Schmock waschen.« Es machte ihm Spaß, mich mit seiner ordinären Sprache zu quälen. Erst nach einer ganzen Weile kam Samy wieder ins Schlafzimmer, zog sich wortlos an und verließ den Raum. »Wohin gehst du, Samuel?«

»Auf mein Zimmer«, rief er von draußen.

»Wieso bleibst du nicht hier?«

»Weil ich keine Lust habe.«

»Vor ein paar Minuten hattest du noch große Lust, bei mir zu sein.« Er antwortete nicht. »Sprichst du nicht mehr mit mir? Bin ich dir nicht einmal das wert?« Ich hörte ihn aufstehen und näher kommen, also hatte er doch einen Rest Gewissen und Anstand – dachte ich. Aber Samy ging wortlos an meinem Zimmer vorbei zur Haustür, rief beim Aufmachen »Schalom« und warf die Tür ins Schloß. Ich konnte es nicht glauben. Jeder junge Mensch ist hin und wieder meschugge, sagte ich mir. Man muß Geduld mit ihm haben. Also wartete ich auf Samy. Eine Stunde, zwei Stunden, drei Stunden. Samuel war in der größten Mittagshitze aus dem Haus gerannt, ohne Kopfbedeckung. Er kam aus Naziland und war unser israelisches Klima nicht gewöhnt. Ich begann mir ernsthaft

Sorgen zu machen. Trotzdem blieb ich bis zum Abendessen gefaßt. Mit aller Liebe und Sorgfalt bereitete ich die Mahlzeit zu. Um Samy zu erfreuen, stand ich stundenlang in der Küche und kochte sein Lieblingsessen »Gefilte Fisch«. Danach richtete ich den Tisch stilvoll her – mit Blumen und Kerzen. Wann machte ich das schon für Itzig, außer am Schabbes? Samuel kehrte nicht nach Hause zurück.

Nach Einbruch der Dunkelheit bekam ich es mit der Angst zu tun. Samy kannte sich in Israel nicht aus, in Cäsaräa schon gar nicht, und sprach kein Hebräisch. Bestimmt war ihm irgend etwas zugestoßen. Ich ging zum Strandboulevard und suchte in jedem einzelnen Café nach ihm. Die Lokale waren voll fröhlicher Menschen, meist Familien mit ihren Kindern. Warum konnte Samy nicht mit mir hier sitzen, statt verrückt zu spielen wie Bella? Hundertprozentig war ihm etwas zugestoßen. Sollte ich die Polizei anrufen? Vielleicht bockte er einfach? Aber ich hätte ihn doch irgendwo sehen müssen. Sicher war ihm etwas passiert. Bella wird mich umbringen, wenn ihrem Kind, das sie zwang, in Naziland unbeschützt unter all diesen Unmenschen zu leben, nur ein Haar gekrümmt würde. Vielleicht war er einfach nach Tel Aviv zu Itzig gefahren? Wer weiß, was für Lügengeschichten er ihm erzählte. Ich rief zu Hause an.

»Nein, wieso? Habt ihr Streit gehabt?«

Itzig war keineswegs so naiv, wie Samuel glaubte. Herr der Welt, laß ihn bloß nichts ahnen. Ich will in Zukunft nichts Unrechtes tun. Was tat ich denn Unrechtes? Gerade weil ich so anständig war, spielte Bellas Sohn doch meschugge.

»Nein, Itzig, es ist alles in Ordnung. Aber nach dem Mittagessen, während ich schlief, ist er weggegangen.«

»Dann mach dir keine Sorgen, er wird schon wieder auftauchen.«

»Du hast gut reden! Der Junge ist fremd hier. Ich habe die Verantwortung für ihn. Wenn ihm etwas passiert, bin ich schuld. Ich allein!«

»Beruhige dich, Riwkale, er wird bestimmt bald wieder auftauchen.«

»Woher weißt du das so sicher?«

»Was soll er schon tun?«

»Vielleicht hat er sich verirrt?«

»In Cäsaräa?«

»Vielleicht ist er überfallen worden? Die arabischen Terroristen schrecken vor nichts zurück, nicht mal vor Morden an unseren wehrlosen jüdischen Kindern.«

»Wenn was passiert wäre, hätte man's im Radio schon durchgegeben.«

»Was soll ich nur tun, Itzig? Ich werde noch verrückt vor Angst.«

»Warten. Und ihm ordentlich die Meinung sagen, sobald er kommt.«

»Ich habe einen Eisblock geheiratet! Einen gefühllosen Klotz! Ich sterbe vor Angst, und er redet davon, daß ich meinem Samy ordentlich die Meinung sagen soll. Ich weiß nicht einmal, ob er noch lebt, und mein eigener Mann will, daß ich mein Jingele bestrafen soll. Gewalt geschrien! Was habe ich nur für einen Unmenschen geheiratet!«

Ich warf den Hörer auf die Gabel. Itzig war ein Unmensch. Durch seine Kälte brachte er mich soweit, daß ich mich beinahe mit dem eigenen Neffen . . . Aber ich bin fest geblieben – obwohl es mir weiß Gott nicht leichtfiel. Samuel ist ein Egoist – wie seine Mutter. Aber er weiß, was Zärtlichkeit und Wärme einer Frau bedeuten, im Gegensatz zu Itzig. Der Mensch braucht eben Liebe, und in unserer Familie ist Liebe nicht nur ein Wort – schon gar nicht für meinen Samy, auch wenn er es damit übertreibt. Er ist eben noch ein halbes Kind, und außerdem hat er Bellas herrschsüchtigen Charakter geerbt.

Wo steckte er nur? Sicher war ihm was passiert. Er konnte nicht so herzlos sein und mich einfach im Stich lassen. Ich liebe ihn doch mehr als jeder andere Mensch auf dieser Welt – die eigene Mamme eingeschlossen. Um neun Uhr abends hielt ich es nicht mehr aus und rief bei der Polizei an.

»Wie alt ist denn Ihr Jingele?« wollte der Mann am Telefon wissen.

»Das spielt keine Rolle. Er heißt Samy. Samy Goldmann.«

»Gute Frau, wenn wir nicht wissen, wie alt Ihr Kind ist, können wir schlecht nach ihm suchen.«

»Jung.«

»Wie jung, zum Teufel? Spielen Sie nicht Katz und Maus mit uns, wir haben mehr zu tun, als verzogene Kinder von hysterischen Mammes zu suchen!«

»Woher wollen Sie wissen, daß mein Kind verzogen ist?«

»Wieso läuft er Ihnen sonst weg?«

»Was geht Sie das an?«

»Zum letzten Mal, gute Frau, wie alt ist Ihr Sohn?«

»Neunzehn.«

Der idiotische Polizist lachte wie ein Meschuggener. »Vielleicht fragen Sie mal im Kindergarten nach«, brüllte er.

Gegen Mitternacht legte ich mich zu Bett. Natürlich tat ich vor Angst um meinen Samy kein Auge zu. Irgendwann, ganz spät, wurde die Haustür aufgesperrt. Ich stürzte auf den Gang. Ich war bereit, ihm zu verzeihen, so wahr mir Gott helfe, wenn er nur ein bißchen Reue gezeigt hätte.

»Wo warst du, Samy?«

»Fort.«

»Fort?«

»Ja, fort.«

»Aber wo?«

»Was geht dich das an?«

»Ich bin deine Tante, ich trage die Verantwortung für dich.«

»Gegenüber wem?«

»Deiner Mutter und . . .«

»Laß meine Mamme aus dem Spiel.«

»Warum tust du mir das an, Samylein?« rief ich und faßte ihn am Arm. Er schüttelte meine Hand ab wie lästiges Ungeziefer.

»Warum wohl?«

»Sag's mir!«

»Kannst du dir's nicht denken?«

Ich wußte genau, was er wollte, aber ich durfte nicht darauf eingehen.

»Nein.«

»Dann hat es keinen Zweck.« Er sah mich aus seinen grünen Augen mitleidlos an. »Ich bin nicht dein Spielzeug. Ich bin schon ein Mann. Du kannst nicht mit mir machen, was du willst.«

»Was habe ich denn Schlimmes getan?«

»Nichts!«

»Nichts?«

»Nichts!«

»Du willst mich also dazu zwingen, mit dir zusammenzusein.«

»Ich will dich zu überhaupt nichts zwingen«, sagte er hart.

»Doch«, schrie es aus mir. Samy kümmerte sich

nicht um meine Qual. Er ging in sein Zimmer. Erst viel später kam er wieder zu mir.

»Tut mir leid, Rebecca«, sagte er ruhig. »Ich wollte dich nicht kränken, aber das Ganze ist mir zuviel und dir auch. Ich fahre morgen weg. Ich wollte sowieso eine Tour durchs Land machen«. Damit verließ er den Raum.

Ich war verzweifelt. Warum war Samy nur so gefühllos? Fühlte er nicht, wie sehr ich ihn liebte? Ich beschloß, einen letzten Versuch zu machen, mich mit ihm auszusöhnen, und ging in sein Zimmer. Samy lag wach im Bett und starrte zur Decke. Er sah mich überrascht an. Dann umarmte er mich. Sofort wurde er zudringlich. Als er merkte, daß ich nicht in der Lage war, mich zu wehren, ging er sofort rücksichtslos aufs Ganze. Ich ließ alles mit mir geschehen. Samuel hatte endlich seinen Willen.

Er wurde nicht glücklich dabei. Denn plötzlich entdeckte er sein Gewissen und schämte sich furchtbar. Was in mir vorging, war ihm egal. Dabei hatte ich gerade in dieser Stunde einen Menschen, der mich verstand, so dringend nötig wie nie zuvor. Jahrelang habe ich Nacht für Nacht neben einem gefühllosen Mann schlafen müssen. Jetzt hatte mich mein eigener Neffe mißbraucht. Ich bekam einen Heulkrampf und konnte nicht aufhören zu weinen. Samuel kümmerte sich nicht um mich. Ich war ihm nun lästig. Er stand auf und ging ins Schlafzimmer.

Morgens hörte ich, wie Samuel seine Koffer packte. Ich wollte zu ihm gehen, mit ihm sprechen, aber ich war wie gelähmt, unfähig, mich zu bewegen oder zu sprechen. Samy kam an mein Bett, beugte sich herab, tätschelte meine Wange. »Es tut mir leid, Rebecca. Vor allem gegenüber Itzig. Ich war ein Idiot, verzeih mir, wenn du kannst.« Er zögerte, dann richtete er sich auf. »So, ich gehe jetzt fort. Ich glaube, es ist das beste für uns alle.« Samuel ging hinaus, ohne sich noch einmal umzusehen. Ich blieb den ganzen Tag im Bett – stand nicht auf und aß nichts. In der folgenden Nacht hoffte ich wie eine Ertrinkende, daß Samy zu mir zurückkehren würde. Er kam nicht. Ich war von Bellas Sohn verlassen worden, nachdem er mich wie eine Hure benutzt hatte.

Rebecca war außer sich vor Freude, als ich ihr vorsichtig zu verstehen gab, daß ich für eine Weile bei ihr wohnen wollte.

»Endlich nimmst du Vernunft an und kehrst heim, Jingele. Wieso bist du nicht gleich zu uns gekommen?«

»Wie soll ich das sagen? Das letzte Mal gab es Mißverständnisse zwischen uns.«

»Das ist schon über zehn Jahre her. Alles vergeben und vergessen.« Sie zwinkerte mir zu. »So, und jetzt setzt du dich erst mal hin und ißt eine Kleinigkeit. Ich bin sicher, du hast noch nichts im Magen.«

»Na ja.«

»Keine Widerrede!« Rebecca führte mich ins Wohnzimmer an den weißgedeckten Eßtisch. »Ich bringe dir sofort gehackte Leber mit Eiern und Zwiebeln.« Sie wandte sich um. »Itzig, steh hier nicht rum wie ein Golem. Hol bitte gleich die Sachen von meinem Jingele.«

Trotz heiliger Schabbesruhe und, im Hause Finkelmann, noch heiligerer Mittagsruhe zwang sie ihren Mann, zu Udi zu fahren und meine Klamotten zu holen.

»Und du, Samitschu, gehst nach dem Essen bitte auf dein Zimmer und legst dich hin, du hast den Schlaf dringend nötig.« Im Gegensatz zu Itzig? »Mein« Zimmer war in den vergangenen Jahren kaum verändert worden, abgesehen von einer neuen Stereoanlage. Auch Rebecca hatte sich kaum verändert. Mit Anfang fünfzig war sie eine attraktive und sorgfältig gepflegte Frau geblieben.

Riwka war begeistert, daß ich bei ihr wohnte. Zunächst. Rasch merkte sie jedoch, daß meine Lernerei viel Zeit in Anspruch nahm. Das paßte ihr gar nicht. Sie hatte sich wohl von meiner »Heimkehr« eine Fortsetzung unseres Katz- und Maussspiels erhofft. Aber ich war älter und einen Funken vernünftiger geworden – jedenfalls gegenüber Rebecca.

Jeden Morgen stand ich pünktlich um sieben auf und verließ gemeinsam mit Itzig, der so freundlich sein mußte, mich zur Uni zu fahren, die Wohnung. Der Hebräisch-Intensivkurs dauerte bis Mittag, danach arbeitete ich noch ein wenig in der Bibliothek, lernte Vokabeln und ging anschließend zum Schwimmen. Erst am späten Nachmittag tauchte ich in der Golda-Meïr-Straße auf. Kurze Zeit später mußte Itzig heimkommen. Riwkale fand also kaum Gelegenheit, mich »ein wenig zu verwöhnen«. Natürlich merkte sie rasch, daß ich ihr aus dem Weg ging.

»Samitschu, ich finde es toll, daß du so fleißig bist, aber kannst du nicht ein bißchen zu Hause studieren?«

»Schwierig. Weißt du, in der Bibliothek habe ich alle Bücher, die ich brauche.«

»Die kaufen wir, dann kannst du ungestört hier arbeiten.«

»Ich will euch nicht noch mehr zur Last fallen.«

»Unsinn, du weißt doch, für mein Jingele ist mir nie etwas zu schade . . .«

»Ja, und das wird mir allmählich peinlich.«

»Peinlich vor mir? Bist du meschugge geworden?« Sie sah mich aufmerksam an. »Außerdem glaube ich nicht, daß du die ganze Zeit über ununterbrochen lernst. Du nimmst immer deine Badehose mit.« Genau wie vor zehn Jahren.

Anstandshalber kehrte ich am nächsten Tag gleich nach dem Kurs heim. Rebeccas Essen ließ sich in der Tat nicht mit dem Mensafraß vergleichen. Auch das Mittagsschläfchen war wohltuend. Aber sobald Itzig aus dem Haus war, rief Riwka nach mir. Ich stellte mich schlafend. Es half nichts. Rebecca kam in mein Zimmer.

»Samylein, was ist los? Hast du deine Tante nicht mehr lieb?«

»Doch.«

»Na also, dann nimm mich ordentlich in den Arm.«

Ich tat's. Rebecca sank auf mein Bett. Ihr Kimono ging wieder wie von Zauberhand auf. Das Streichelspiel nahm seinen Lauf. Langsam schob ich mich auf sie und griff ihr zwischen die Beine. Das straffe Fleisch ihres Geschlechts war klebrig feucht. Als ich in sie eindringen wollte, preßte sie ihre Beine plötzlich zusammen, verkrampfte den ganzen Körper und drängte mich weg. Genug. Ich wollte richtig vögeln oder gar nicht. Ich hatte keine Lust, mich am Schmock rumführen zu lassen. Ich drehte mich zur Seite, tätschelte ihre Wange. »Tut mir leid, Riwkale, ich habe gar nicht gedacht . . .«

Sie atmete heftig. »Das ist doch nicht schlimm, Jingele. Das ist nicht schlimm.« Sie drückte sich erneut an mich. Ich wehrte sie sanft ab.

»Was hast du, Samitschka?«

»Nichts.«

»Warum stößt du mich dann von dir?«

»Weil ich sonst Lust habe, mit dir zu schlafen.«

»Wir können nicht immer alles tun, wozu wir Lust haben«, sie lächelte verschmitzt, kleine Lachfältchen umgaben ihre Augen. »Jedenfalls nicht sofort.«

Nicht schon wieder diesen Mist! Ich stand auf. Rebecca griff nach meinem Arm. Ich wich aus. Sie setzte sich auf. »Samy, komm her!« Ich gehorchte. »Wieso bist du schon wieder so ungeduldig? Du weißt, daß Itzig jeden Moment kommen kann.«

Sie begriff nichts. Und ich war zu feige, es ihr zu sagen. Ich tätschelte eine Weile beschwichtigend ihre Schultern und überbrückte so die Zeit, bis sie das Abendessen bereiten mußte. An den folgenden Tagen kam ich sicherheitshalber immer erst nach Itzig heim.

Das ging gut bis Schabbes. Nachdem Itzig sich auf den Weg zur Synagoge gemacht hatte, wollte ich mich zum Strand davonstehlen. Rebecca trat mir entgegen: »Einen Moment, Samylein. Nur nicht so schnell. Wieso gehst du mir seit Tagen aus dem Weg?«

»Ich hatte viel zu tun.«

»Das kannst du deiner Mamme erzählen, nicht mir. Also, was ist los?«

»Nichts.«

»Nichts, schmichts! Ich möchte wissen, weshalb du mich meidest wie eine Aussätzige. Stinke ich? Bin ich so häßlich, daß du bei meinem Anblick davonlaufen mußt?«

»Nein«, ich lachte nervös und nahm sie in den Arm. »Was ist los?«

»Ja, also . . .«

»Ja?« Sie gab nicht nach.

»Ja, also . . . ich habe Angst, daß wir wieder miteinander schlafen könnten.« Endlich war es ausgesprochen. Warum hatte ich das nicht früher gewagt?

»Das können wir hier wirklich nicht tun, Samy. Aber wenn wir nach Cäsaräa fahren . . .«, sie blinzelte mich an, »wir sind beide inzwischen vernünftig geworden.«

Lieber auf Utlis Balkon verenden oder in einer miesen Bude hausen als noch einmal diese Sex- und Gewissensakrobatik! Es half nichts, ich mußte ihr reinen Wein einschenken.

»Rebecca, ich habe dich sehr lieb, auch Itzig, aber ich muß ausziehen, sonst gibt es wieder einen Krach wie beim letzten Mal.«

»Bitte, wie du meinst. Anscheinend willst du wieder auf die Terrasse deines Freundes ziehen. Oder lieber am Strand nächtigen?«

»Nein. Ich werde mir eine Wohnung suchen.« Ich atmete durch. »Wenn es nur nicht so schwierig wäre.«

Rebecca reagierte sofort. Sie lächelte überlegen. »Was suchst du denn?«

»Zwei Zimmer.«

»Vielleicht kann ich dir helfen. Auf deine alte, häßliche, dumme Tante ist eben immer Verlaß. Offenbar bin ich der einzige Mensch, der dir immer helfen muß, und wenn du mich noch so erniedrigst und beleidigst.«

»Du mißverstehst mich vollkommen.«

»O nein, Samy. Ich kenne dich und weiß genau, was du denkst. Trotzdem werde ich dir auch dieses Mal helfen. Ich kann nicht anders. Ich liebe dich.« Sie sah mich streng an. »Hör genau zu. Freunde von uns, die Familie Pommeranz, wollen die Wohnung ihrer Tochter vermieten. Ruth hat geheiratet. Mit 22! Nicht wie du! Du bist 30 und immer noch ledig, du willst wohl ewig Junggeselle bleiben!?«

»Wann wird die Wohnung frei?«

»Sie ist schon frei.«

»Wie kann ich die Wohnung kriegen?«

»Indem ich bei Pommeranz anrufe.«

Kreide fressen! »Würdest du das für mich tun, Riwkale?«

»Wenn du mich brauchst, bin ich dein Riwkale. Sonst eine Aussätzige, eine Unberührbare.« Und eine Unvögelbare.

»Unsinn, du weißt genau, daß ich dich nicht weniger lieb habe als du mich.«

»So?«

»Ja! Genau so!«

»Weshalb läufst du dann vor mir davon?«

»Ich laufe nicht davon.«

»Doch!« Sie kostete jeden Moment aus.

»Ich will nicht, daß wir uns streiten – eben weil ich dich so gern habe.«

»Siehst du, du hast mich gern. Vielleicht! Ich dagegen liebe dich.«

»Kannst du bei Pommeranz anrufen?«

»Das scheint das einzige zu sein, was dich interessiert!«

Genau! »Nein! Aber ich will nicht, daß uns jemand anders zuvorkommt und die Wohnung wegschnappt.«

»Der einzige, der dir die Wohnung wegschnappen könnte, bist du selbst.« Sie lächelte maliziös.

»Wie meinst du das?«

»Wie ich es sage.«

»Ich kapiere trotzdem nicht.«

»Dann werde ich es dir sofort erklären. Die Pommeranzens sind feine, anständige und religiöse Leute. Und ich will nicht, daß du aus ihrer Wohnung ein Hurenhaus machst.«

Gerade sie! »Ich?«

»Ja, du!«

»Wie kommst du auf diese absurde Idee? Hältst du mich für einen Zuhälter?«

»Nein, aber für einen Schürzen- und Schicksenjäger. Tu nicht so unschuldig, ich weiß genau Bescheid.«

»Ich verstehe echt kein Wort.«

»Willst du mir etwa erzählen, daß du dich nicht mit Schicksen herumgetrieben hast?«

»Nein.«

»Lügner! Ich weiß genau, daß du eine Nazi-Freundin hast.«

»Das stimmt nicht.«

»Du behauptest also, daß deine Mamme eine Lügnerin ist.«

»Ich behaupte gar nichts.«

»Also treibst du dich doch mit einer Schickse herum?«

So war es zwecklos. »Ich gebe zu, daß ich mit einem christlichen Mädchen befreundet war . . .«

»Christliches Mädchen!« kreischte sie. Ihr Gesicht rötete sich augenblicklich.

»Christliches Mädchen! Eine Schickse, eine primitive Schickse! Schlimmer noch, eine Nazitochter, eine elende Nazitochter!«

Ich mußte die Wohnung haben. »Mag sein, aber wir haben uns getrennt.«

»Wann?«

»Ich habe das Verhältnis beendet, ehe ich nach Israel gekommen bin.«

»Stimmt das?«

»Ehrenwort.«

»Das ist mir zuwenig.«

»Was willst du noch?«

Sie blickte mir direkt in die Augen und sprach mit

fester, jeden Widerstand ausschließender Stimme: »Du sollst schwören!«

»Das kann nicht dein Ernst sein!«

»Mir war nie etwas so ernst.«

Ich war hier und Karin in Deutschland. Und ich brauchte die Wohnung, sonst würde ich verrückt: »Ich schwöre.«

»Was schwörst du?«

»Was willst du hören?«

»Die Wahrheit! Ich will, daß du mir bei Gott schwörst, daß du dein Verhältnis mit der Nazitochter beendet hast. Bei Gott, hörst du? Bei Gott.«

Zum Teufel! »Gut, ich schwöre bei Gott, daß ich das Verhältnis zu dem Mädchen beendet habe.«

Sie ließ sich erschöpft in den Sessel fallen, wurde jedoch gleich wieder rege. »Gibt es eine andere?«

»Nein!«

»Du mußt nicht so brüllen.«

»Doch, wenn du mich so piesackst! Und jetzt ruf bitte an und frag nach der Wohnung.«

Rebecca sah mich skeptisch an, lächelte. »Wenn du erst eine eigene Wohnung hast, wirst du vielleicht endlich vernünftig werden und versuchen, dich mit einer jüdischen Frau zu befreunden.«

»Sicher.«

»Was heißt sicher?«

»Daß ich mich dann eben mit jüdischen Mädchen anfreunden werde.«

»Mit welchen jüdischen Mädchen?«

»Weiß ich nicht.«

»Wieso nicht?«

»Weil ich hier keine ledigen Frauen kenne.«

»Aber ich!«

»Laß mal hören.«

»Zum Beispiel Mirijam Schmate, sie ist ein sehr

feiner, edler Mensch, eigentlich viel zu gut für dich.«

»Weshalb schlägst du sie dann vor?«

»Ich habe noch nicht ganz die Hoffnung aufgegeben, daß eines Tages ein Mensch aus dir werden könnte. Aber nur, wenn du nicht länger mit einer Nazitochter rumhurst, sondern . . .«

» . . . mit einer feinen, edlen jüdischen Frau . . .«

»Dir ist wohl nichts heilig.«

Jedenfalls keine jüdische Möse. »Aber dazu brauche ich eine Wohnung.«

»Gott im Himmel, ich kann mir schon vorstellen, was du aus dieser jüdischen Wohnung machen willst.«

Ich auch. »Wie alt ist denn diese Mirijam?«

»Anfang dreißig.«

Also bestimmt schon 40. »Ein Altersheim wollte ich hier eigentlich nicht eröffnen.«

»Dir geht es wohl nur um das eine.«

Genau wie dir. »Ja, eine Wohnung, in der ich endlich in Frieden leben kann.«

»Ich weiß nicht, ob ich dich den Pommeranzens als Mieter empfehlen darf.«

»Du mußt!«

Sie tat's. Ich bekam die Wohnung. Es war irre. Zwei Zimmer. Ganz für mich allein, ohne Mamme, ohne Karin und ohne Rebecca. Ohne eine Menschenseele, wenn ich wollte. Erstmals in meinem Leben eine eigene Wohnung – ich war selig.

Bald aber begann ich mich zu langweilen. Täglich sah ich im Kurs knackige jüdische Girls aus aller Welt. Aber ich kam nicht an sie ran. Mehr als Kaffeetrinken war mit ihnen nicht drin. Die suchten in »gut jüdischer Manier« alle einen ernsthaften Heiratskandidaten, nicht einen Studenten wie mich. Ich wurde immer geiler. Was konnte ich tun? Anquatschen am Strand war zwecklos. Da gab's zu viele Profis. In der Stadt lief auch nichts. Jeden Abend streunte ich wie ein hungriger Köter durch die Lokale am Dizengoff Boulevard. Meine Ansprüche wurden immer geringer – Hauptsache eine Frau. Vergeblich. Selbst die Häßlichsten spürten, wie fickrig ich war, und ließen mich abblitzen. Frustriert fuhr ich nach Hause. Es war zum Verzweifeln! Jetzt, da ich endlich eine eigene Bude besaß, sogar mit Schlafzimmer und Doppelbett, fehlte mir eine Frau. Was konnte ich nur tun? Wichsen war leider keine Selbst*befriedigung*, vor israelischen Huren hatte ich Angst, mehr noch vor Rebeccas Verheißungen. Im Hebräisch-Kurs ließen meine Leistungen rapide nach. Intensiv konnte ich nur an meine Mitschülerinnen denken, die mit ihren Miniröcken und Hotpants ruchlos meine Geilheit anstachelten, ohne mir Gelegenheit zu geben, mit ihnen zu schlafen.

Da kündigte sich fast unverhofft Rettung an. Kara schrieb mir einen sehnsüchtigen Brief. Offenbar litt sie genau wie ich unter unserer Trennung. Sie wollte unbedingt herkommen. Warum nicht? Zwar war ich hier, um sie loszuwerden und meine Unabhängigkeit zu erlangen . . . Schöne Unabhängigkeit! In Israel war ich zum wehrlosen Sklaven meines Schwanzes verkommen. Und Kara konnte mir helfen, das stand fest!

Aber Rebecca? Was würde sie sagen, wenn Karin auftauchte? Ich konnte es ihr verheimlichen. Unsinn! Bella würde es ihr sofort durchtelefonieren. Na, wenn schon. Was ging mich das an? Aber ich hatte ihr doch geschworen. Ich konnte doch keinen Meineid . . . Meineid? Schweineid! Rebecca hatte mich dazu gezwungen. Sollte ich zum Sexualverbrecher werden – gerade in Israel? Ich mußte mich entscheiden, für Rebecca oder meinen Schmock. Nachts fehlte mir

Kara am meisten. Ich hielt es nicht mehr aus und rief sie in München an.

»Hallo?«

»Kara!«

»Samylein, bist du's wirklich?«

»Wer sonst?«

»Toll«, sie war außer Atem. »Wie geht's dir, erzähl?«

»Schlecht, ich bin hungrig.«

»Wieso?«

»Nach dir, du Schaf.« Ich hörte sie lachen. »Dein Brief hat mich ganz heiß gemacht. Kauf dir ein Ticket und komm sofort her!«

»Ja, aber . . .«

»Kein Aber!«

»Aber es ist doch mitten im Semester und . . .«

»Alles Ausreden. Du gehst morgen ins Reisebüro und besorgst dir einen Flug nach Tel Aviv.«

»Aber das kommt so plötzlich. Ich wollte . . .«

»Jetzt hör mal gut zu. Ich brauch' dich jetzt! Verstanden?«

»Ja.«

»Also?«

»Wie geht's dir, erzähl . . .«

»Das sag ich dir in Israel! Das Telefonieren ist irre teuer. Übrigens, ich habe jetzt eine eigene Bude, wir können's hier treiben, solange wir wollen – ohne Bella . . .«

»Ich komme!«

»Sofort! Ich rufe dich morgen abend an und will wissen, wann du hier eintrudelst, o.k.?«

»Ja, Samylein.«

»Tschüs!«

»Tschüs.«

»Samy, ich . . .«

»Tschüs!«

Am nächsten Tag gestand ich's Rebecca. Da ich ihren Zorn fürchtete, versuchte ich die Geschichte *fernmündlich* zu regeln.

»Übrigens, eine Freundin aus München möchte mich besuchen.«

»Die Nazitochter!«

»Ich kenne keine Nazitochter . . .«

»Die Nazitochter!«

»Rebecca . . .«

»Die Nazitochter!«

»Riwkale.«

»Verbrecher, Meineidiger. Komm sofort her!«

»Kann ich leider nicht.«

»Komm sofort her!«

»Ich muß lernen.«

»Komm her!«

»Nein!«

»Das könnte dir so passen! Mich am Telefon abzufertigen. Na warte! Ich bin in zehn Minuten bei dir. Und wage es nicht, davonzulaufen«, – sie kannte mich – »sonst zünde ich dir die Wohnung an.«

Es dauerte keine zehn Minuten, bis Rebecca bei mir erschien. Mit hochrotem Kopf und nach Atem ringend, stürzte sie in meine Wohnung. Es war das erste Mal, daß ich sie außerhalb ihres Hauses ungeschminkt sah.

»Wann kommt die Hure?«

»Ich weiß von keiner Hure.«

»Leugne nicht, du Auswurf! Wann kommt die Nazitochter?«

»Von wem redest du eigentlich?«

»Von deiner Nazidirne, du Meineidiger!«

»Riwkale, ich schwöre dir, daß weder eine Hure noch eine Nazitochter jemals diese Wohnung betreten werden.«

»Er schwört! Er schwört! Dieser Verbrecher schwört«, kreischte sie und schlug mir mit der flachen Hand ins Gesicht. Das hatte nicht einmal meine Mamme gewagt!

»Wenn du mich noch einmal anrührst, fliegst du raus.«

Sie schrie ungerührt weiter. »Ich verlange, daß die Nazitochter diesen jüdischen Ort niemals betritt.«

»Hier kommt keine Nazitochter rein.«

»Sie ist eine Nazitochter! Bella hat es mir gesagt.«

»Bella spinnt.«

»Verleumder! Die eigene Mutter beschimpfst du wegen einer Nazihure . . .«

»Karin ist keine Nazihure . . .«

»Doch!«

» . . . ihr Onkel war Sozialdemokrat.«

»Und ihr Vater SS-Mann.«

»Lüge!«

»Dann SAler, oder ein anderer Nazi, alle waren sie Verbrecher und Mörder und sind es bis heute geblieben.«

»Aber Karin hat damals noch gar nicht gelebt, sie wurde erst 1950 geboren.«

»Mörderbrut.«

»Sie kann doch nichts dafür . . .«

»Bis ins vierte Glied! Mördervolk, Mörderkinder! Und du bist auch nicht besser. Du gewissenloser Verräter.«

»Jetzt ist es aber genug.«

»Es ist noch lange nicht genug, du Meineidiger.«

»Ich bin kein Meineidiger.«

»O doch, und ein Schlappschwanz dazu.« Rebecca schnappte kurz nach Luft, ehe sie mit heiserer Stimme fortfuhr: »Wann kommt das Nazikind?«

»Ich weiß nicht mal, ob sie wirklich kommt.«

»Wann kommt sie?«

»Was weiß ich.«

»Wann – habe ich gefragt.«

»Ich habe keine Ahnung.«

»Wann?«

»Vielleicht in den nächsten Tagen.«

»Heiliger, barmherziger Gott im Himmel, warum strafst du mich so? Zuerst läßt du meine selige Familie von diesen Teufeln ermorden, und jetzt schickst du die Brut von diesen Mördern nach Israel, damit sie meinen einzigen Neffen ins Verderben stürzt.« Sie keifte und schluchzte. Ich wollte sie trösten und in den Arm nehmen. Rebecca stieß mich zurück.

»Nimm deine Verbrecherhände von mir weg. Mit den gleichen Fingern rührst du die Nazitochter an.«

»Riwkale, sie ist keine Nazitochter.«

»Doch. Und du bist ein Verbrecher!« Sie setzte sich kurz auf den Sessel, sprang aber sogleich wieder auf. »Schwöre mir, daß sie nicht herkommt! Daß sie nie, niemals dieses Land betreten wird!«

»Wir haben Reisefreiheit.«

»Nicht für Nazis!«

Es hatte keinen Sinn, ihr zu antworten.

»Du sollst schwören, du Auswurf der Menschheit.« Ich blieb stumm. »Ich fahre sofort zu Pommeranzens. Sie sollen dich rausschmeißen, und zwar fristlos.«

»Tut mir leid, Rebecca. Ich habe einen Mietvertrag über ein Jahr.«

»Den du dir erschlichen hast.« Ihre schreiende Stimme kippte um. Sie jammerte. »Hast du keinen Funken Erbarmen mit deiner Tante? Die Nazis haben unsere ganze Familie ermordet. Es ist auch deine Familie, begreifst du das nicht?«

»Doch.«

»Dann laß sie nicht her!«

»Riwkale, Karin ist keine Nazitochter . . .«

»Karin! Karin – wie Görings Frau.«

Ich hatte nur noch den Wunsch, die Verrückte loszuwerden. »Es ist genug, Rebecca, geh bitte nach Hause.«

Sie versuchte erneut, mich zu schlagen. Ich geriet in Wut, packte ihren Arm und schob sie zur Tür. Sie kreischte und schlug wild um sich. Mit einem Mal jedoch begann sie zu röcheln, wurde blaß und schwankte. Ich fing Rebecca auf, schleppte sie zur Couch und bettete sie vorsichtig darauf. Sie bewegte sich nicht. Aber sie atmete wenigstens, wenn auch pfeifend. Das fehlte mir gerade noch! Hatte sie aus lauter Bosheit einen Herzinfarkt erlitten oder einen Gehirnschlag und starb womöglich noch in meiner Wohnung? Barmherziger Gott, laß sie leben, bitte! Noch dringender als Ihn brauchte ich jetzt allerdings einen Arzt. Ich kannte nicht mal die Nummer des israelischen Rettungsdienstes. Die Nachbarn fragen. Nein! Dann hatte ich das ganze Haus bei mir in der Stube. Itzig! Gerade er. Itzig würde sich bestimmt für die ganzen Schweinereien rächen, die wir ihm angetan hatten. Trotzdem, mir blieb nichts übrig. Glücklicherweise spielte wenigstens er nicht verrückt. Im Gegenteil.

»Keine Angst, Samy. Das passiert ihr gelegentlich, wenn sie sich aufregt. Sie hat Nervenasthma. Bleib bei ihr. Ich rufe Doktor Rafaeli an und komme in einigen Minuten mit ihm bei dir vorbei. Sei ruhig, es wird alles bald wieder gut.«

Der impotente Itzig, über den ich mich dauernd lustig gemacht hatte und den ich so schamlos hinterging, beschämte mich mit seiner Ruhe und Güte. Es kam eben nicht nur auf den Schmock an.

Kurz danach erschien Itzig mit dem Arzt. Rafaeli untersuchte Rebecca.

»Nichts Besorgniserregendes, Herr Finkelmann, es ist einer ihrer üblichen Schwächezustände bei nervlicher Überlastung. Ich werde ihr ein Beruhigungsmittel injizieren.«

Beim Einstich der Spritze schlug Rebecca ihre Augen wieder auf. »Was ist los, wo bin ich«, murmelte sie mit belegter Stimme.

Itzig eilte an ihre Seite. »Es ist alles in Ordnung, Riwkale. Dir ist nur ein wenig unwohl geworden.«

Rebecca drehte langsam ihren Kopf in meine Richtung. »Der Meineidige«, zischte sie.

»Riwkale, du darfst dich jetzt nicht aufregen. Es ist alles in Ordnung«, beschwor Itzig sie.

»Nichts ist in Ordnung! Ich will nach Hause. Weg aus diesem Hurenhaus.«

»Schon gut, sicher. Ja, sofort. Doktor, helfen Sie mir bitte.«

»Ja, gewiß. Machen Sie sich keine Sorgen, Herr Finkelmann. Morgen ist sie wieder ganz die alte.« Der arme Itzig.

Beide hoben sie vorsichtig hoch und führten sie aus der Wohnung. An der Türschwelle wandte Rebecca den Kopf, sah mich haßerfüllt an, spuckte zu Boden und röchelte: »Der Teufel soll dich und deine Nazihure holen! Das Blut meiner gemeuchelten Eltern komme über euch!«

Beide Männer zogen sie hinaus. Ich ließ mich auf die Couch fallen und weinte.

Am nächsten Tag kam Karin nach Israel.

KARIN IN ISRAEL

Nicht hoffnungslos

Schon eine Stunde vor Ankunft der Maschine war ich am Ben-Gurion-Flughafen. Ungeduldig-geil wartete ich auf Kara. Endlich landete die Maschine. Es dauerte aber noch eine ganze Weile, ehe meine Karin durch die gläserne Schiebetür trat. Wir fielen uns in die Arme. Minutenlang hielten wir uns im Getümmel der Reisenden fest. Endlich machten wir uns los. Rasch lotste ich Kara ins Auto. Ich war so geil, daß ich mich nur mühsam aufs Fahren konzentrieren konnte. Um nicht noch wilder zu werden, wagte ich es kaum, sie anzusehen. Schließlich hielt ich es nicht mehr aus und steuerte den Wagen in die nächstbeste Zitrusplantage am Straßenrand. Wortlos, mit fahrigen Bewegungen zogen wir uns aus. Ohne Vorspiel vereinigten wir uns. Als ich in sie eindrang, schrie Kara auf, dann stöhnte sie zufrieden. Die Spannung in mir steigerte sich immer weiter, ehe sie in einer langen Explosion schmerzhaft-lustvoll platzte. Langsam wurde ich ruhiger. Erst jetzt war ich fähig, Karin gelassen anzublicken. Sie lag halb ausgezogen, mit zerzaustem Haar neben mir auf dem Rücksitz. Ihre hellblauen Augen glänzten. Ich drückte sie an mich.

»Kara!«

»Samylein.«

Ihre Altstimme klang voll und warm. Sie strich mit ihren Fingern durch mein Haar. Endlich fühlte ich mich wieder geborgen und geliebt. Ich seufzte auf.

Karin küßte mich schmatzend auf die Augen, lehnte sich ein wenig zurück, grinste: »Das also ist Israel.«

Wir lachten. Nachdem wir noch eine Weile geschmust hatten, zogen wir uns an und fuhren in meine Wohnung in der Martin-Buber-Straße. Kaum hatten wir Karas Koffer ausgeladen, tutete es schon durchdringend von der Straße: TA TATA TA. Udis Hupsignal. Kein normaler Israeli macht sich die Mühe an der Haustür zu klingeln, um anzuzeigen, daß er da ist. Man hupt lieber. TA TATA TA. Auch Moshe wartete also unten. Ich trat auf den Balkon. Udi streckte seinen Kopf aus dem Wagenfenster und brüllte über die Straße hinweg: »Bist du schon fertig, Goldmann, oder müssen wir kommen, um dir ein wenig zu helfen?«

»Helft euch lieber selbst«, schrie ich lachend zurück.

»Was bleibt einem schon übrig, wenn man bei seinen Eltern wohnt.«

Einige Nachbarn auf den Balkonen drehten neugierig die Köpfe. »Na, was ist, Goldmann? Wann kommt ihr? Wir sind schon gespannt auf deine Freundin.«

»Sofort.«

Ich trat wieder ins Zimmer. »Los, Kara, alle warten schon auf dich.«

»Aber ich bin doch noch ganz schmutzig von der Reise.«

»Und von mir.«

»Genau. Ich muß mich noch herrichten.«

»Keine Zeit. Schütt irgendein Stinkwässerchen auf dein Haupt, das reicht.«

»Von mir aus, du mußt mich ja riechen.«

TA TATA TA. Inzwischen hatte sich auch Kuti eingefunden. Wir beeilten uns und traten bald danach Arm in Arm auf die Straße. Die drei vollbesetzten Autos parkten gegenüber dem Haus. Kara und ich wurden mit lautem Schalom begrüßt.

»Donnerwetter! Wie hast du häßlicher Vogel so eine tolle Frau gefunden?«

»Im Supermarkt.«

Alle lachten lauthals. Es war zwecklos, ihnen zu sagen, daß ich Kara tatsächlich im Lebensmittelladen kennengelernt hatte.

Umständlich stellte ich sie vor. Ich machte mich auf einen anstrengenden Job gefaßt. Unnötig, denn Englisch, Jiddisch, Hände und Füße sorgten für eine ausreichende Verständigung. Bald machten wir uns alle auf den Weg nach Shechunat Hatikwa, dem von orientalischen Juden bewohnten Armeleuteviertel im Süden Tel Avivs, wo alle Spezialitäten der sephardischen Küche preiswert in winzigen Lokalen offeriert werden. Wir saßen unter freiem Himmel und konnten kaum mehr aufhören zu essen. Kara wurde umgehend von allen akzeptiert, sogar von den herben Sabregirls. Unverständlich. In München hätte ich nie gewagt, mit einer Schickse in jüdischen Kreisen zu verkehren. Keiner traute sich! Jeder fürchtete seine Mamme. In Israel störte es niemand. Weil es hier keine Schicksen gab?

»Wovon träumst du, Goldmann? Deine Freundin ist doch schon da«, neckte mich Eli Bidur. Alle lachten. Ich nahm Kara fest in den Arm. Es tat gut. Nach einem kräftigen türkischen Mokka machten wir uns gegen Mitternacht auf den Weg nach Jaffo.

In den Discos war Karin die beliebteste Tanzpartnerin. Wer wollte nicht mit einer blonden, blauäugigen Schickse tanzen? Irgendwann im Morgengrauen brachen wir nach Hause auf. Ich fühlte mich unbeschwert. Zum ersten Mal in meinem Leben hatte ich eine Bleibe, in der ich mit meiner Freundin ungestört leben konnte, wie es uns gefiel. Es gefiel uns! Die Erotik mit Kara, in Deutschland durch die Routine jahrelanger Freundschaft verwässert und vom ständigen Zeitdruck beengt, war wieder spannend und lustvoll. Gleichzeitig verstärkte sich mein Vertrauen zu ihr. Ich mußte total meschugge gewesen sein, als ich vor ihr davonlief.

Karin war von Israel zunächst ebenso begeistert wie ich. Das helle, klare Licht, die ständige Wärme, das knallblaue Meer bezauberten uns gleichermaßen. Nach wenigen Tagen fuhren wir ins Galiläa-Gebirge im Norden des Landes. Die mehrspurige Küstenstraße führte zunächst durch die Sharon-Ebene, in deren Mitte Tel Aviv liegt. Kilometerweit ziehen sich Zitrusplantagen entlang des Highway. Nach etwa einer Stunde Fahrt wurden die felsigen Ausläufer des Carmel-Gebirges sichtbar, an dessen Küste die Hafenstadt Haifa liegt. Wir passierten die Stadt und fuhren weiter nach Norden. Rasch gehen die kahlen Felsenberge des Carmel in die grünen Hügel Galiläas über, die nach Norden hin immer höher, zu Bergen werden. Die Straße führt in nordöstlicher Richtung ins Landesinnere. Dank ständiger Aufforstung schimmern die runden Höhen im gleißenden Sonnenlicht in mannigfaltigen Grüntönen.

Fast jeder dieser Berge war Schauplatz unzähliger Schlachten: in der Bibel, zu Zeiten der Kreuzfahrer und in Israels jüngsten Kriegen. Wir fuhren am Berg Tabor vorbei, dessen weites Gipfelplateau kahl und bedrohlich in die Landschaft ragt. Hier besiegte Barak, der Feldherr der Prophetin Deborah, die Feinde Israels. Die Jüdin Yaël gewährte dem geschlagenen Kanaaniterhäuptling Sisera scheinbar Asyl. Als Sisera nach einem Schlaftrunk in ihren Armen ent-

Identifikation

schlummerte, erschlug ihn Yaël, indem sie seinen Kopf mit einem Holzpfahl in den Boden rammte. Seither wird sie als jüdische Heldin verehrt.

Südlich des Tabor, am Gilboa-Berg, hatte König Saul gegen die Philister, die Vorfahren der Palästinenser gekämpft. Als der Hebräerfürst sah, daß die Schlacht verloren war, stürzte er sich ins eigene Schwert.

»Warum guckst du so traurig, Samylein?«

»Weil es mich verrückt macht, daß unser Volk ständig von einer Katastrophe in die andere taumelt.«

Karin sah mich betreten an.

Kurz nachdem wir den Berg Tabor passiert hatten, erreichten wir das Städtchen Zefat. Vor den Schrecken der Inquisition flohen viele spanische Juden im 16. Jahrhundert nach Zefat. Sie setzten die Tradition von Javne fort, wo Rabbi Jochanaan Ben Sakkai im Jahre 70 vom römischen Feldherrn Titus, der soeben Jerusalem zerstört hatte, die Erlaubnis erhielt, eine Jeschiwa, eine Talmudakademie, zu gründen. Während in Jerusalem nach der Zerstörung durch die Römer jahrhundertelang keine Juden leben durften, wurden in Zefat die Lehren der Bibel studiert und eingehalten, auf denen das Judentum bis zur Gegenwart ruht. Hatten die Israelis das vergessen? Heutzutage verließen sie sich zunehmend auf die Kräfte, die stets zum Untergang ihrer Reiche geführt hatten: Macht, Militär und Gewalt.

»Richtig romantisch ist es hier, Samy.«

In den schmalen kopfsteingepflasterten Gassen der Altstadt schien die Zeit stehengeblieben zu sein. Junge Jeschiwa-Studenten und die Rabbis, in ihren schwarzen Kaftanen und weißen Kniestrümpfen, eilten geschäftig-tänzelnden Schritts durch die verwinkelten

Straßen. Auf den Bürgersteigen standen palavernde Hausfrauen in weiten einfarbigen Kopftüchern, umringt von spielenden Kindern. Die Mädchen verbargen die Arme in »züchtigen« langen Ärmeln und die Beine in dunklen Strümpfen, die Gesichter der Jungen wurden von Pejot, den gezwirbelten Schläfenlocken, umkränzt. Kara nahm mein Gesicht in ihre Hände und meinte mit weicher Stimme: »Laß uns hierbleiben, Samylein.«

Wir quartierten uns in einer preiswerten Pension in der oberen Altstadt ein. Von unserem Fenster sahen wir auf das verwinkelte Gassengewirr der Altstadt. Gemeinsam genossen wir die beschauliche Atmosphäre des Städtchens. Auf den Straßen gab es keine Hektik. Die Leute ließen kein Schwätzchen aus. Am Nachmittag kauften wir ein: Früchte, Brot, Käse und roten Carmelwein. Wir setzten uns auf den Balkon vor unserem Zimmer, aßen, tranken und sahen stundenlang auf die Altstadt, bis diese nach einer kurzen Dämmerung in der Dunkelheit versank. Wir liebten uns im ausgeleierten Doppelbett. Wie viele Paare mögen vor uns hier übernachtet haben? Waren sie so glücklich wie wir? Noch nie hatte ich mich so wohl mit Kara gefühlt.

Abends schlenderten wir durch die fast menschenleeren Gassen, die vom dunkelgelben Licht der Laternen nur schwach beleuchtet wurden. Wir hielten uns eng umschlungen.

In Zefat war Samy endlich er selbst. Jedenfalls glaubte ich das. Er wirkte ruhig und entspannt, nicht wie in Deutschland, wo er sich dauernd gehetzt fühlte. Samy war weniger albern als in München, meistens gut gelaunt und stabil – auch im Bett. Wir hatten viel Vergnügen aneinander.

Nach einer Woche kehrten wir über den Genezareth-See, den die Israelis Kinereth nennen, und die unwirtlichen Golan-Höhen, deren Lavagestein im wechselnden Tageslicht ständig die Farbe zwischen grau und violett verändert, nach Tel Aviv zurück. Samy ließ sich sogleich von der Hektik der Großstadt und ihrer Menschen anstecken. Seine Freunde standen ständig unter Druck. Sie wohnten alle noch bei ihren Eltern und lagen ihnen auf der Tasche. Deswegen wollten sie so schnell wie möglich fertigstudieren. Zu allem Überfluß mußten sie zu wochenlangen Reserveübungen zum Militär.

Einmal haben wir Jakob an einem gottverlassenen Fleck in der Wüste Negev besucht. Es war unerträglich heiß und stinklangweilig. »Meine einzigen Freunde hier sind die Fliegen«, sagte er traurig. Jakob mußte sechs Wochen dort bleiben.

Fast jeden Abend traf sich die Clique von Udi und Samy. Meist in einem Café am Dizengoff- oder am Ben-Yehuda-Boulevard. Anfangs fand ich alles aufregend. Ich lernte neue Menschen mit fremder Mentalität kennen. Die Männer bewunderten mein Aussehen und waren ungemein aufmerksam, ich fühlte mich zunächst geschmeichelt. Aber die Höflichkeit ließ bald nach. Kaum einer aus der Clique gab sich noch Mühe, englisch zu sprechen. Ich saß dumm da und war auf Samys gelegentliche Übersetzung angewiesen. Ich hatte den Eindruck, daß sich alle langweilten, aber keiner Lust hatte, alleine bei seinen Eltern zu hocken, und sie deshalb lieber zusammengluckten. Ich überredete Samy, einen Abend mit mir allein zu Hause zu verbringen. Er war einverstanden.

Ich hatte gehofft, daß sich die Stimmung von Gelassenheit und Liebe, die zwischen uns in Zefat geherrscht hatte, wieder einstellen würde, wenn wir allein wären. Es blieb leider eine Wunschvorstellung. Wir wohnten in Tel Aviv. Samys Freunde, die Cafés, Restaurants und Massenstrände waren zu nah. Das ließ sich nicht aus Samys Kopf verbannen und wohl auch nicht aus meinem. Er gab sich Mühe, nett zu sein, vor allem wollte er jeden Streit mit mir vermeiden. Trotzdem spürte ich genau, daß er sich viel lieber gemeinsam mit seinen Freunden langweilen wollte als mit mir. Natürlich traute er sich nicht, ein Wort zu sagen. Statt dessen setzte er sich bald vor die Glotze. Verärgert ging ich zu Bett. Auch ich war zu feig, offen mit ihm zu reden. Aber was hätte ich ihm denn sagen sollen? Ich konnte ihn doch nicht zwingen, sich bei mir wohl zu fühlen.

Am nächsten Abend waren wir, wie gehabt, wieder mit den anderen zusammen. Man saß rum und schlug die Zeit tot. So öde hatte ich mir meinen Urlaub bei Samy nicht vorgestellt. Ich lag ihm dauernd in den Ohren, wieder gemeinsam einen größeren Ausflug zu machen. Aber er konnte oder wollte nicht. Angeblich mußte er regelmäßig in seinen Hebräisch-Kurs. Als ich vor drei Wochen herkam, war ihm der Kurs piepegal. Da wollte er ständig mit mir zusammensein – allein. Ging es ihm nur ums Bett? Jetzt blieb mir nichts übrig, als mich selbständig zu machen. Das war aber nicht so einfach, wie ich zunächst dachte. Am Strand wurde ich als Touristin ständig von dummen Typen angequatscht. Natürlich konnte ich allein durchs Land reisen, aber dazu hatte ich keine Lust und auch keinen Mut. Ich war wegen Samy hergekommen, was sollte ich da einsam rumdüsen.

An den Wochenenden hing Samy, und damit auch ich, wieder Tag und Nacht mit seinen Freunden rum.

Zuerst fuhr »man« zum Schwimmen ans Meer, dann ging »man« ins Café, und abends wurde ein Lagerfeuer veranstaltet. Bis zum Morgengrauen saßen wir um die Flammen, brutzelten Kartoffeln, und die Israelis sangen ein Lied nach dem anderen und tanzten Hora, ihren Reigentanz. Das erste Mal gefiel's mir, da war es für mich noch exotisch. Aber bald bekam ich zuviel von diesem Kinderkram. Wie bei den Pfadfindern! Ich versuchte Samy dazu zu bringen, wenigstens am Wochenende etwas mit mir allein zu unternehmen. Wir konnten doch auch zu zweit ans Meer fahren, ohne seine allgegenwärtigen Freunde. Er hatte tausend Ausreden: volle Straßen – wenn er mit seiner Bande losfuhr, war der Sabbat-Ausflugsverkehr nie ein Problem –, lernen müssen, Müdigkeit und ähnlicher Unsinn. Als ich ihm das nicht abnehmen wollte, ging er angeblich in die Synagoge. In München verschlief er den ganzen Samstag. Hier dagegen spielte er den frommen Juden.

Allmählich wurde Kara mir lästig. Dauernd wollte sie alleine mit mir sein. Nur auf der Toilette und in der Synagoge hatte ich meine Ruhe. Also pilgerte ich jeden Schabbesmorgen in einen Tempel. Zunächst zu den europäischen Juden, den Aschkenasim. Ich wurde enttäuscht. Der Väter Glauben wurde hier so lebendig praktiziert wie das Exerzieren auf einem Kasernenhof. Der Rabbi und der Kantor beteten vor, die Gemeinde tat es in gebührendem zeitlichem und stimmlichem Abstand nach. Also probierte ich es in einer sephardischen Betstube in unserer Nachbarschaft. Die Gläubigen saßen in lange, weiße Gebetsschals gehüllt auf ihren Holzbänken, von denen der Lack blätterte. Sie beugten sich über meist zerlesene Bücher und sprachen, murmelten oder sangen die Gebete nach, die der Kantor vortrug. Alle machten ständig mit. Das gefiel mir. Dazwischen schwirrten zahllose Kleinkinder umher.

Nach dem Gottesdienst fand gelegentlich eine Bar-Mizwa-Feier statt. Zu diesem Anlaß trafen sich Männer und Frauen, denen der Zugang zum Betsaal untersagt war, in einem eigenen Raum. Mit viel Lärm, Umarmungen und Segenssprüchen wurde der 13jährige Knabe in den Ewigen (jüdischen Männer-) Bund aufgenommen. Danach gab's stets lange Ansprachen, von denen ich wenig verstand. Das Ganze war eintönig, aber gewiß unterhaltsamer und nicht so anstrengend wie die schier endlosen Gespräche, in denen Kara meinen Ehewiderstand zu zermürben suchte. Je länger sie in Israel war, desto fordernder wurde sie. Lag's am Klima? Im Talmud heißt es, »die Luft im Lande Israel macht schlau«. Und die Weiber zänkisch?

Ich verdrückte mich, so oft und so lang ich nur konnte. Aber natürlich mußte ich irgendwann nach Hause. Kaum war ich in der Wohnung, legte sie los.

»Seit wann bist du so fromm geworden, Samy?«

»Ich bin nicht fromm geworden. Ich finde es nur ganz interessant, gelegentlich in eine Synagoge zu gehen, das ist alles.«

»Ich interessiere dich wohl überhaupt nicht mehr?«

»Doch.«

»Dann möchte ich mich endlich mit dir ernsthaft unterhalten.«

»Muß das unbedingt am Schabbes sein?«

»Wann sonst?«

»Ein andermal.«

»Das ist mir zu ungenau. Wann?«

»Wieso muß es denn immer gleich eine Grundsatz-
debatte sein? Du bist schlimmer als ein Politiker.«

»Ich will wissen, wie es mit uns weitergeht.«

»Bin ich ein Prophet?«

»Du sollst kein Prophet sein, sondern mir sagen, wie
du dir unsere Zukunft vorstellst.«

»Was weiß ich.«

»Aber ich will es wissen, Samuel Goldmann. Ich bin
nämlich schon 27.«

»Kara.« Ich nahm sie in den Arm. »Hör auf, dich
und mich zu quälen. Alles wird gut werden. Wir können nicht dauernd alle Probleme mit Gewalt lösen.«

»Ich will nichts mit Gewalt lösen, Samy. Ich will
nur, daß wir zusammenbleiben, das ist alles.«

»Wir sind doch zusammen.«

»Ich meine ganz fest.«

»Heiraten?« Was sonst? Allein deshalb kam sie doch
her.

»Ja.«

»Nein. Das geht im Moment nicht.«

»Wieso?«

»Weil man in Israel nur kirchlich heiraten kann und
wir unterschiedlichen Konfessionen angehören.«

»Ausreden. Nichts als Ausreden.«

»Nein.«

»Dann heiraten wir eben nach deiner Rückkehr
nach Deutschland.«

»Darüber sprechen wir in München, wenn es soweit
ist, nicht jetzt.«

»Das hast du in München auch schon gesagt.«

»Na und?«

»Na und? Ich habe genug davon, mich andauernd
vertrösten zu lassen. Wir verloben uns jetzt. Sofort!«

»Das ist ausgeschlossen.«

»Warum, zum Teufel?«

»Das weißt du ganz genau.«

»Doch nicht wieder wegen deiner Eltern.«

»Leider schon.«

»Aber die sitzen in Deutschland, und wir sind hier.«

»Und wenn ich zurückkehre?«

»Dann müssen sie sich damit abfinden.«

»Das werden sie niemals tun.«

»Heißt das, daß wir nie heiraten werden?«

»Im Moment geht's nicht.«

»Wann dann?«

»Es wird sich schon ergeben.«

»Wann, Samuel Goldmann?«

»Irgendwann.«

Irgendwann! So vertröstete er mich schon seit Jahren. Samy dachte überhaupt nicht daran, mich zu heiraten. Aber er konnte sich doch nicht ewig unter dem Rock seiner Mutter verstecken. Warum wollte er nicht mit mir zusammenleben, als Ehemann? Auch er konnte so nicht glücklich sein. Dauernd im Ungewissen, wie es weitergehen wird. Nein! Samy lebte nicht im Ungewissen. Er hatte mich. Im Ungewissen war alleine ich. Ich wußte nie, wann er mich gerade brauchte und wann er mich wieder loswerden wollte. Das konnte ich nicht ewig aushalten.

Nur eines begriff ich, daß ich nicht länger in Israel bleiben konnte. Sonst verlor ich noch meinen Verstand und Samy obendrein. Würde er mich vermissen? Vielleicht. Wenn er mich brauchte, konnte er mich jederzeit wieder rufen. Und ich dumme Kuh würde kommen. Das wußte er, darum machte er mit mir, wozu er Lust hatte, und ich spielte mit. Denn ich konnte nicht anders. Ich liebte ihn eben und wollte unbedingt mit ihm zusammenbleiben. Samy war der einzige, der mich verstand, der zärtlich zu mir war und mich liebte, wie ich war. Er wollte aus mir nicht eine Emanze oder ein Hausmütterchen oder eine Nutte machen. Manchmal verfluchte ich ihn wegen seiner Feigheit, weil er sich nicht traute, vor seinen Eltern und den anderen Juden zu mir zu stehen. Als er damals nach Israel davonlief, hatte ich eine Zeitlang mit anderen Typen geschlafen. Es war aber Mist. Die wollten alle nur ihren Spaß haben. Wie es mir dabei ging, war diesen Mackern wurscht. Ich hatte bald genug davon. Die sexuelle Revolution ist nur dummes Gerede. Wenn kein Gefühl dabei ist, habe ich nichts vom Bett. Liebe empfand ich nur für Samy, und er war auch der einzige, der mir das Gefühl gab, als ganzer Mensch geliebt zu werden.

So war ich glücklich, als er mich zu sich nach Israel einlud. Aber im Moment konnte ich es hier nicht mehr aushalten. Als ich Samy sagte, daß ich nach München zurück wollte, war er wirklich traurig. Trotzdem versuchte er nicht, mich zum Bleiben zu überreden. In der Nacht vor meiner Rückkehr weinte er. Dann schliefen wir miteinander. Samy war so zärtlich und behutsam wie seit langer Zeit nicht mehr. Endlich fühlte ich wieder, daß auch er mich liebte. Sofort erwachte meine Hoffnung. Vielleicht würde doch noch alles gut werden. Es mußte einen Weg geben, glücklich zusammenzuleben. Ich durfte nur nicht so schnell aufgeben. Wahrscheinlich fand Samy eines Tages doch noch den Mut, zu mir zu stehen. Ich mußte eben mehr Geduld mit ihm haben.

Unsicher, wie es mit uns weitergehen würde, flog ich nach München zurück.

SARA

Liebe zu einem Diasporajuden

Kara war ein toller Kerl, ich hatte sie gern – aber sie blieb ein Dickschädel, ein deutscher Dickschädel. Nur weil ich sie nicht auf der Stelle heiratete, ließ sie mich mutterseelenallein in Israel sitzen. Ich hatte mir geschworen, nicht noch mal monatelang frauenlos rumzuhängen. In meiner Not wäre ich womöglich zu Rebecca zurückgekehrt. Ich mußte endlich meine verdammte Schüchternheit überwinden und hier eine Frau finden. Aber wie? Ich hatte bereits eine im Auge: Sara Sharon. Sie sah beeindruckend aus. Sara war das Abbild einer schönen sephardischen Jüdin: groß und dunkel. Beim Anblick ihrer langen, schwarzblau schimmernden Haare begriff ich, warum die Talmudgelehrten das Haar den schönsten Schmuck der Frau nennen. Saras Stirn war hoch und klar, ihre Pupillen schwammen in einer bernsteinfarbenen Iris. Ihr feingeschnittenes Gesicht mit der kühn geschwungenen Nase und den vollen Lippen ließen mich an König Salomos Hohelied denken: »Du bist wunderschön, meine Freundin, und kein Fehl ist an dir. Von deinen Lippen träufelt Honigseim. Honig und Milch sind unter deiner Zunge...« Ihre zimtfarbene Haut war makellos. Ich hatte mich auf den ersten Blick in Sara verliebt.

Bis vor kurzem war Sara mit einem Berufsoffizier verbandelt. Jetzt lebte sie offenbar solo, dennoch kam keiner an sie ran.

»Zwecklos, laß die Finger von ihr, Samy«, entmutigte mich Udi, als ich ihn gewollt unverbindlich nach Sara fragte.

»Wir haben's alle versucht und sind alle auf die Schnauze gefallen. Sie hat uns einfach ausgelacht. Diese arrogante Ziege! Was bilden sich diese Schwarzen eigentlich ein?«

Wenn irgendwas nicht klappte, waren stets die »Schwarzen«, die Sephardim, schuld: wie einst alle Juden. Aber was half mir meine edle, tolerante Haltung, Sara war für mich unerreichbar. Warum, zum Teufel? Ich hatte es nicht einmal versucht. Wozu? Wenn alle anderen abgeblitzt waren, obwohl sie Israelis waren. Trotzdem konnte ich es doch probieren. Um mich lächerlich zu machen? Na und? Den anderen war's auch nicht besser ergangen. Nach langem Hin und Her überredete ich Gila, Menachems Schwester, mir Saras Telefonnummer zu geben. Sie direkt anzusprechen, fehlte mir der Mut. Ich hatte Herzklopfen, als ich bei Sara anrief.

»Hallo?« hörte ich eine ältere Frauenstimme fragen.

»Hier spricht Samy Goldmann.«

»Was willst du?«

»Kann ich Sara sprechen?«

»Einen Moment.«

»Ja?«

»Hier ist Samy.«

»Ich weiß.«

»Sara . . .«

»Ja?«

»Sara, ich wollte dich fragen, ob du mir nicht Iwrith-Nachhilfestunden geben könntest?«

»Wieso?« Es machte ihr Spaß, mit mir zu spielen.

»Weil ich dich sehen will. Ich möchte dich sehen.«

»Ich dich auch.«

»Wann hättest du Zeit?«

»Jetzt zum Beispiel.«

»Du meinst jetzt?«

»Genau«, sie lachte.

»Ja also, ich kann gleich vorbeikommen.«

»Dann tu's.«

»Sofort, ich bin auf dem Weg.«

»Schalom.«

»Schalom, bis gleich.«

Vor lauter Freude hatte ich vergessen, nach ihrer Adresse zu fragen. Ich mußte nochmals anrufen und mich kleinlaut danach erkundigen. Anschließend suchte ich auf dem Stadtplan ungeduldig die Katznelsonstraße im Vorort Bat Yam. Vor lauter Nervosität verfuhr ich mich und kam erst eine Stunde später aufgeregt bei den Sharons an. Sara empfing mich lächelnd an der Tür, sie blickte mich mit einer Mischung aus Ironie und Wärme an:

»Hast du dein Vokabelheft dabei?«

»Nein.« Warum fiel mir nichts Geistreiches ein?

»Dann müssen wir heute eben was anderes üben.«

Sie führte mich ins Wohnzimmer. Der große Raum war fast leer. In der Ecke stand eine dunkelbraune Polstersitzgruppe vor einer flimmernden Glotze. Auf dem Boden waren einige runde rote Lederhocker plaziert. Darauf und auf der Sitzcouch hockten mehrere Kinder und Erwachsene. Einige sahen in die Röhre, andere unterhielten sich.

»Schalom, guten Abend, ich bin Samy.«

»Sehr angenehm.« Eine etwa fünfundvierzigjährige Frau mit verhärmten Zügen erhob sich und kam mir müde lächelnd entgegen.

»Das ist meine Mutter.«

»Ja, ich bin Vicky. Haben Sie schon gegessen?«

»Danke.«

»Setzen Sie sich doch zu uns.«

»Mama, Shmuel kommt aus dem Ausland, er wollte mich bitten, ihm Iwrith-Unterricht zu geben.«

»Meine Tochter ist eine hervorragende Lehrerin.« Sara lachte. »Komm, Samy.«

Ihr Zimmer war winzig. An der Wand hing eine Reproduktion von van Goghs ›Café in Arles am Abend‹. Der Schülerschreibtisch war mit Büchern und Parfumflacons vollgestopft.

»Was studierst du, Sara?«

»Physik.«

»Alle Achtung. Ich war in Physik immer doof.«

»Du scheinst überhaupt viel Nachhilfe nötig zu haben.« Sara blickte mich spöttisch an. Mochte sie mich? Nach unserem Telefongespräch war ich davon überzeugt. Im stillen triumphierte ich über Udi und seine Freunde. Sie will mich. Mich! Aber im Moment zog sie mich in einem fort auf.

»Stimmt.« Ich zwang mich zu einem Lächeln. »Was ist dein erster pädagogischer Rat?«

»Das Klassenzimmer zu wechseln.«

»Wie meinst du das?«

»Wie wohl?«

Wollte sie wirklich? »Wohin möchtest du?«

Ihre Mundwinkel wölbten sich nach oben. »Was schlägst du vor?«

Was würde ihr gefallen? »Hast du Lust, nach Shechunat Hatikwa zum Essen zu fahren?«

»Da ist es mir zu schmutzig.«

»Nach Jaffo zum Tanzen?«

»Zu laut.«

Das konnte ja lustig werden. »Was hättest du gern?«

Sie lächelte mich liebenswürdig an. »Ist mir eigentlich egal.«

Wollte sie mich in den Wahnsinn treiben oder nur

von vornherein deutlich machen, daß allein sie das Sagen hatte? Oder war's ihr in Jaffo wirklich zu laut und in Shechunat Hatikwa zu dreckig?

»Was hältst du von einer Pianobar?«

»Das klingt schon besser. An welche denkst du?«

»Die im Plaza-Hotel soll nicht schlecht sein.«

»Einverstanden. Gehst du bitte ins Nebenzimmer, ich mach mich nur rasch fertig.«

So unsicher und verklemmt hatte ich mich seit meiner Primanerzeit nicht aufgeführt. Weil Sara mir so gut gefiel? Weil sie Jüdin war? Weil ich es unbedingt besser als Udi und seine Bande machen und sie irgendwann doch rumkriegen wollte?

Der Abend gestaltete sich zunächst ebenso eintönig wie das Geklimper des Barpianisten. Mein Hirn war wüstenleer. Vergeblich klammerte ich mich an meine akademische Egoprothese. Aber Sara zeigte kein nennenswertes Interesse für die volkswirtschaftliche Bedeutung der israelischen Eisenbahn. »Samy, du wirst mir doch mehr zu erzählen haben als über unsere langweilige Bahn.«

»Sicher.« Sollte man meinen. Aber meine Schüchternheit machte mich einsilbig. Bald wurde es ihr zu dumm. Sie gähnte demonstrativ.

»Bist du schon müde, Sara?«

»Es sieht so aus, was?«

»Willst du nach Hause?«

»Wenn dir nichts Besseres einfällt – ja.«

Wie meinte sie das bloß? Ich brachte sie zum Wagen. Wortlos fuhren wir durch den lebhaften Tel Aviver Nachtverkehr. Als wir kurz vor Saras Wohnung angelangt waren, brach sie das Schweigen.

»Findest du nicht, daß du mir heute abend wenig geboten hast, Shmuel?«

»Doch.«

»Warum?«

»Ich weiß nicht. Äh, also um ehrlich zu sein, Sara, du gefällst mir so gut. Und da bin ich ein bißchen unsicher.«

»Ein bißchen?«

»Sehr.«

»Bin ich eine so einschüchternde Frau?« Sie lachte tonlos.

»Eigentlich nicht.«

»Na also.«

»Ja.« Ich schluckte.

»Was ja?«

Ja, was? Du bist schon dreißig, Mann! »Sara, was hältst du davon, wenn wir noch was unternehmen?«

»Viel. Was schlägst du vor?«

»Was kann man um die Zeit noch machen?«

»Alles!« Jetzt lachte sie laut.

»Zum Beispiel?«

»Wozu hast du Lust, Samy?«

»Mich mit dir zu unterhalten.«

»Nichts weiter?«

Ich mußte schlucken. Sie meinte es ernst. Gerade Sara, die Unnahbare. Ach was, sie wollte mich nur wahnsinnig machen und ihren Spaß daran haben. Was hatte sie davon? Egal, ich mußte mich zusammennehmen. Etwas tun. Ich bremste.

»Was tust du, Samy?«

»Das wirst du gleich sehen.«

Sobald der Wagen zum Stehen kam, beugte ich mich zu ihr und küßte sie – trocken – auf den Mund. Sie öffnete ihre Lippen. Ich küßte sie richtig. Saras Zunge kam mir sofort entgegen, warm und feucht. Wir umarmten uns. Ich drückte sie mit aller Kraft an mich. Mein Schmock tobte, er wollte sie –

sofort. Sara ihn auch? Ihrem Gestöhne nach zu urteilen, ja.

Plötzlich machte sie sich frei. Rang kurz nach Atem. »Nein.«

»Warum?«

»Du hast recht, Samy. Ich will dich. Aber nicht hier im Auto, wir sind keine 15jährigen Kinder mehr.«

Mir wurde mit einem Mal heiß. »Du meinst?«

»Ja, ich meine!« Wir umarmten uns erneut, dann fuhren wir in meine Wohnung. An meiner Haustür zögerte Sara.

»Was hast du?«

»Ich bin noch nie alleine mit einem Mann in seine Wohnung gegangen. Schon gar nicht am ersten Abend.«

»Aber vor mir mußt du doch keine Angst haben, Sara.«

»Da hast du recht, Samy.« Sie lächelte scheu.

Sobald wir in der Wohnung waren, umarmten wir uns wieder. Es war noch schöner als zuvor. Ich fühlte mich sicherer, war entspannter und – geiler. Sanft zog ich Sara hoch, nahm sie bei der Hand und wollte sie ins Schlafzimmer führen.

»Was machst du, Samy?«

»Ich gehe mit dir in mein Allerheiligstes.«

»Wie meinst du das?« Sie sah mich unsicher an.

»Ins Schlafzimmer.«

»Nein!«

»Warum?«

Sara setzte sich auf die Couch. »Shmuel! Ich bin mit dir gekommen, weil ich dir vertraue. Du bist nicht wie die anderen Flachköpfe in deiner Clique, die eine Frau nur als ein Stück Fleisch ansehen, nicht als Mensch.«

»Ja, sicher. Ich mag dich, ich mag dich sehr.« Ich

streichelte behutsam ihre Wange. »Du hast mir sofort toll gefallen.«

Sara schmunzelte. »Ich habe es gemerkt. Auch heute abend, und ich mag dich auch. Du gefällst mir. Du kannst dich benehmen und hast was im Kopf.«

Wir umarmten uns erneut. Ihre Zunge tanzte in meinen Mund. Sara preßte sich an mich. Immer heftiger umarmten wir uns. Ich liebkoste sie am ganzen Körper, endlich fingerte ich an ihrem Slip. Sara wehrte sich kaum. Auch als ich begann, sie auszuziehen. Dann folgte sie mir ins Schlafzimmer. Ich war sofort von Saras nacktem Leib fasziniert und hatte Zutrauen zu ihm. Mich erregten die seidenweiche Haut, die kleinen Fettpölsterchen am Bauch, an den Hüften und den kräftigen Schenkeln, die runden, weichen, aber dennoch kraftvollen Arme, ihre vollen, festen Brüste, die in ungewöhnlich großen rotbraunen Warzen mündeten. Eine leichte Berührung genügte, sie hart werden zu lassen. Pechschwarzes, festes Schamhaar umgab ihr breites, fleischiges Geschlecht. Als ich in sie eindringen wollte, wehrte sie sich heftig.

»Was hast du, Sara?«

»Aber doch nicht am ersten Abend . . . können wir nicht ein wenig warten?«

»Wozu?«

Sie wandte sich ab. Dann drehte sie sich wieder heftig zu mir, sah mir in die Augen. »Samy, du wirst es nicht glauben. Aber ich bin wirklich noch Jungfrau.«

Mit 21 noch Jungfrau! Und ich sollte ihr erster Mann sein? Noch nie hatte ich mit einer »Unschuldigen« geschlafen. Sex war für mich immer reine Lust. Bei Sara war plötzlich alles anders. Wenn ich jetzt mit ihr schlief, halste ich mir lebenslange Verantwortung für sie auf. Weil sie Jungfrau war und obendrein

Jüdin. Außerdem mußte ich ihr körperlich weh tun, obwohl ich sie gerne hatte.

So schlimm konnte es auch wieder nicht sein, alle Frauen mußten das irgendwann durchmachen, sogar meine Mamme. Ich mußte Sara nur Mut machen – und mir.

Lange streichelte ich sie. Allmählich entspannten wir uns, und das Verlangen verdrängte unsere Angst. Wir wurden immer erregter. Ohne Anstrengung vereinigten wir uns. Ich spürte kaum Widerstand. Alles war unerwartet leicht gewesen, ohne Schmerz. Da sah ich, daß Sara weinte.

»Hab ich dir weh getan?«

»Nein, Samy, im Gegenteil. Ich hab dich lieb.«

»Ich dich auch.«

Ich bemühte mich in dieser Nacht, so gut ich konnte, auf Sara einzugehen, um sie ebenso glücklich zu machen wie sie mich. Ständig streichelte ich sie. Sie kuschelte sich in meine Arme und genoß sichtbar meine Zärtlichkeiten.

Unvermittelt bereitete Sara unserem Geschmuse jedoch ein Ende. »Samy, sei bitte so gut und bring mich nach Hause. Es ist schon nach halb eins in der Früh.«

»Das kann nicht dein Ernst sein. Du wirst doch nicht in der ersten Nacht abhauen wollen?«

»Ich will nicht, das weißt du ganz genau. Aber der Anstand erfordert es. Mein Vater versteht da keinen Spaß.« Sara auch nicht: »Wir Sephardim legen noch Wert auf Moral und Tradition, nicht wie die europäischen Huren.«

Sara entwickelte rasch eine eigene Bett-Persönlichkeit. Zärtlichkeiten wurden ihr nebensächlich. Statt dessen suchte sie sexuelle Befriedigung. Sara wollte ihren Spaß haben, möglichst lange, intensiv und oft.

Bei Kara barst das Bett schier unter der Last von sentimentalen Liebesbeteuerungen. Sara dagegen wollte pures Vergnügen, unverwässert, ohne Beigaben. Für mich war es eine sexuelle Befreiung. Endlich war die Liebe kein Preis mehr für die Lust wie bei meiner Mamme, bei Rebecca und bei Kara. Bei Sara konnte ich meine Lust ausleben – zunächst.

Die ersten Wochen verbrachten wir meist im Bett. Allerdings nur die Abende und Halbnächte, denn Sara hielt rigoros an ihrer Doppelmoral fest – der »Anstand« mußte gewahrt bleiben.

Noch strenger als Sara nahm's ihr Vater mit der Moral. Abraham, ein Patriarch vom alten Schlag, hielt mit rauher Stimme und harter Hand Frau und Kinder in strengem Griff. Er scheute sich nicht, seine Brut zu verprügeln, selbst seinen Sohn Motti, einen Berufsoffizier, der seinen Vater um Haupteslänge überragte. Das Sagen hatte aber die Mamme – wie in jeder jüdischen Familie. Vicky nahm die häufigen Wutausbrüche ihres Mannes wie unabänderliche Naturereignisse hin und machte, was sie als richtig ansah. Alle hielten sich daran, selbst der maulende Abraham.

Das Lebensbild der Sharons war simpel – und ähnlich paranoid wie das der europäischen Juden. Natürlich waren alle Gojim schlecht, besonders die Araber, die man aus der alten Heimat Marokko kannte. Am heimtückischsten aber waren die europäischen Juden, die Aschkenasim. Alles hätte so schön sein können. Nach fast zweitausend Jahren lebte man endlich wieder im eigenen Land. Aber hier hatten diese teuflischen Wus-Wus das Sagen, die an nichts

anderes dachten als daran, die ehrlichen, traditionsbe-
wußten Sephardim zu übervorteilen und zu demütigen, wo immer es ging. Die Wus-Wus-Männer waren
allesamt Gauner und Betrüger, ihre Weiber nimmer-
satte, geile Huren. An die Stelle der brutalen, primitiven, aber dummen Araber waren die ausgekochten,
rücksichtslosen Wus-Wus getreten. Ein Jude konnte
seinem Schicksal eben nie und nirgends entgehen,
nicht einmal in Israel.

Meine Furcht, als Wus-Wus von Abraham und
Vicky abgelehnt zu werden, war unnötig: »Du bist
ganz anders, Shmuel. Du bist ein edler, ehrlicher
Mensch, das sieht man gleich«, rühmte Abraham und
legte mir seine schwere Hand auf die Schulter. Ich
fühlte mich geschmeichelt, so was hatte noch niemand
von mir behauptet. Im selben Moment schob Vicky
mir eine Schüssel voll köstlicher selbstgebackener
Mohnröllchen zu.

Weshalb mochten mich die Sharons, abgesehen von
meiner Ehrlichkeit und meinem Edelmut? Weil ich
nicht die hirnrissigen, bösartigen Vorurteile vieler
europäischer Juden teilte, »die Schwarzen« seien allesamt faul, schmutzig und unehrlich?

Erst vor wenigen Tagen hatte ich mich deswegen mit
Udi und Benny gestritten.

»Goldi, du wirst dein blaues Wunder erleben mit
Sara.«

»Wieso?«

»Weil sie eine Schwarze ist, du Naivling.«

»Wenn ich mich nicht irre, wolltet ihr beiden und
auch so manch anderer mit ihr anbandeln.«

»Klar. Aber nur, um mit ihr zu ficken.«

»Und dann?«

»Ade!«

»Weshalb? Ist sie so häßlich oder dumm?«

»Nein, nein, überhaupt nicht.« Udi wurde ungeduldig. »Weil sie eine Schwarze ist, wie oft soll ich dir das noch sagen.«

»Na und?«

»Sie sind eben anders.«

»Was heißt das?«

»Reg dich ab, Goldi. Sie sind anders.«

»Wie zum Teufel, sind sie keine Juden oder was?«

»Sicher sind sie Juden. Aber sie sind noch nicht soweit.«

»Wie lange werden sie brauchen, um Herrenmenschen wie Benny und du zu werden?«

»Goldi, du verstehst uns falsch. Wir haben nichts gegen Schwarze.«

»Andere haben nichts gegen Juden.«

»Das ist dein Problem. Du leidest unter Antisemiten, weil du in der Diaspora gelebt hast.«

»Mag sein. Und ihr seid Antisemiten, weil ihr hier lebt.«

»Verrückter!« Benny war empört. »Wir hassen doch keine Juden! Nicht mal die Schwarzen.«

»Dann sagt mir endlich, was euch an ihnen nicht paßt, was ihr gegen Sara habt, die ihr alle vernaschen wolltet. Wahrscheinlich, daß sie euch nicht rübergelassen hat.«

Udi lachte. »Das habe ich ganz gewiß gegen sie. Das hättest du auch gegen sie, wenn du Bastard sie nicht rumgekriegt hättest. Alle Achtung, das hast du wirklich klasse gemacht.«

»Lenk nicht ab! Ich will endlich wissen, was du gegen die Sephardim hast? Ins Bett willst du sie kriegen, zum Militär müssen sie genauso wie du und Benny, also was ist schlecht an ihnen?«

»Nichts.«

»Aber?«

»Sie sind anders.«

»Wie?«

»Sie haben andere Bräuche.«

»Na und?«

»Es ist wahnsinnig schwer, damit fertig zu werden. Mein Cousin Adi beispielsweise ist mit so einer verheiratet. Nur damit du Trottel merkst, daß wir keine Rassisten sind. Also am Anfang war alles toll. Daliah sieht klasse aus – fast so gut wie deine Sara. Aber sobald sie verheiratet waren, ging's los. Kinderkriegen, Kinderkriegen, Kinderkriegen.«

»Das gibt's doch überall.«

»Ausreden lassen! Sicher gibt's das überall. Da bestimmen Mann und Frau, ob sie Kinder wollen oder nicht. Bei den Schwarzen ist das anders.«

»Spielen die Lotto?«

»Schlimmer! Da bestimmt irgendein Opa oder eine Oma, und die ganze Familie gehorcht sklavisch in allem. Bei Kindern gibt's sowieso keine Debatte. Sofort nach der Hochzeit wird blank losgelegt, ob es einem paßt oder nicht.«

»Na und?«

»Na und? Wenn du nicht achtgibst, bist du in neun Monaten Vater und mußt zuvor das Weib heiraten.«

»Wenn schon.«

»Bist du noch normal, Goldi? Hast du Lust, Sara zu heiraten und Vater zu spielen?«

»Ja also, um ganz ehrlich zu sein, darüber habe ich noch nicht nachgedacht.«

»Dann tu's schleunigst! Sonst schleifen dich die Wilden unter den Traubaldachin, ehe du dich versiehst. Dann gibt's nur noch das schwarze Familienprogramm: jedes Jahr ein Kind, mindestens zehn Jahre lang.«

Udi und Benny lachten. Ihre Vorurteile waren übelster jüdischer Antisemitismus. Dennoch, ich hatte nicht die geringste Lust, sofort zu heiraten, nicht mal Sara. Ich kannte sie ja kaum – außer im Bett. Mußte ich sie deshalb gleich heiraten? Warum ließen einen diese elenden Weiber nicht in Freiheit leben? Dachte Sara auch so? Vielleicht waren ihre Eltern deshalb so freundlich zu mir? Ein bißchen Vorsicht konnte nicht schaden.

Als ich am Sabbath mit Sara zu ihrem Bruder in den Kibbuz Kfar Yoram fuhr, wurde ich hellhörig.

»Übrigens, was ist aus deiner Freundin Kara geworden?« fragte sie gewollt ungezwungen.

»Die ist zurück nach Deutschland.«

»Seid ihr noch miteinander befreundet?«

Sie dachte also nicht nur ans Vögeln. »Sicher. Wir sind gute Freunde. Früher hatten wir ein Verhältnis. Aber seit ein paar Jahren sind wir nur noch befreundet.« Im Prinzip sagte ich die Wahrheit. Verglichen mit Sara war der Sex mit Karin ein harmloses Kinderspiel.

»Ich hatte den Eindruck, daß ihr euch recht lieb habt.«

»Wir haben uns gern – mehr nicht.«

»Wirklich?« Sie sah mich zweifelnd an.

»Bestimmt. Außerdem«, ich mußte lachen und griff ihr in den Slip, »selbst wenn ich mit einer anderen Frau verheiratet wäre, dir könnte ich nie widerstehen.«

»Shmuel. Du kannst mir ruhig die Wahrheit sagen. Wenn du noch was mit Karin hast, dann beenden wir eben unser Verhältnis. Es hat mir großen Spaß gemacht, und ich habe dich lieb.« Sie zog meine Hand langsam aus ihrem Höschen. »Aber du mußt ehrlich sein. Ich will gerne deine Freundin sein, die einzige. Nicht eine Kebse, eine Hure.«

Oho! Vielleicht hatte Udi recht – zumindest mit seiner Warnung vorm Heiraten. Nach der heiratswütigen Schickse eine kindergeile sephardische Jüdin. Da hörte der Spaß auf – sogar meine übliche Rumdruckserei.

»Keine Sorge, Sara, du bist die einzige. Mit Kara ist Schluß. Und weißt du warum?«

»Nein?«

»Weil sie mich unbedingt heiraten wollte.«

»Hast du was gegen die Ehe?«

»Ganz entschieden!«

»So?«

»Ja.«

»Was denn?«

»Ich mag keine Gefängnisse.«

Sie lachte. »Keine Angst. Ich auch nicht.«

Wie meinte sie das?

Wir passierten die Festung Massada. Gewaltig und steil erhob sich der kahle ockerfarbene Felsen aus der judäischen Wüste. Hierhin hatten sich die jüdischen Zeloten nach der Zerstörung Jerusalems vor 1900 Jahren zurückgezogen. Unter Führung ihres Feldherrn Elazar leisteten ein paar hundert Kämpfer mit ihren Familien einer überlegen bewaffneten römischen Belagerungsarmee von 20 000 Soldaten drei Jahre lang Widerstand. Als der Fall der Festung unabwendbar wurde, begingen alle erwachsenen Juden Selbstmord, nachdem sie die Frauen und Kinder vorher umgebracht hatten. Lieber wollten sie sterben, als den römischen Götzenanbetern in die Hände fallen.

Nach archäologischen Ausgrabungen war Massada seit den 60er Jahren zu einer nationalen Gedenkstätte Israels geworden. Hier wurden die Offiziere nachts

Militanz

bei Fackelschein und Trommelwirbel mit dem Schwur:
MASSADA DARF NIE WIEDER FALLEN! ver-
eidigt.

»Ist Zefat für Israel nicht wichtiger als Massada,
Sara?«

»Zefat hat ausgedient. Jetzt beschützt uns unsere
Armee. Auch mein Bruder wurde in Massada verei-
digt. Alles war sehr feierlich. Unsere ganze Familie
war dabei. Als Motti mit seinen Kameraden den
Schwur sprach, hat sogar mein Vater geweint – das
tut er sonst nie. Er ist ein harter Krieger. In drei Kriegen hat er für unsere Heimat gekämpft und ist einmal
schwer verwundet worden.«

Hatten die Israelis keine Angst wie wir Diasporajuden? Oder waren sie noch furchtsamer als wir – zu
feige, ihre Angst zu zeigen, und daher zwanghaft
tapfer?

Genug! Ich hatte mich mit Sara nicht angefreundet,
um mit ihr über Politik zu diskutieren, sondern um sie
zu vögeln – und darin war sie Spitze. Eigentlich gut
so. Dadurch blieb unsere Beziehung auf das Wesentliche konzentriert, und ich kam nie in Versuchung, sie
zu heiraten.

Über Massada fuhren wir nach Kfar Yoram, einem
Kibbuz, den die Armee in der Jordansenke gegründet
hatte. Die etwa 20 Häuser lagen einsam mitten in der
kahlen Landschaft. Um das Dorf zog sich ein Metall-
gitterzaun. An einem schläfrigen Wachposten vorbei,
der mit seiner Knarre spielte, fuhren wir durch ein
offenes Tor in den Kibbuz. Ich stellte den Wagen am
Gemeinschaftsbau ab. Wir fanden Motti am Viehgat-
ter. Er begrüßte uns mit freundlichem Ernst. Nach
dem Essen im Speisesaal ging Sara mit Mottis Freundin Margalith in dessen Bungalow.

Motti nahm mich auf eine kurze Patrouillenfahrt in

seinem Armeejeep mit. Zuvor lud er seine Uzi-Maschinenpistole durch und klemmte sie zwischen die Vordersitze. Ich hatte noch nie eine Militärwaffe aus der Nähe gesehen. Motti bemerkte meine Aufregung.

»Keine Sorge, wir werden das Werkzeug nicht brauchen«, sagte er, während er den Jeep auf einer Schotterpiste aus dem kleinen Kibbuz steuerte.

»Aber wir sind hier in Judäa. Bis 1967 war das Land, auf dem jetzt unser Kibbuz liegt, von den Arabern besetzt. Sie kümmerten sich um nichts, ließen alles verkommen. Wir haben mehrere tiefe Brunnen gegraben. Mit dem Wasser versorgen wir unsere Treibhäuser, in denen wir Gemüse und Blumen für den Export anbauen, außerdem haben wir etwa 200 Stück Vieh.«

»Weshalb baut man eine Siedlung in diese gottverlassene Einöde?«

»Das ist Zionismus, Samy. Land urbar machen und besiedeln.«

»Aber es gibt doch genügend unbebautes Land im Negev – wozu in die besetzten Gebiete?«

»Ich werde es dir gleich zeigen.« Motti schrie gegen den Fahrtwind an. Wir fuhren ohne Verdeck. Aus dem Lautsprecher des Funkgeräts hörten wir gelegentlich krächzende hebräische Wortfetzen. Hinter uns zogen wir eine gelbbraune trichterförmige Staubwolke her.

»Vor dem Sechs-Tage-Krieg war unser Land furchtbar schmal. Bei Tel Aviv hatten wir weniger als 20 Kilometer Tiefe. Jetzt, nach dem gewonnenen Krieg, ist der Jordan die Waffenstillstandslinie – über vierzig Kilometer vom israelischen Kernland entfernt. Wenn wir die Grenze sorgfältig bewachen, ist Israel sicher. Dazu sind wir Soldaten da. Unsere Aufgabe ist, mit allen Mitteln zu verhindern, daß die arabischen

Terroristen hier über die Waffenstillstandslinie kommen.«

»Passiert hier gelegentlich was?«

»Kaum. Wir haben ein hervorragendes Sicherheitssystem. Einen stabilen, mehrfach gestaffelten Maschendrahtzaun, der elektronisch gesichert ist, und Patrouillen zu Land und in der Luft. Außerdem paßt die jordanische Armee auf. Die wissen genau, daß wir ihnen alles kaputthauen, wenn sie Terroristen Unterschlupf gewähren – davor fürchten sie sich mehr als vor den Fatah-Banditen.«

Motti brachte den Jeep zum Stehen, packte seine Uzi und sprang aus dem Wagen. »Komm, Samy. Es ist ganz ungefährlich. Die Kerle haben vor uns mehr Angst als Vaterlandsliebe zu ihrem Palästina. Wenn sie überhaupt was unternehmen, dann nur nachts. Die denken, wir sehen sie dann nicht«, er verzog seinen Mund zu einem schiefen Grinsen, »diese Idioten! Wir sehen sie dann besser als am Tag – durch unsere Infrarotgeräte.« Er wandte sich zu mir.

»Du mußt dich hinter mir halten, weil wir hier einige nette Minenfelder angelegt haben – um unsere ungebetenen Gäste mit einem kleinen Feuerwerk feierlich zu empfangen.«

Ich trottete ihm nach. Nach etwa 20 Minuten waren wir am Grenzzaun angelangt. Überall verkündeten dreisprachige Tafeln in Hebräisch, Englisch und Arabisch, daß man Israel verlasse, und warnten vor Schußwaffen und Minen. Darüber prangten rote Totenköpfe.

»Sag mal, Motti, wie lange wird dieser Mist so weitergehen?«

»Bis die Araber einsehen, daß sie uns nicht mit Gewalt vertreiben können, und Ruhe geben.«

»Das kann lange dauern.«

»Richtig. Aber wir haben 40 Jahre durchgehalten, wir können es noch mal 40 Jahre.«

»Die Araber auch.«

»Stimmt. Aber was sollen wir tun? Sie wollen uns ausrotten.« Er blickte zu Boden, sein grünes Barett verrutschte.

»Sollte man nicht mit ihnen verhandeln?«

»Das sind alles Schwindler.«

»Aber mit Sadat hat es doch auch geklappt. Jetzt herrscht Friede mit Ägypten.«

Motti sah mich bitter-amüsiert an: »Du bist ein netter Kerl, Samy, aber du hast keine Ahnung. Vielleicht wollte Sadat wirklich Frieden. Ich weiß es nicht. Aber seine eigenen Landsleute haben ihn ermordet, eben weil er Frieden mit uns machen wollte. Obwohl wir ihnen den ganzen Sinai zurückgegeben haben, mit Öl- und Wasserquellen, die wir erschlossen haben, und mit Straßen und Stützpunkten, die wir gebaut haben. Aber die Araber kriegen nie genug. Sie wollen alles. Jetzt rüsten sie zum nächsten Krieg. Du denkst, Motti spinnt, es ist doch Friede. Ihr Europäer kennt die Araber nicht. Die sind wie Hitler – alle! Der hat zunächst auch den Friedensengel gespielt und sogar die Juden in seinem Land geduldet. So lange, bis seine Nazi-Armee aufgerüstet war. Dann hat er den Juden alles kurz und klein geschlagen. Aber die wollten es immer noch nicht wahrhaben und haben weiter gewartet, bis er sie umbrachte – alle. Sie haben sich nicht mal gewehrt. Unglaublich! Sechs Millionen Menschen, und keiner kämpft . . .«

»Aber das Warschauer Ghetto, da haben die Juden doch Widerstand geleistet.«

»Ja, ein paar hundert, als es schon zu spät war. Aber alle anderen, 99,99 Prozent, haben sich widerstandslos abschlachten lassen.«

Seine Miene wirkte noch entschlossener, als er fortfuhr.

»Damit ist endgültig Schluß! Jedenfalls in Israel. Wenn die Araber uns auf den Schwanz treten, schlagen wir ihnen jedesmal so in die Fresse, daß ihnen die eigenen Zähne um die Ohren fliegen. Deshalb mucken sie nur selten auf. Wir wissen ganz genau, daß sie die Fäuste in der Tasche ballen und mit den Zähnen knirschen. Sollen sie. Das ist ihr gutes Recht. Aber wehe, sie legen sich mit uns an. Wehe, sie vergreifen sich wieder an jüdischem Leben, dann bomben wir ihnen die Scheiße aus dem Arsch.«

Er sah mich aufmerksam an, um die Wirkung seiner Worte zu studieren. »Kennst du einen besseren Weg, Samy?«

»Nein. Aber es muß doch was geben.«

»Was?«

»Ich weiß es nicht.«

»Ich auch nicht. Und die Indianer, Armenier, Kurden und all die anderen wußten auch keinen Ausweg, deshalb gingen sie unter. Das hat mit Juden gar nichts zu tun, wie ihr neurotischen Diasporajuden immer glaubt. Es ist das Gesetz der Natur, ob es einem paßt oder nicht.« Er holte Luft. »Meinst du, mir macht es Spaß, dauernd in diesem Nest zu sitzen und jahrelang nichts zu tun, als killen zu üben oder wirklich zu killen?« Motti blickte mir erneut in die Augen.

»Ich weiß nicht.«

»Ich werde dir die Wahrheit sagen. Nicht mal meinen Soldaten darf ich's gestehen. Mich kotzt das alles an. Es widert mich an. Von Jahr zu Jahr mehr. Aber was soll ich tun? Was soll Israel machen? Ihnen die befreiten Gebiete zurückgeben? Von mir aus, von mir aus würde ich ihnen sogar Jerusalem in den Rachen werfen – wenn's was helfen würde. Aber es nützt nichts. Im Gegenteil. Je mehr wir ihnen geben, desto gieriger werden sie, desto stärker werden sie. Wenn sie sich stark genug fühlen, werden sie mit uns ›abrechnen‹, wie sie immer sagen. Darauf können sie lange warten, diese Aasfresser! Solange es uns gibt, werden wir kämpfen – bis zum letzten Atemzug. Eins müssen die Araber kapieren, selbst wenn sie eines Tages stärker werden sollten als wir: Ein Krieg gegen uns bedeutet für viele von ihnen den sicheren Tod. Wir werden so viele mitnehmen, wie wir nur können – gnadenlos. Das ist das einzige, was sie verstehen. Und damit sie's nie vergessen, müssen wir ihnen immer wieder kräftig aufs Haupt schlagen. Sie sollen begreifen, daß man uns nicht umsonst auslöschen kann.« Er wandte sich abrupt um und zündete sich eine Zigarette an, seine Finger zitterten.

»Komm!« sagte er rauh. »Wir fahren zurück.« Mit stierem Blick, ohne ein Wort zu sagen, marschierte Motti zum Jeep.

Auf der Rückfahrt blieb er stumm. Vor seinem Bungalow brachte Motti den Wagen mit einem Ruck zum Stehen.

»Verzeih, Samy, daß ich fast meine Beherrschung verloren habe. Aber manchmal könnte ich verrückt werden. Ich bin erst acht Jahre in der Armee. Sechs Jahre Offizier. Von meinem Offizierskurs sind inzwischen 42 Kameraden tot, das ist fast ein Viertel. In sieben Jahren! Diese Bastarde!« Er senkte seine Stimme. »Kein Wort davon zu Sara, sonst wird sie noch ganz traurig und erzählt es meiner Mutter. Was dann passiert, muß ich dir nicht sagen, du kennst unsere Mütter ja. Seit ich beim Militär bin, leidet sie ständig. Ich rufe sie fast täglich an. Genug! Wir reden jetzt über Fußball. Bayern München.«

Angestrengt grinsend trat er in den Raum, ich

folgte ihm. Sara und Margalith saßen beim Kaffeetrinken in der kleinen Küche und schwatzten. »Da seid
ihr ja endlich«, rief Sara, sprang auf und fiel mir um
den Hals. Margalith blieb sitzen, betrachtete uns
amüsiert und meinte: »Euer Zimmer ist nebenan.«

Was war mit Samy los? In Tel Aviv konnte er nie
genug davon bekommen. Vor allem, wenn ich nachts
nach Hause mußte, wollte er unbedingt noch mal mit
mir schlafen. Er wußte genau, daß ich ihm nicht nein
sagen konnte – es machte soviel Spaß, es war so
intensiv, so toll. Ich hatte mich schon gewaltig auf die
Fahrt zu meinem Bruder gefreut, wo wir endlich Gelegenheit haben würden, uns zu lieben, ohne ständiges
Auf-die-Uhr-schauen-Müssen, ohne Nicht-einschla-
fen-Dürfen, ohne Angst vor meinem Vater und ohne
faule Ausreden. Aber gerade jetzt wollte Samy nur
gestreichelt werden. Zärtlichkeit ist ja ganz schön –
aber nur streicheln? Was hatte er plötzlich?
     »Nichts. Mir ist nur klar geworden, daß hier ständig
Krieg herrscht.«
     »Na und?«
     »Das bedeutet doch ewigen Kampf und Leid und
Tote.«
     »Ist dir das neu?«
     »Nein. Aber ich hab's mir nie bewußt gemacht.«
     Jeder Goj weiß, daß wir in einem Dauerkrieg leben.
Nur nicht unsere Auslandsjuden! Für sie ist Israel ein
gelobtes Land, ein Traum. Bis sie eines Tages herkommen und »entdecken«, daß wir von Feinden umgeben
sind, die uns abmurksen wollen. Vor lauter Schreck
laufen sie wieder in ihre Heimatländer zurück, wo sie
vermeintlich sicherer sind als bei uns. Zum Beispiel

nach Deutschland zu den Nazis. Ich setzte mich auf und sah ihn an.

»Willst du wieder nach Deutschland?«

Samy antwortete nicht. Er lag schweigend auf dem Rücken und starrte ins Dunkel. »Ich weiß es nicht, Sara«, meinte er endlich mit gequetschter Stimme.

»Aber ich möchte es gerne wissen.«

»Sicher.«

Mehr war mit ihm in dieser Nacht nicht anzufangen. Statt sich zu freuen, daß wir endlich die ganze Nacht für uns hatten, und unsere Liebe zu genießen, verdarb er sich und mir die Laune.

Am nächsten Tag mußten wir wieder zurück. Scheinbar renkte sich in Tel Aviv alles wieder ein. Ich war wie zuvor fast jeden Abend bei Samy. Wir liebten uns und hatten Spaß daran. Aber ich merkte, daß er sich immer weiter von mir entfernte. Samy war ein feiger Diasporajude. Er wollte wieder nach Deutschland abhauen. Gerade Deutschland! Aber im Grunde ist es egal. Diaspora bleibt Diaspora. Der einzige Unterschied ist, daß die deutschen Juden es schon hinter sich haben. Die anderen warten noch zitternd darauf, was ihnen zustoßen wird. Sogar die amerikanischen Juden, die sich hier so arrogant aufspielen und gönnerhaft Geld für Israel spenden.

Statt Samy den Laufpaß zu geben, redete ich mir ein, er würde irgendwann zur Vernunft kommen und hierbleiben. Sollte er trotzdem zurückgehen, dann war sowieso alles vorbei. Mußte ich mich wegen der wenigen Monate, die Samys Studienaufenthalt in Israel noch dauerte, verrückt machen? Ich beschloß, die Zeit mit ihm zu genießen und im Frühjahr weiterzusehen. Aber ich hatte Samuels Diasporaseele unterschätzt.

Tagelang ließ er sich nicht blicken. Endlich erwischte ich ihn.

»Du hast fast eine Woche lang nichts von dir hören lassen, Shmuel!«

»Ich hatte zu tun.«

»Ist das ein Grund, nicht mal anzurufen und mir Bescheid zu sagen? Sag mir, was wirklich los ist!«

»Also, ich weiß nicht, ob ich hierbleiben werde.«

»Und?«

»Also, falls ich zurück nach Deutschland gehen sollte, was noch nicht feststeht – ich will hierbleiben, aber ich muß zumindest für einige Monate zurück nach München, um mein Studium abzuschließen –, was wird dann aus dir?« Er sah mich verzweifelt an.

»Bis dahin ist es noch ein Vierteljahr, weshalb zerbrichst du dir jetzt den Kopf darüber?«

»Weil ich ein schlechtes Gewissen habe. Wenn ich fortgehe, stehst du allein da.«

»Das ehrt dich, Shmuel, aber du weißt heute nicht, was in ein paar Monaten los sein wird. Vielleicht lieben wir uns dann nicht mehr, oder vielleicht lieben wir uns so sehr, daß du hierbleibst – in deiner wirklichen Heimat.«

Samy sah mich erleichtert an. »Du hast recht, Sara. Wir sollten aufhören, uns dauernd den Kopf über die Zukunft zu zerbrechen – irgendwie wird es schon werden. Wir müssen das Leben genießen.« Er küßte meine Augen und meinen Mund. Wir umarmten uns und fuhren in seine Wohnung. Es war fast wie früher – vor Kfar Yoram. Samy war wieder fröhlich und ausgelassen und wollte dauernd mit mir schlafen. Vielleicht kam der Meschuggene doch noch zu Verstand. Zunächst ging alles gut. Samy war mir dankbar, daß ich ihn von seinen haarspalterischen Gewissensqualen und Zukunftsängsten befreit hatte. Aber gelegentlich seufzte er leise. Wenn ich ihn fragte, was los sei, schüttelte er den Kopf, lächelte gequält und meinte: »Nichts.«

Ich ließ es dabei bewenden, denn ich hatte keine Lust zu stundenlangen, nutzlosen Diskussionen und hoffte, seine Grübeleien würden sich mit der Zeit geben. Ich täuschte mich. Samy begann sich wieder zurückzuziehen. Nachdem ich drei Tage nichts von ihm gehört hatte, lag eines Morgens ein unfrankierter Brief von ihm im Kasten. Er hatte mir noch nie geschrieben. Mit Herzklopfen öffnete ich den Umschlag.

Liebe Sara,

verzeih bitte, daß ich Dir das Folgende nicht persönlich sage, aber ich kann es nicht, weil ich Dich zu gern habe und befürchte, Dich zu sehr zu verletzen. Kurz gesagt, wir müssen unsere Beziehung beenden, weil ich wahrscheinlich in wenigen Monaten nach Deutschland zurückkehren werde. Ich kann es nicht mit meinem Gewissen vereinbaren, Dich so lange hinzuhalten. Ich danke Dir für alles, und ich hoffe, Du hast mich trotz dieses uns aufgezwungenen Endes noch gern. Ich wollte Dir nicht weh tun, aber es geht nicht anders – auch in Deinem Interesse.

Alles Gute für Deine Zukunft, vielen Dank für alles,

Dein Samuel.

Dieser feige Diasporajude!

Ich wußte die ganze Zeit, daß es sinnlos war. Jetzt hatte er trotz seiner Feigheit Schluß gemacht. Scheißliebe! Scheißmänner!

Glücklicherweise hatte ich keine Zeit, mich meiner Wut und meinem Selbstmitleid hinzugeben, denn ich mußte ins Labor. Auf der Fahrt zur Uni ging es mir schon besser. Ob er oder ich Schluß gemacht hatte, war im Grunde egal. Samy war feige, aber er hatte nicht aus Bosheit mit mir aufgehört. Vielleicht hatte ich sogar Glück.

Als ich nachts im Bett lag, mußte ich weinen. Ich hatte Sehnsucht nach meinem verrückten Samy.

VERENA

Ein Goj als Vater

Gott sei Dank hatte ich endlich den Mut gefunden, mit Sara Schluß zu machen. Ich gebe zu, es war nicht sehr tapfer, dies schriftlich zu tun. Aber ich hatte keine andere Wahl. Sobald ich Sara sah, war ich geil und wollte mit ihr schlafen – alle ernsthaften Vorsätze waren vergessen. Nach dem Vögeln aber wäre es herzlos gewesen, sie davonzujagen. Wochenlang hatte ich versucht, mit ihr aufzuhören, es endete jedesmal im Bett. Gleichwohl mußte ich unsere Beziehung abbrechen. Denn seit meiner Patrouillenfahrt mit Motti wußte ich, daß ich nicht in Israel bleiben würde. Denn ich hatte weder Lust, Menschen umzubringen, noch getötet oder zum Krüppel geschossen zu werden. Damit aber war die Beziehung zu Sara sinnlos geworden – jedenfalls für sie. Sara suchte einen Mann fürs Leben, wollte ihre Zeit nicht »vergeuden«, wie sie immer sagte. Gerade das »Vergeuden« aber bereitete mir Spaß. Ich hatte Sara nie etwas vorgemacht. Jetzt, da meine Rückkehr nach Deutschland bevorstand, wollte ich nicht damit anfangen. Das konnte man vielleicht einer Schickse antun, aber doch nicht einem jüdischen Mädchen! Wie ich mich kannte, hätte ich trotz meiner Schuldgefühle weiter mit Sara geschlafen, denn nichts fürchtete ich so sehr, wie ganz ohne liebende Frau zu vegetieren. Die ersten Wochen in Israel hatten mich gelehrt, daß ich zur Askese völlig ungeeignet war. Ich brauchte immer eine Frau, die mich in den Arm nahm.

Aus diesem Dilemma wurde ich auf unvorhergesehene Weise erlöst. Eines Morgens, ich lag noch faul im Bett und las die »Jerusalem Post«, läutete das Telefon. Das hektische Tüt-tüt-tüt kündigte ein Auslandsgespräch an. Am Apparat war Verena Cornelius.

»Samy, wie geht's dir?«

»Prima, und dir?«

»Gut. Ich habe bald einige Tage Urlaub. Was hältst du davon, wenn ich dich in Israel besuche?«

»Tolle Idee! Wann kommst du?«

»Heute ist Montag. Ab Donnerstag habe ich frei. Paßt es dir?«

Und wie es mir paßte!

Verena beschäftigte mich schon seit Jahren. Sie war ein Riesenweib mit pyramidaler Figur, feingeschnittenem Gesicht und einer mächtigen Stirn. Verenas wache hellblaue Augen standen in reizvollem Kontrast zu ihren dunklen Haaren. Wenn sie lächelte, bildeten sich zarte Grübchen in ihren breiten Wangen. Ihr Mund aber war schmallippig und zeigte gelegentlich einen verbissenen Zug.

Trotz ihres barocken Körpers war Verena meist unruhig. Von ihrer Mamme hatte sie jüdischen Humor und Geist geerbt und war, was bei gescheiten Menschen selten ist, gutmütig, ein prima Kumpel, stets zu Späßen aufgelegt. Bitterernst war Vera nur eins: ihr Freund Salomon, von allen Schlojme-Schmock genannt, abgekürzt SS. Schlojme war eine Null. Eine äußerlich attraktive Null. Groß, dunkelhaarig, braunäugig, stets angepaßt-elegant angezogen und eine Dunhillpfeife zwischen den makellosen Zähnen oder in der schlanken, fein behaarten Hand. Sein Kopf war jedoch leer wie ein Ballon. Schlojme-

Schmock war der blödeste Jude Münchens. Verena war's egal, sie liebte SS leidenschaftlich. Weil er so gut aussah? Oder weil er ein Jude war und sie nur eine »Halbe« oder weil der Schmock sie so gut vögeln konnte, wie er andauernd prahlte? Vera jedenfalls liebte ihn wie eine Rasende. Sie schien bereit, alles für ihn zu tun. Schlojme nützte dies aus. Ständig ließ er sich von Verena in teure Restaurants und Kneipen einladen. Oft gab er ihr auch Gelegenheit, seine Universitäts-Hausarbeiten zu schreiben. Vera ließ sich vom Schmock einfach alles bieten, und Schlojme machte von dieser Toleranz reichlich Gebrauch.

Klammheimlich beneidete ich SS um seine Freundin. Was könnte ich bei ihr alles anstellen, ohne Eifersuchtsanfälle zu riskieren wie bei Karin. Und Verena würde eines Tages viel Geld erben. Dadurch wäre ihr Mann sein Lebtag finanziell unabhängig – außer von ihr. Aber Vera machte mit ihrem Zaster keinen direkten Druck. Sie versuchte vielmehr, Schlojme mit Großzügigkeit zu halten.

Alle Liebe, alle Opfer- und Leidensbereitschaft halfen Vera jedoch nichts. Kaum hatte Schlojme sein Studium dank Verenas Diplomarbeit beendet, jagte er sie zum Teufel. Der Grund war nicht etwa Übermut, denn der dumme Schlojme hatte eine nicht nachlassende Freude an der Erfindung und Erprobung immer neuer Spielchen, mit denen er Verenas unterwürfige Liebe »testete«.

Die Ursache war vielmehr Veras Herkunft. Sie war eine »Schickse«. Veras Mutter war zwar geborene Jüdin, damit waren ihre Kinder nach der verbindlichen Auslegung der Halacha ebenfalls Juden. Um solche »altmodischen« Bestimmungen kümmerte sich Münchens jüdische Gesellschaft jedoch nicht. Als Jude akzeptiert wurde nur, wer »rasserein« war, also *zwei* jüdische Eltern hatte. Veras Vater aber war Goj. Da halfen keine Liebe und kein Geld, das SS so bitter nötig hatte. Auf Dauer schämte er sich zu sehr, als Schicksen-Junge zu gelten und damit dem gesellschaftlichen Bann der Juden in München anheimzufallen.

Verena setzte Himmel und Hölle in Bewegung, um ihren Schmock zu behalten – vergeblich. SS ging lieber in den Puff. Denn nachdem er mit Vera gebrochen hatte, fiel es ihm trotz seines guten Aussehens schwer, auf Anhieb eine Geliebte zu finden. Als wahrer Schmock hatte er es versäumt, vorzubauen und sich rechtzeitig eine Ersatztante anzulachen.

Es dauerte eine Weile, bis Verena merkte, daß sie ihren Schlojme verloren hatte. Sobald sie dies erkannt und ihren Trennungsschmerz überwunden hatte, stürzte sie sich mit Verve in die Suche nach einem Nachfolger. Einzige Vorbedingung war, daß der Betreffende ein Jid war. Ich hätte also gute Karten gehabt. Unserem Glück standen jedoch zwei Hindernisse im Weg: Karin und Simon. Simon arbeitete bereits als Arzt, ich dagegen studierte noch. Verena schwankte eine Zeitlang, ehe sie sich für Schimi entschied. Ich war ein wenig gekränkt, andererseits froh, daß mir der Streß mit Karin erspart blieb.

Also war's auch mit Schimi in die Binsen gegangen. Wollte Vera nun versuchen, mich zu heiraten? Wichtiger war mir, daß ich schon lange mit ihr schlafen wollte und daß sie genau zum richtigen Zeitpunkt kam. So konnte ich risikolos mit Sara Schluß machen, ohne befürchten zu müssen, frauenlos dazustehen.

»Hervorragend, Rena! Ich freue mich riesig.«

»Ich mich auch, Samy. Dann komme ich also Donnerstag«, Vera zögerte kurz, »um 16 Uhr 20 mit der

Lufthansa. Ich habe mir nämlich sicherheitshalber schon einen Flug reservieren lassen.«

Ganz die alte. Sie überließ nichts dem Zufall.

»Großartig!«

»Schalom, Samy, bis bald.«

»Bis bald, mein Schatz.«

Ich war ganz aus dem Häuschen. Um mich zu beruhigen, unternahm ich sogar einen meiner spärlichen Hausputzversuche. Danach schrieb ich einen kurzen Abschiedsbrief an Sara und fuhr zu einem Abendbummel nach Jaffo. Ich hatte nur schwache Gewissensbisse. Schließlich mußte ich die Beziehung mit Sara sowieso über kurz oder lang beenden. So hatte sie's rasch hinter sich. Lieber ein Ende mit Schrecken für sie – und mit Lust für mich – als ein Schrecken ohne Ende.

Vera landete bester Stimmung in Israel. Ihre Umarmung ließ keinen Zweifel daran, daß sie mehr vorhatte, als Altertümer im Heiligen Land zu besuchen. Ich brachte sie in meine Wohnung. Wir quatschten eine Weile miteinander. Ich konnte mich kaum aufs Gespräch konzentrieren, dauernd dachte ich daran, wie ich Verena näherkommen konnte. Beim Dunkelwerden schlug ich ihr vor, zum Abendessen zu fahren.

»Wozu denn, Samy? Bei dir können wir gewiß auch eine Kleinigkeit essen, ich bin nicht besonders hungrig. Außerdem können wir uns hier ungestört unterhalten und dann früh zu Bett gehen, die Reise hat mich ein wenig ermüdet.« Sie lächelte mich vieldeutig an.

Meine Haut kribbelte. Vera war bereit, mit mir zu schlafen, das spürte ich. Nur wann? Durfte ich's schon am ersten Abend probieren? Wenn ich zu früh loslegte, verdarb ich womöglich alles. Sie würde sich überrannt und benutzt vorkommen. Ich traute mich nicht recht.

Verena bereitete meiner Unsicherheit rasch ein Ende. Sie verwandelte mein gezwungen-unverbindliches Gutenachtküßchen in eine stürmische Umarmung. Lässig streifte sie ihr Nachthemd ab und zog mich zu sich aufs Bett. Wir kamen gleich zur Sache. Ihr Körper war mir sogleich vertraut. Seit Jahren hatte ich auf diesen Moment gewartet. Auch Rena. Laut stöhnend genoß sie unsere Vereinigung. Ich war noch erregter als bei Sara. Denn Rena blieb bei aller Sinnenlust stets zärtlich. Unser Liebesspiel endete nicht abrupt. Wir hielten uns fest, streichelten einander. Ich fühlte mich geborgen.

Lag's allein an Veras Körperbau? Ihr Becken war monumental, darunter ihre fleischprallen Schenkel, die sich langsam gegen die runden Knie verjüngten. Die Schultern waren breit, die Oberarme fest. Der kleine Busen verschwamm auf dem breiten Brustkorb. Ich schmiegte meinen Kopf in den weichen Winkel zwischen ihrer Schulter und dem erstaunlich langen Hals. Vera drückte mich sanft an sich. So wohlig hatte ich mich seit Jahren nicht mehr gefühlt. Zuletzt als Kind bei Bella und Rebecca.

Erst im Morgengrauen schliefen wir ein. Wir erwachten gegen Mittag, umarmten einander, sahen uns zufrieden an, spielten, alberten, lachten, liebten uns, duschten, aßen, liebten uns wieder. Ich fühlte mich unbeschwert, nicht erschöpft wie bei Sara. Auch den nächsten Tag verbrachten wir größtenteils im Bett. Rena, die ich in München als Hektikerin empfunden hatte, war bei mir ruhig und heiter. Sie ließ sogar von ihren obligatorischen Zigaretten. Ständig umarmten wir uns, neckten einander, lachten. Wir lebten in fröhlicher Harmonie. Auch ein unvermuteter Anruf Saras konnte diese Stimmung nicht lange stören. Zwar hatte ich Schuldgefühle, da ich wußte, wie schwer es ihr fallen mußte, den eigenen Stolz zu überwinden, um mich anzurufen. Gerne hätte ich Sara getröstet, ihr gesagt, daß ich sie noch immer lieb hatte, daß es dennoch das beste für sie und mich war, Schluß zu machen. Aber Rena lag neben mir im Bett. So konnte ich Sara nur kurz auf hebräisch alles Gute wünschen und wiederholen, daß ich dem Brief nichts hinzufügen konnte, weil es uns sonst noch mehr weh tun würde.

Ob ich ihr das nicht persönlich sagen wolle, wir könnten doch gute Freunde bleiben. Feige bedauerte ich und sagte »Schalom«. Verena bemerkte meine Konfusion. Sie lächelte: »Eine Freundin?«

»Eine frühere.«

»Schon gut – du mußt nicht verlegen sein. Ich hab' ja auch Blödsinn mit Schimi gemacht.«

Wir umarmten und liebten uns. Bald hatte ich das unangenehme Telefonat verdrängt.

Nach einer Woche machten wir unseren ersten Ausflug – nach Jerusalem. Entgegen meiner sonstigen Gewohnheit steuerte ich den Wagen in gemächlichem Tempo. Mir war es erstmals wichtiger, die vorüberziehende Landschaft zu genießen und Verena zu beobachten, als zu rasen. Schon wenige Kilometer östlich von Tel Aviv windet sich die Straße zunächst sanft, dann immer steiler die judäischen Berge hoch. Auf jedes Fleckchen Erde zwischen den kahlen Kalkfelsen waren vom Israelischen Nationalfonds Nadelbäume angepflanzt worden. Die moderne vierspurige Straße folgt der alten Jerusalem-Jaffo-Road, die jordanische Beduinentruppen im Unabhängigkeitskrieg von 1948 besetzt hatten. Dadurch wurde der jüdische Westteil Jerusalems vom übrigen Israel abgeschnitten. Immer wieder hatten israelische Lebensmittel- und Militärkonvois versucht, die arabischen Linien zu durchbrechen. Ihre ausgebrannten Wracks säumen, nun sorgfältig als Kriegsreliquien gepflegt, den Weg nach Jerusalem. Um die Stadt zu versorgen, errichteten die Juden 1948 in aller Eile einen Schleichweg durch scheinbar unwegsames Gelände, die sogenannte Burmastraße. Auf diese Weise bewahrten sie ihr Jerusalem vor der Eroberung durch die Araber.

19 Jahre später eroberten die Israelis alle Gebiete westlich des Jordans. Die Geschichte hatte einen Purzelbaum geschlagen, das biblische Stammland der Juden, die Bergrücken, Täler und Wüsten Judäas und Samarias waren nun von Arabern bewohnt. Die Juden dagegen kamen jetzt aus dem alten Siedlungsgebiet ihrer Feinde, der Philister, aus der Sharonebene um Jaffo und das heutige Tel Aviv. Nun »befreiten« sie ihre alt-neue Hauptstadt. Die Araber im Ostteil kamen unter das Joch ihrer ärgsten Feinde.

Nachdem wir uns durch das Verkehrschaos des modern-sterilen israelischen Westjerusalems manövriert hatten, parkte ich das Auto am Rande der Altstadt. Schon von weitem empfingen uns lärmende Menschen- und Tierstimmen. In das Geschrei der Händler, das Plärren der Kinder und das Gemurmel der Passanten mischte sich helles Eselkeifen mit dumpf-sattem Raunzen der Kamele. An kurze Leinen gelegt, warteten die Wüstentiere auf Touristen, die sich getrauten für wenige Minuten und viel Geld auf ihren Höckern zu reiten. Wir passierten Arm in Arm das mächtige Damaskustor. Schon im Torbogen schlug uns das typische Altstadtaroma entgegen: Gerüche frisch gemahlener Gewürze, vor allem Nelken und Zimt, scharfer Duft gewachsten Leders, süßlicher Schweißgeruch schlendernder Passanten. Dieses Bouquet wurde angereichert durch den stechenden Gestank menschlicher und tierischer Exkremente.

Wir ließen uns vom Menschenstrom durch die schattig-verwinkelten Gassen der Altstadt treiben. Im Erdgeschoß der Häuser befanden sich meist winzige Geschäfte. Eine reichhaltige Auswahl der Waren hing an meterhohen Strickleitern vor den Läden. Die Besitzer saßen meist auf einem Hocker in der Tür und sprachen, begleitet von eindringlichen Blicken und dramatischen Gesten, die passierenden Touristen an: »The cheapest camel saddle in Jerusalem. It's my last one. Best quality.«

In den engen Gassen spielten lärmende Kinder. Immer wieder mußten sie und die zahlreichen Fremden schwerbeladenen Eseln ausweichen, die von ihren Besitzern mit lauten Rufen angetrieben wurden.

Vera war begeistert. So hatte sie sich den Orient vorgestellt. Es bereitete mir Mühe, sie von den Geschäften wegzukriegen.

»Die gleichen Waren bekommst du im Kaufhaus in Tel Aviv zum halben Preis.«

Endlich gelangten wir, an israelischen Soldaten in olivgrünen Uniformen vorbei, über steile Treppen zum Vorplatz der Klagemauer. Im weiten Areal löste sich die Menschenschlange auf. Die unterschiedlichen Gehweisen der Passanten wurden sichtbar: das zaghafte Vorwärtsbewegen der Touristen, das lockere Schlendern der weltlichen Israelis und der hastigzielbewußte Gang der Chassidim. Sie kleideten sich in schwarze oder grauweiß gestreifte Kaftane und Kniebundhosen der gleichen Farben, aus denen meist dürre, weiß besockte Beine ragten. Ihre Gesichter waren von dichten Bärten umrahmt. Der verschlossene Blick unter schwarzen Filzhüten oder Pelzmützen heftete sich auf die gewaltige Mauer. Das Geviert vor dem Wall ist durch eine schwere, schwarzlackierte Kette abgesperrt, die von zwei Zugängen unterbro-

chen wird. Dort teilt sich das Menschengewirr in zwei
Ströme, links die Männer, rechts die Frauen, zwischen
den Geschlechtern eine von Eisenträgern gestützte
Holzwand. Die Gläubigen passierten den Eingang im
eiligen Schritt, das Tempo kaum vermindernd. Die
Israelis und Touristen kramten aus ihren Taschen
meist ein zerknülltes Stoffkäppi, das sie nach einem
verschämten Blick rasch auf den Kopf setzten, während die »ungläubigen« Juden und andere darauf warteten, von bärtigen Thorawächtern eine papierene
Kopfbedeckung zu ergattern, die sie beflissen aufs
Haupt stülpten, um der religiösen Vorschrift Genüge
zu tun.

Auf der Frauenseite ließen sich »unzüchtig geklei-
dete Weiber« Oberarme und -schenkel widerspruchs-
los mit langen blauen Tüchern bedecken, ehe sie die
Kette passieren durften. Verena und ich trennten uns,
gingen zum jeweiligen Tor. Ich setzte mir einen Papp-
deckel auf den Kopf und stieg die Stufen hinab zu
dem Kalksteinpflaster, das in breiten Platten zur
Mauer führt. Vorbei an gestenreich und lautstark
debattierenden Gläubigen und hilflos umherschreiten-
den Fremden näherte ich mich langsam den mannsho-
hen Quadern der Mauer. Die Steine leuchteten grell
im klaren Sonnenlicht. Die Mauer hat Wohnhaus-
höhe. Am Fuß abgegriffen-schmutzig, schimmert sie
darüber im klaren Licht makellos rosabraun in der
Farbe des Jerusalemfelsens. Vor der Mauer stand eine
lose Männerreihe, fast alles Gläubige. Ihre Körper
schwangen in heftigen Schaukelbewegungen, während
sie mit monotoner Stimme ihre Gebete murmelten.

Vor Jahrtausenden hatten gewiß auch meine Vorfahren im Tempel den Segen des Ewigen erfleht. Als
Erwachsener waren mir Zweifel an meinem anerzoge-
nen Glauben gekommen. Weshalb ließ der Herr zu,

daß sein Volk immer wieder bedrängt und gemeuchelt wurde? Woher nahmen die Chassidim und andere Religiöse die Kraft, auch nach Auschwitz unzweifelhaft an Ihn und sein Wohlwollen gegenüber seinem auserwählten Volk zu glauben?

Ich zwängte mich zwischen den Betenden zur Mauer. Mehr oder minder Gläubige kritzelten ihre speziellen Wünsche auf schmale Zettel, die sie nach jahrhundertealtem Brauch in die Mauerfugen drückten.

Die Steinquader vor mir waren Teil der Westumfriedung des zweiten Tempels. Das Tempelunternehmen war von vornherein moralisch zum Scheitern verurteilt. Die heiligste Stätte der Juden, das Haus ihres Gottes, wurde vor mehr als 2000 Jahren vom Proselyten Herodes ausgebaut, der vor allem machtpolitische Interessen im Auge hatte. So wurde dieser Tempel neben seiner religiösen Bestimmung zu einem politisch-ökonomischen Mittelpunkt des römisch besetzten judäischen Reiches. Die tiefe Religiosität der Juden diente Herodes und einer opportunistischen Priesterkaste als Vehikel ihrer Machtträume. Schließlich erhob sich das Volk und jagte die korrupte Monarchie zum Teufel. Wenige Jahre später nahmen fanatische jüdische Gläubige den Kampf mit Rom auf. Das Ergebnis war die vollständige Auslöschung des jüdischen Staates und die Zerstörung Jerusalems und seines Tempels. Die jüdische Bevölkerung wurde vertrieben oder in die Sklaverei verschleppt. In den zwei Jahrtausenden der Diaspora konzentrierte sich die Sehnsucht der Juden auf Jerusalem und den Tempel, dessen Mauerrest zum Zentrum jüdischen Selbstmitleids wurde. Heute ist die Klagemauer zum Mittelpunkt des weltlichen und religiösen Tourismus im Heiligen Land degeneriert. Reisende Geschäftemacher, religiöse Eiferer und politische Wichtigtuer haben die Klagemauer und ihre Umgebung in einen Rummelplatz verwandelt.

Verena und ich machten uns bald auf den Weg zum Ölberg. Über eine steile Serpentinenstraße, vorbei an zahllosen jüdischen Steingräbern, fuhren wir zum Plateau. Wir stellten den Wagen ab und stiegen zu einer der zahlreichen Terrassen hinab, die das Grabfeld des kahlen Friedhofs begrenzen. Von hier überblickt man die gesamte Altstadt. Das Häuserlabyrinth, gesäumt von einer aus der Ferne zierlich wirkenden Stadtmauer, wird beherrscht von der mächtigen Goldkuppel der Omar-Moschee, die sich aus dem baumbewachsenen Tempelberg erhebt. Die harmonische Mächtigkeit der Goldkuppel auf dem achteckigen blauen Rundbau der Moschee wird unterstrichen durch das schlanke Silbergewölbe der Al-Aksa-Moschee am Rande des Tempelbergs. Zahlreiche Kirchtürme ragen aus dem Häusermeer der Altstadt, das von den hellen Steinbauten der modernen jüdischen Viertel umgeben wird. Die Gebäude der neueren Stadtteile ziehen sich, von zahlreichen Parks unterbrochen, bis an die kahlen Hügelketten, die Jerusalem einrahmen. Dahinter schimmern weit entfernt die rötlichgelben Berge der judäischen Wüste.

Über uns brüllten die Lautsprecher einer kleinen Moschee die monotone Stimme eines Muezzins ins Land, der die Nachmittagsgebete im Singsang rezitierte. Nach einem abschließenden »Allah hu akbar«, »der Ewige ist gewaltig«, brach das Gebet ab. In meinen Ohren vibrierte noch minutenlang der Ruf des Vorbeters. Danach herrschte vollkommene Stille. Verena blickte versonnen auf die Stadt.

Ich trat hinter sie, legte meine Arme um ihre Schultern. Wortlos standen wir da, bis die Abendsonne die

Altstadt in flammendes Rot tauchte. Als die rasche Dämmerung einsetzte, fuhren wir zurück nach Tel Aviv.

Wir sprachen kein Wort. Zu Hause fielen wir uns in die Arme. Lange lagen wir im Dunkeln und streichelten uns. Keiner wagte ein Wort zu sagen, so als fürchteten wir, dadurch den Einklang unserer Gefühle zu stören.

Dies tat jemand anderes: Das Telefon klingelte. Zunächst versuchte ich das Läuten zu ignorieren. Aber es hörte nicht auf. Sollte ich einfach den Apparat ausstöpseln? Aber wenn meine Eltern anriefen? Bella und Herschl waren nicht mehr die Jüngsten. Ich mußte mich melden.

»Hallo?«

»Samylein, wo steckst du nur die ganze Zeit?« Kara!

»Wieso?«

»Weil ich schon den ganzen Tag anrufe. Hör zu, ich hatte irres Glück. Ich hab' über den Studentenreisedienst einen total billigen Flug nach Israel bekommen.«

»So?«

»Mensch, stell dir vor, 300 Mark. Ich habe sofort zugegriffen. Hin- und Rückflug. Freust du dich auch schon so riesig?«

»Klar.« Auf Zeit spielen! »Ich hab' dir ja gesagt, daß ich im Moment wahnsinnig beschäftigt bin. Du mußt die Reise verschieben.«

»Du spinnst, Samy. Ich hab' das Ticket schon. Ich kann es nicht mehr umtauschen.«

»Mußt du nicht, es genügt, wenn du umbuchst.«

»Das geht nicht. Deswegen war der Flug ja so billig. Außerdem hab' ich Wahnsinnssehnsucht nach dir. Ich will dich nicht nur sehen, sondern auch fühlen, Samy.«

»Du mußt dich trotzdem etwas gedulden.«

»Nix da! Ich komme morgen. Ich gehe dir garantiert nicht auf den Keks. Wenn du soviel zu arbeiten hast, mache ich mich eine Weile selbständig.«

Vielleicht ließ sich damit die Zeit bis zu Veras Abfahrt überbrücken. Wenn sie nur nicht neben mir liegen und alles hören würde. Ich mußte was tun. »Kara, du hast dir den falschesten Zeitpunkt ausgesucht. Ohne mich zu fragen . . .«

»Was ist eigentlich los mit dir, Samy? Liebst du mich nicht mehr?«

Diese dummen Weiber erpressen einen immer mit der gleichen Masche! »Doch!«

»Na also! Ich komme morgen mit der Lufthansa um zwanzig nach vier. Laß mich nicht warten.«

Scheißlufthansa!

»Ich freu' mich schon irre auf dich. Tschüüüs.«

»Tschüs.«

Gott im Himmel, wie sollte ich's Vera nur beibringen?

»Das war's dann wohl, Samy?«

»Wieso?«

»Meinst du, ich habe nicht mitbekommen, daß Karin morgen kommt?«

»Doch . . .«

»Na, also!«

»Wieso also?«

»Weil ich vorher zu verschwinden habe, nicht?« Sie schaltete die Nachttischlampe ein. »Oder hättest du's gern zu dritt?«

»Ich hab' sie nicht eingeladen. Im Gegenteil! Ich habe sie ausdrücklich gebeten, nicht herzukommen.«

»Mit welchem Erfolg, durfte ich eben mit anhören.«

»Was sollte ich tun? Ihr verbieten herzukommen?« hörte ich meine dünne Stimme.

»Genau das!«

Weshalb tat ich's nicht? Vera war eine tolle Frau, viel intelligenter als Kara und vor allem viel reicher. Aber Karin zum Teufel jagen, einfach so, durchs Telefon? Irgendwie hatte ich sie doch recht gern. Außerdem, Vera hatte leicht reden. In einer Woche dampfte sie ab. Dann stand ich allein da. Was sollte ich nur tun, mein Gott?

»Also was ist? Rufst du jetzt an und sagst ihr ab oder nicht?«

Was erlaubt sich diese verwöhnte Zicke eigentlich? Kommt her und kommandiert mich rum. Ich bin doch nicht ihr Lakai. Sie glaubt wohl, daß sie sich alles für ihr Geld kaufen kann – sogar mich. »Laß uns erst in Ruhe darüber reden, Verena.«

»Was gibt es hier viel zu reden? Entweder du willst, daß sie kommt, dann ist alles vorbei, oder du möchtest, daß ich bleibe . . .«

»Sicher.« Ich wollte sie in den Arm nehmen, aber sie wehrte sich bestimmt ab.

» . . . dann mußt du sie anrufen und ihr absagen.«

»Du hast recht.«

»Also, was ist?«

»Ich überlege . . .«

»Was gibt es da noch zu überlegen, um Himmels willen?« schrie sie mich an.

»Ich weiß nicht . . .«

»Samuel! Du bist mir gegenüber zu nichts verpflichtet. Ich habe dich besucht, wir hatten gemeinsam eine schöne Zeit – bon. Aber sei wenigstens ehrlich zu mir. Soviel darf ich doch verlangen.«

Tränen traten ihr in die Augenwinkel. Das auch noch! Ich nahm sie in den Arm und streichelte sie. Sie begann zu zucken und heulte. Großer Gott, was hatte ich ihr denn getan? Sie wußte doch, daß ich seit Jahren mit Kara befreundet war. Und diese dumme Pute mußte natürlich ausgerechnet jetzt antanzen, gerade jetzt, als ob sie's ahnen würde. Was sollte ich nur tun? Erst mal das Weib hier beruhigen, vielleicht fiel mir später noch was ein. Vera dagegen handelte sofort. Sie schmiegte sich an mich und preßte meinen Leib mit aller Kraft zwischen ihre Arme und Beine. Unser Liebesspiel, sonst ein fast schwereloser Tanz, geriet zum Alpdruck. Ich wollte weg – nur heraus aus dieser Falle.

Es dauerte eine Weile, ehe es mir gelang, mich mit unsanftem Winden und Stoßen freizukämpfen. Vera fing wieder zu weinen an. Diese Verrückte! Wenn sie sich jetzt schon so gebärdete – nach einer Woche. Wie würde sie sich erst nach einem Monat oder einem Jahr aufführen! Was nützten mir ihre Klugheit und ihr Geld? Beide würden scharfe Waffen zu meiner Unterjochung. Und ich Trottel hätte beinahe Kara angerufen und ihr abgesagt. Ich hätte es womöglich tatsächlich getan, wenn Vera nicht versucht hätte, mich zu erpressen – aber so? Um Gottes willen! Ich würde Karin erfinden, wenn es sie nicht gäbe, ich würde sie anflehen herzukommen, allein, um mir diesen Saugnapf vom Hals zu reißen.

Sie hatte ihr Gesicht im Kopfkissen vergraben und heulte ausdauernd. Sie ließ mich nicht schlafen – diese Hexe! Was hatte sie davon? Die Sache war doch längst entschieden. Durch ihr Geflenne machte sie mir nur ein schlechtes Gewissen und brachte sich um all meine Sympathie. Sie heulte mit ungebrochener Ausdauer und Gleichmäßigkeit – Stunde um Stunde. Allmählich wurde ich zornig. Am liebsten hätte ich sie aus dem Zimmer geworfen – oder wäre zumindest selbst aus dem Raum geflüchtet. Die Nacht konnte nicht ewig dauern. Und morgen war der Alptraum ja endlich zu Ende. Vera heulte unermüdlich weiter. Warum quälte sie mich so?

Es geschah mir vollkommen recht. Vollkommen! Warum lief ich dem Typen hinterher. Er mußte nichts tun. Ich flatterte einfach in seine Wohnung und in sein Bett. Er mußte sich überhaupt nicht bemühen. Genau wie zuvor Schlojme und Schimi! Vera gab's zum Nulltarif. Man probierte sie aus und warf sie auf den Misthaufen, sobald es einem langweilig wurde oder die Freundin auftauchte. Was nichts kostet, ist eben nichts wert. Warum benahm ich mich so würdelos? Wieso lieferte ich mich ihnen aus? Habe ich so was nötig? Ich bin doch nicht häßlich oder dumm. Wieso renne ich dann diesen verdammten Jidn dauernd nach? Weil mein Vater ein Goj ist? Natürlich hat er seine Macken, wie jeder Mensch. Er war mitunter ein wenig streng und kann schlecht seine Gefühle zeigen – das hat mir als Kind oft gefehlt. Aber im Laufe der Jahre wurde mir immer stärker bewußt, daß er mich nicht weniger gern hatte als meine vergötterte Mamme. Als ich älter wurde, erkannte ich, wie gemein Papa von meiner Mutter behandelt wurde. Er konnte geschäftlich Erfolg haben, sie mit Geschenken und allen möglichen Aufmerksamkeiten verwöhnen – in ihren Augen blieb er stets nur ein Goj, ein gefühlloser Tölpel.

Suche ich deshalb ständig einen jüdischen Macker? Um einen »richtigen Mann« zu bekommen und keinen Goj? War es so einfach?

Meine Freundschaft mit Schlojme hätte mir die Augen öffnen müssen. Denn Schlojme war alles andere als eine Geistesleuchte. Er war dümmer als die meisten Juden und Christen. Die Jidn verlachten ihn als Schmock. Aber ich liebte Schlojme. Ich liebte ihn, weil er hilflos war, weil er mich brauchte. Vor anderen gab er sich als Macho. Nur bei mir konnte er weich und schwach sein. Eben diese Schwäche band mich an ihn. Ich durfte meinem Mann etwas geben, ihm helfen. Ich wollte Schlojme achten – auch wenn er ein Schwächling war. Als Dank hat er mich abgeschoben, sobald er sein Studium mit meiner Hilfe beendet hatte. Allein, weil ich eine Schickse bin? Das redete ich mir damals ein. Es lag nicht an mir, sondern allein an seinen jüdischen Dünkeln..

Mit Schimi war's das gleiche.

Durch Samy merkte ich jedoch, daß ich mir die ganze Zeit etwas vorgemacht hatte. Denn als einziger in der Judenbande schämte sich Samy nicht, fast offiziell mit einer Schickse zu gehen, einer astreinen Schickse sogar. Um ihretwillen hatte er mich stehenlassen, obwohl ich durch meine Mutter Jüdin bin. Was bildete sich dieser Knilch eigentlich ein? Schlojme war meine erste große Liebe und ein bildhübscher Mann. Schimi war immerhin Arzt. Aber Samy war der geborene Underdog. Er sah weder besonders aus, noch hatte er einen Beruf. Ein ewiger Student. Und dieser Loser besaß die Frechheit, mich einzuladen und dann einfach rauszuschmeißen, um seine Schickse nicht zu verärgern! Dafür sollte er mir büßen.

Meine Wut gab mir Kraft. Ich stand auf. Es mochte vier Uhr morgens sein. Samy stellte sich schlafend. Ich ging ins Bad. Das elektrische Licht tat meinen Augen weh. Als ich mich endlich daran gewöhnt hatte und in den Spiegel sah, erschrak ich. Mein Gesicht war total verheult und verquollen, meine Augen rot. Dieses Schwein! Was hatte er mit mir gemacht? Ich stieg unter die Dusche. Das heiße, prickelnde Wasser tat mir wohl. Nichts tun, nichts denken, einfach duschen, duschen. Am liebsten wäre ich für immer unter der Brause geblieben. Die Dusche erschien mir als wahres Asyl in dieser furchtbaren Wohnung. Ich wußte, daß meine Marter beginnen würde, sobald ich das Bad verließ, denn ich mußte die Nacht bei Samy bleiben.

Schlojme und Schimi verschwanden einfach. Samy dagegen konnte nicht davonlaufen, obgleich er gewiß nichts lieber getan hätte. Morgen mußte ich weg. Mußte, mußte, mußte! Ich wollte nur meinen Frieden haben, meine Ruhe. Warum tat er mir das an? Hätte es soviel Mut erfordert, Karin zu veranlassen, eine Woche später zu kommen? Aber Samy war zu feige, zu egoistisch! Er wollte wegen mir nicht das Verhältnis zu seiner Schickse belasten. Ich versuchte zu relaxen, an nichts zu denken. Es ging nicht mehr. Das Wasser wurde allmählich kälter, der Boilerinhalt war verbraucht. Auch das noch! Ich stellte die Dusche ab, warf ein Handtuch um und ging wieder ins Bett.

Samy spielte weiter den Schlafenden. Mir fiel ein, daß der nächste Flug nach München erst Montag ging, falls es überhaupt Platz in der Maschine gab. Das bedeutete, daß ich das ganze Wochenende allein in Israel verbringen mußte. Während er sich mit seiner Kara vergnügte! Was sollte ich nur das ganze Wochenende anfangen? Wo sollte ich wohnen? In welchem Hotel? Ich kannte mich hier doch überhaupt nicht aus. Und danach? Ich versuchte die Panik niederzuhalten, in der ich zu ertrinken drohte. Meine Mutter! Diese furchtbare, nicht enden wollende Fragerei! »Hat er angebissen? Ist er auf dich reingefallen?« Komischerweise mochte sie Samy einigermaßen – was bei ihr schon viel bedeutete. Über Schlojme hatte sie sich immer lustig gemacht. Sie verspottete ihn als »dümmsten Juden seit Moses, der uns 40 Jahre lang in die Irre führte«.

Auch vor Schimi hatte sie mich gewarnt: »Zwecklos, Vera! Er ist Arzt. Der wird dich nie heiraten!«

»Warum?«

»Weil du eine Schickse bist. Darum hat dich sogar Schlojme-Trottel sitzenlassen.«

Dagegen hatte sie mir zugeredet, Samy in Israel zu besuchen. »Der ist für dich der Richtige. Dem kannst du etwas bieten. Er hat keinen Beruf und kein Geld. Außerdem hängt über seinem Bett kein Arierparagraph.« Sie grinste maliziös. Dann sah sie mich streng an. »Wenn du dich nicht total dumm anstellst, könnte es mit euch klappen.«

Ich hatte mich total dumm angestellt. Mutter würde mich nicht anschreien, nur auslachen. Nur! Sie wußte genau, wie sie mich am schmerzhaftesten verletzen konnte, und tat es nicht selten. »Du bist eben eine Schickse – damit mußt du dich wohl oder übel abfinden.« Genau! Die Tochter meines Vaters – des Goj. Dieses arrogante, unangreifbare Judenweib!

Ich mußte weinen. Nach einer Weile gab Samy seinen Scheinschlaf auf und wälzte sich zu mir. Beschwichtigend streichelte er mich. Als ich seine Umarmung erwidern wollte, wand er sich sofort aus meinem Bett. Dieser feige Hund!

Mit aller Kraft zwang ich mich, mit dem Heulen aufzuhören. Diese Genugtuung wollte ich ihm nicht geben. Bald hörte ich seine regelmäßigen Atemzüge. Er schlief jetzt tatsächlich – als ob nichts gewesen wäre! Gewiß träumte er von Kara. Am liebsten hätte ich ihn aus seinem selbstgerechten Schlummer gerissen und geprügelt, diesen elenden Spießer. Aber ich brachte es nicht fertig. Meine Eltern erlaubten es mir nicht. ›Laß dich nie vor einem Mann gehen!‹ ›Man trägt seine Gefühle nicht zu Markte!‹ Ich wollte weglaufen, aber wohin und zu wem? Wenigstens ins andere Zimmer oder auf den Balkon oder zurück ins Bad. Aber damit hätte ich mich nur lächerlich gemacht. Also blieb ich liegen und fraß alles in mich rein. Ich war so angespannt, daß ein Funken genügt hätte, mich explodieren zu lassen, aber dieser Funken kam nicht. Woher auch? Samy schlief lieber, als Funken zu versprühen. Ich war so verkrampft und ängstlich, daß ich es kaum wagte, zu atmen. In meinem Kopf herrschte ein wirres Potpourri aus Menschen und Ängsten. Meine Mutter, mein Vater, Schlojme, Schimi, Samy, Flugzeuge, leere Hotelzimmer, dann wieder Jerusalem, München.

Irgendwann schlief ich erschöpft ein.

Samuel weckte mich am späten Morgen. Er war bereits angezogen und hatte den Frühstückstisch im Wohnzimmer gedeckt. Bis dahin hatten wir jeden Morgen im Bett gefrühstückt. Sogar Blumen hatte er besorgt.

»Wie aufmerksam. Karin wird sich über die Geranien sicher freuen.«

»Aber Vera!« Samy tat entrüstet. »Die Blumen sind natürlich für dich! Für wen hältst du mich eigentlich?«

Ich antwortete ihm lieber nicht. Wir aßen stumm. Das heißt, er aß mit gutem Appetit, während ich Mühe hatte, den Kaffee hinunterzuwürgen.

Samy war bester Laune und scheute sich nicht, mir gönnerhaft gut zuzureden: »Komm, iß ein bißchen, das hilft dir.« Endlich deckte er ab und verschwand in die Küche. Ich blieb sitzen. Nach einer Weile kam er wieder ins Zimmer, setzte sich mir gegenüber. Schwieg. Ich wußte, was kommen würde. Endlich fand er den Mut zu sprechen.

»Also Vera, was hältst du davon, wenn wir jetzt ein Hotel suchen?«

Ich antwortete nicht. Nach einer Weile stand er auf, marschierte zur Tür, machte kehrt, setzte sich zu mir und legte unbeholfen seine Hand auf meine Schulter.

»Verena. Es ist fast Mittag, wir müssen ein Hotelzimmer für dich finden.«

»Weshalb?«

»Also, du brauchst doch einen Platz zum Schlafen.«

»Hier gibt's genug Platz.«

»Jetzt sei nicht kindisch. Was hättest du davon, hierzubleiben und dich die ganze Zeit mit Karin zu streiten?«

»Du meinst wohl, wir würden uns um dich raufen?«

»Nein, aber du kennst doch Karin. Sie würde ein Höllenspektakel veranstalten.«

»So weit waren wir schon.«

»Stimmt. Also komm, pack deine Sachen, und wir fahren ins Hotel. Es gibt hier an der Strandpromenade ausgezeichnete internationale Hotels. Das Hilton soll das beste sein.«

»Überlaß das bitte mir.«

»Dann nehmen wir eben ein anderes Hotel.«

»Ich bleibe hier!«

»Vera, sei vernünftig, bitte.«

»Ich bin vernünftig. Ich bleibe.«

»Das geht nicht!«

»Warum?«

»Wie oft soll ich dir noch sagen, daß ich keine Streiterei mit Kara will.«

»Aber mit mir schlafen wolltest du schon.«

»Das will ich immer noch.« Er versuchte zu grinsen.

»Los, komm her, treiben wir's!« Schade, daß meine Mutter mich nicht hören konnte. Dann hätte sie endlich bestätigt gefunden, was sie schon immer geahnt hatte, daß ihre Tochter nicht nur eine dumme Schickse, sondern auch eine würdelose Nutte war.

»Hör bitte auf und sei vernünftig.«

»Ich bleibe hier.«

»Das wirst du nicht tun!«

»Und ob! Willst du mich etwa rausschmeißen? Zuerst ficken und dann rausschmeißen!«

»Natürlich nicht.«

»Dann bleibe ich.«

»Das wirst du nicht tun!«

»Doch!«

»Vera, sei nicht so störrisch. Du weißt genau, daß es zwecklos ist hierzubleiben.«

»Du meinst, daß es für dich zwecklos ist. Du hättest es gerne geräuschlos. Zuerst mit mir eine lustige Zeit verbringen – dich ordentlich austoben! Dann mich abschieben und es mit Karin treiben. Hast du dir mal überlegt, daß du unter Umständen jemandem damit weh tun könntest?«

»Ich wollte es nicht.«

»Und was willst du jetzt?«

»Daß wir alles mit möglichst geringem Schaden für alle regeln.«

»Das würde dir so passen! Ich bleibe da!«

»Was hast du davon? Alle würden sich nur ärgern.«

»Ausgezeichnet. Dann würdest du endlich die Quittung für deinen Mist erhalten. Ich bleibe da!« Irgendwas zwang mich, auf stur zu schalten. Waren es meine Ängste vor dem Verstoßenwerden, vor dem Alleinsein, vor der Rückkehr nach Deutschland als Versagerin? Oder war es schlicht Samys skrupelloser Egoismus?

Ich ging ins Schlafzimmer, zog mich aus und legte mich hin. Samuel folgte mir wie ein Hündchen. Er setzte sich auf die Bettkante und laberte. »Schau, Vera, wir sind doch Freunde, wir müssen jetzt vernünftig sein . . .« Ich tobte, schrie, heulte, schwieg. Nichts half. Er laberte und laberte und laberte von Vernunft, Geduld, Freundschaft, unglücklichem Zufall und anderem Mist. So lange, bis ich es nicht mehr aushielt. Bis mir förmlich schlecht von seinem Gequatsche wurde und ich nachgab. Mit fliegenden Händen packte Samy meine Sachen. Bald würde

Karin antanzen, da durfte er keine Zeit verlieren. Vor lauter Eile und aus Angst vor mir traute er sich nicht einmal, das Bett zu machen. Ich wies ihn darauf hin. Er ließ sich auf keine Diskussion ein, scheuchte mich statt dessen in sein Auto. So schnell er konnte, raste er zum Hilton. Samy hatte Glück. Es gab freie Zimmer. Sobald ich mich eingecheckt hatte, drückte er mir einen flüchtigen Abschiedskuß auf die Wange und wollte sich rasch davonmachen. Ich hielt ihn fest.

»Samy, bereust du, daß wir zusammen waren?«

Er sah mich warm an. »Nein! Ich mag dich, aber wir hatten Pech. Vielleicht klappt es beim nächsten Mal.«

Er umarmte mich, drückte mich mit aller Kraft an sich. Dann machte er sich frei.

»Auf Wiedersehen, Verena.« Er gab mir noch einen Kuß. In seinen Augen las ich Hektik.

»Ich mag dich – sehr.« Er wandte sich um und lief durch die Lobby zum Ausgang. Ich stand wie betäubt neben der Rezeption. Irgendwann erbarmte sich ein Gepäckträger und führte mich auf mein Zimmer. Als er endlich das Zimmer verlassen hatte, warf ich mich aufs Bett und heulte.

Ich hatte mich irre auf die Reise gefreut. Als ich aus dem Flugzeug die pastellfarbene Küstenlinie Israels erkannte, fühlte ich mich fast wie bei einer Heimkehr. Aber Samy war nicht am Flugplatz. Fast eine Stunde wartete ich am Ausgang. Jeder wurde abgeholt – außer mir. Vielleicht hatte er die Ankunftszeit falsch verstanden, oder es war ihm was passiert. Oder er hatte keine Lust herzukommen. Etwas stimmte nicht mit ihm. Samy war gestern so komisch am Telefon. Er hatte sich überhaupt nicht gefreut, daß ich kommen wollte. Unsinn! Vielleicht hatte er wirklich soviel zu tun. Oder er hatte sich einfach verspätet oder eine Autopanne. Endlich wurde es mir zu dumm. Ich wechselte Geld, besorgte mir eine Telefonmünze und rief Samy an. Niemand meldete sich. Danach versuchte ich es bei Udi.

»Wo steckst du, Kara? Warum hat Samy mir nicht gesagt, daß du heute kommst?«

»Ich bin am Flugplatz. Samy ist nicht da, er hat wohl die Ankunftszeit falsch verstanden. Ich habe ihm erst gestern gesagt, daß ich komme. Es ging ganz plötzlich.«

»Mach dir keine Sorgen, Kara. Warte am Flughafen. Ich bin in einer Viertelstunde bei dir und hole dich ab.«

Nach wenigen Minuten war Udi am Flughafen. Er umarmte mich und verfrachtete mein Gepäck in sein Auto. Wir fuhren bei Samy vorbei – er war nicht da. War ihm etwas zugestoßen? Wir hinterließen ihm eine Nachricht. Dann fuhren wir zu Udis Eltern.

Udi führte mich in ein sparsam mit Möbeln ausgestattetes Wohnzimmer. Er bot mir Platz an, was er sonst nie tat, ließ sich in einen Sessel plumpsen und meinte gewollt ungezwungen: »Keine Sorge, Kara. Samy hat dich bestimmt falsch verstanden. Mach's dir inzwischen bei uns bequem!«

Wieso sagte er mir ständig, ich solle mir keine Sorgen machen? Was wußte er?

»Wie geht's Samy?«

»Prima. In letzter Zeit habe ich ihn allerdings kaum gesehen.«

Sonst hingen sie doch Tag und Nacht zusammen. Vielleicht mußte er wirklich so viel lernen? Oder Samy hatte eine Freundin, und Udi wollte mir nichts sagen? Oder Samy hatte endlich zu viel von Udi und seiner Clique bekommen?

Udis Mutter servierte uns Kaffee und Kuchen. Sie machte überhaupt kein Theater, mit »Schickse« oder so'n Kram, obwohl sie im KZ gewesen war, wie ich an der blauen Nummer auf ihrem Unterarm erkennen konnte. Ich hatte die KZ-Nummern schon öfter gesehen, aber es gab mir jedesmal wieder einen Stich in der Brust.

Nach etwa einer Stunde rief Samy endlich an. Er hatte sich verspätet, mich am Flugplatz gesucht und war dann nach Hause zurückgekehrt, wo er Udis Botschaft fand.

»Na siehst du. Alles o.k.«, sagte Udi erleichtert.

Dennoch. Irgendwas stimmte nicht – das spürte ich. Bald tauchte Samy auf. Jetzt wußte ich, daß was im Busch war – trotz seiner Umarmung. Wir bedankten uns bei Udi und seiner Mutter und fuhren los.

Ich wollte den Mund halten, bis wir zu Hause waren. Aber sobald wir im Auto saßen, entstand eine Spannung zwischen uns, die mich schier erdrückte. Es war nicht auszuhalten. Ich mußte ihn zur Rede stellen, sonst wurde ich wahnsinnig.

»Was ist los mit dir, Samy?«

Er blickte krampfhaft konzentriert auf die Straße. »Nichts.« Er zögerte kurz. »Ich mußte viel lernen. Ich hab's dir ja schon gesagt.«

»Willst du mir erzählen, daß du täglich bis 10 Uhr nachts in der Uni gesessen bist und gelernt hast? Du warst nämlich seit Tagen nicht zu erreichen.«

Samy antwortete nicht. Trotz seiner Sonnenbräune sah er schlecht aus, übernächtigt, mit dunklen Ringen unter den Augen. Er hatte eine Freundin!

»Also?«

Er brachte den Wagen zum Stehen. Samy blickte durch mich hindurch. Seine Stimme klang knapp und fremd: »Wenn du es genau wissen willst: Vera war hier.«

Mir blieb die Luft weg. Ich wußte nicht, ob ich lachen oder weinen sollte. Vera, diese Witzfigur! »Wann?«

»Bis gestern.«

»Hattest du was mit ihr?«

»Ja.«

Mein Gesicht, meine ganze Haut brannte. Dieser elende Betrüger. Ich hatte ihn geliebt und war ihm seit Monaten treu, und er betrog mich mit der erstbesten Hure. Ich zwang mich, ruhiger zu werden. Dann sah ich ihn an. Er blickte seelenruhig zum Fenster raus, dieser Lump.

»Konntest du dir nichts Gemeineres, nichts Würdeloseres einfallen lassen, als dich mit dieser dummen Sau einzulassen? Niemand will sie außer dir.«

Er schwieg.

»Sag was, du Betrüger!«

Samuel sah durch mich hindurch. »Es gibt nicht viel zu sagen.«

»Oh doch!«

»Sie kam her, und da hat sich's eben ergeben.«

Ergeben! Er sprach darüber wie über einen Gelegenheitskauf. Hatte er überhaupt kein Gefühl mehr, hatte er unsere Liebe vollständig vergessen? »Warum hast du mir das angetan, Samy?«

»Wieso bist du nicht hiergeblieben?«

»Ist das ein Grund, sich mit der dümmsten Hure von ganz München und Israel einzulassen?«

»Vera ist weder dumm noch eine Hure«, antwortete er kalt.

Was hatte diese Nutte mit ihm gemacht? Noch vor wenigen Wochen hatte er mich geliebt. Und jetzt hatte er alles verraten und besudelt und in den Dreck gezogen. Nur um mit dieser Schlampe seinen Spaß zu haben. Warum? Er wußte doch, daß ich bald zu ihm kommen wollte. War ich ihm so wenig wert, daß er alles wegwarf, wegen dieses Flittchens?

»Du Hurenbock. Du geiler, dreckiger Nuttenkerl!«

Er wandte mir sein Gesicht zu. Seine Augen blickten mich unbeteiligt an. Wenn er mich wenigstens hassen würde. Nichts. Kein Gefühl. Gar nichts. »Falls du hergekommen bist, um zu streiten und zu stänkern, fährst du am besten gleich wieder zurück.«

»Ich bin gekommen, weil ich Sehnsucht nach dir hatte.« Meine Stimme brach.

»Plötzlich?«

»Nicht plötzlich! Ich nicht! Sobald ich nur konnte, sobald ich das Geld zusammenhatte, bin ich zu dir gekommen. Ich konnte nicht ahnen, daß du dich lieber mit Huren herumtreiben wolltest.« Samy guckte wieder aus dem Fenster, als ob ich ihm völlig gleichgültig wäre.

»Liegt dir überhaupt noch was an mir?«

Er antwortete nicht.

»Sag endlich was, du gewissenloser Hurenbock!«

Samy hielt es nicht für nötig, mich anzusehen.

Ich konnte es nicht mehr aushalten. Ich mußte raus aus diesem Auto, das mir wie eine Gefängniszelle vorkam. Ich riß die Tür auf und ging einfach los.

Wir parkten am Rande eines Distelfeldes. Der Boden war vollständig ausgetrocknet. Vom Geäder unzähliger Furchen durchzogen, schimmerte die Erde im Licht der kurzen israelischen Dämmerung in allen Violett-Schattierungen. Die Luft war trockenwarm. Alles hätte so toll sein können. Da muß sich dieser

Arsch mit Vera einlassen. Ausgerechnet mit ihr! Wenn er es wenigstens mit irgendeinem israelischen Mädchen getan hätte, das ich nicht kannte. Aber er machte sich's lieber bequem und nahm die Erstbeste, die ihm ins Bett sprang. Und das genügte ihm nicht. Er mußte es mir auch sofort unter die Nase reiben – damit es mir ja weh tat. Klar, er war böse auf mich. Denn ich hatte ihn ja um sein Vergnügen gebracht.

Ich war vollkommen leer, konnte nicht denken und nichts tun. Ich hockte mich auf den Boden. Ich weiß nicht, wie lange ich da saß. Plötzlich hörte ich den Automotor anspringen. Wollte er abhauen und mich hier alleine lassen? Mit durchdrehenden Reifen fuhr er auf mich zu. Versuchte er, mich zu überfahren? Mir war jetzt alles egal. Er steuerte das Auto scharf an mir vorbei, bremste vor mir, stieß die Tür auf und rief mir mit unbewegter Stimme zu:

»Hör auf mit dem Theater und komm endlich!«

Ich gehorchte. Schweigend fuhren wir in seine Wohnung. Bei meinem letzten Besuch waren wir so ausgelassen und glücklich gewesen. Jetzt ließ er mich in der Diele stehen wie ein Möbelstück und ging ohne ein Wort ins Schlafzimmer. Wahrscheinlich wollte er die Spuren von dieser Nutte beseitigen. Ich mußte daran denken, daß er sich hier mit diesem Miststück amüsiert hatte. Mir schoß das Blut ins Gesicht. Ich ging ihm nach. Samy lag angezogen auf dem Bett, ohne sich zu rühren. Alles war sorgfältig aufgeräumt. Darum hatte er sich verspätet! Er mußte erst sein Hurenhaus in Ordnung bringen.

»Toll, sogar die Betten frisch bezogen. Aber es stinkt immer noch nach dem Parfum von dieser Nutte.«

Samy blieb liegen. Ohne mich anzusehen, sagte er ärgerlich:

»Was willst du eigentlich?«

Er behandelte mich wie einen lästigen Störenfried. Ich rannte aus dem Zimmer. Am liebsten wäre ich aus der Wohnung irgendwohin in die Nacht gelaufen. Aber ich traute mich nicht. Ich hatte Angst, daß Samy mich dann nicht mehr in die Wohnung lassen würde. Dann wäre er mich los gewesen. Also setzte ich mich auf den Balkon und starrte in die Dunkelheit.

Warum hatte ich Trottel ihr die Geschichte mit Vera erzählt? Sie mußte verrückt spielen, das gehörte doch dazu – bei ihr und bei allen anderen Weibern. Als ob dadurch irgend etwas besser würde. Im Gegenteil! Sie machen erst recht alles kaputt. Ich hätte ihr einfach verbieten müssen, herzukommen. Kommt und geht, wann es ihr paßt. Sie glaubt wohl, daß sie sich alles erlauben kann. Damit ist jetzt Schluß! Und wegen dieser dummen Nuß habe ich Vera stehenlassen. Alles war so schön und harmonisch mit ihr – und außerdem hat sie Geld. Vera ist eine feinfühlige Frau. Deshalb nahm es sie so mit, daß Kara kam und sie verschwinden mußte. Eben weil sie mich gern hatte. Ich bin trotzdem zu Kara gestanden. Und was ist der Dank? Sie beschimpft mich und wirft sich zu Boden wie ein störrisches Kind. Ich hätte sie sitzen lassen sollen. Aber sie weiß, daß ich ein Gewissen habe und nutzt das schamlos aus.

Im Moment machte Karin auf betrogene Ehefrau und bockte. Sie wartete darauf, daß ich reuig auf sie zukriechen und sie um Verzeihung anwinseln sollte – da konnte sie lange warten! Und ich Naivling hatte Vera wegen ihr fortgejagt. Die arme Vera heulte sich jetzt bestimmt die Seele aus dem Leib. Ich stellte sie mir nackt in ihrem Hotelbett vor. Sofort wurde ich geil. Ich mußte zu ihr – auf der Stelle! Ich stand auf, schnappte mir die Wagenschlüssel und wollte gerade aus der Wohnung, als Kara in den Raum trat. »Wohin gehst du?«

»Zum Teufel.« Oder zu seiner Schwester. Ich warf die Wohnungstür zu.

Aus dem Autofenster sah ich Karin auf dem Balkon stehen, sie blickte zu mir herüber. Laß dich nicht verrückt machen, Goldmann!

Ich fuhr los. Und wenn sie sich was antut? Sie kann sich doch denken, daß ich zu Vera fahre. Wenn sie sich wirklich was antut? In ihrer Wut war sie dazu durchaus in der Lage – nur um mich schuldig zu machen. Aus schierer Bosheit! Sie mußte sich ja nicht gleich umbringen – ein kleiner Selbstmordversuch genügte. Das gäbe ein Theater! Für Udi und seine Clique wäre ich ein deutscher Unmensch.

Ich! Obwohl ich Jude bin. Aber für die Israelis bin ich ein Deutscher. Einfach so! Als ob es diesen Hitler nie gegeben hätte. Außerdem sind die Burschen mordseifersüchtig, daß ich ihnen Sara weggeschnappt habe. Das werden sie mir nie vergeben. Und jetzt bringt er auch noch seine Freundin um – dieses Tier! Auch in Deutschland wären alle sauer – sogar Bella. Von den sogenannten guten Freunden ganz zu schweigen, die wußten schon immer, daß ich ein gewissenloser Typ war. Und Karas Eltern erst! Sie würden mich umbringen. Diesen ruchlosen Juden, vor dem sie ihre Tochter all die Jahre vergeblich gewarnt hatten. Großer Gott!

Ich fuhr an den Straßenrand. Wie würde ich bei Vera einen Moment Ruhe finden, wenn ich die ganze Zeit daran denken mußte, was Kara sich antun könnte. Und Rena? Sie würde bestimmt wieder eine Riesenshow veranstalten. Mir fiel wieder die letzte

Nacht ein. Ihr Geklammer! Alles andere, nur das nicht. Nie wieder! Es würde zwangsläufig dazu kommen, denn ich konnte doch nicht die ganze Nacht lang bei ihr im Hilton bleiben. Und selbst wenn! Morgen früh würde sie wieder Terror machen. Und zu Hause würde Kara ihren eigenen Rummel abziehen – falls sie inzwischen nicht mit ausgepumptem Magen auf der Intensivstation lag, oder in der Leichenhalle. Meine Geilheit war beim Teufel. Ich hatte nicht die geringste Lust mehr auf die meschuggene Vera. Nur kein Zwei-Weiber-Krieg! Bei Kara wußte ich wenigstens, woran ich war. Außerdem verhinderte ich damit womöglich eine Katastrophe. Ich wendete den Wagen. Ade, Vera, mit deinen Millionen, ich bin nicht dein Mann, ich besitze Verantwortungsgefühl – leider.

Plötzlich tauchte Samy wieder auf. Grußlos ging er ins Schlafzimmer. Ich war fast sicher gewesen, daß Vera sich noch irgendwo versteckt hielt und Samy zu ihr wollte. Allmählich begann ich, Gespenster zu sehen. Ich mußte mich zusammennehmen und mit ihm Frieden schließen, sonst ging alles in die Binsen.

So schaute ich ins Schlafzimmer. Sofort kam wieder die Wut in mir hoch. Diese Hure, diese schamlose Hure! Ich hätte sie schlagen können, nur schlagen. Meine Augen gewöhnten sich rasch an die Dunkelheit. Ich setzte mich zu ihm aufs Bett.

»Samy, laß uns Frieden schließen.«

»Ich habe nie Krieg geführt.«

»Aber du hast mich furchtbar verletzt.«

»Tut mir leid.«

Er war immer noch so kalt wie zuvor. Ich legte mich zu ihm, nahm seine Schultern in meine Arme, küßte ihn. Er tat nichts. Ich streichelte sein Gesicht. Endlich gab er mir einen Kuß – auf die Wange. Diese Hure! Ich küßte ihn nochmals. Es war sinnlos! Ich krabbelte ins andere Bett. Nein! Ich konnte nicht im gleichen Bett wie diese Nutte schlafen. Ich stand auf, Samy rührte sich nicht. Ich ging wieder ins Wohnzimmer. Mein Gesicht glühte. Ich trat auf den Balkon. Die frische Nachtluft tat mir gut. Langsam wurde es besser, wahrscheinlich, weil ich übermüdet war. Ich legte mich angezogen auf die Couch im Wohnzimmer und schlief ein.

Wenigstens heulte sie nicht die ganze Nacht rum, wie die meschuggene Vera. Gut, daß ich nicht zu ihr gefahren war. Ich war froh, daß alles einigermaßen glimpflich abgegangen war. Auch das Frühstück am nächsten Morgen blieb gottlob tränenlos. Da klingelte das Telefon. Am Apparat war mein Freund Wolfgang aus München. Er befand sich bereits seit mehreren Tagen in Israel und hatte wiederholt versucht, mich zu erreichen.

Eine unverhoffte Gelegenheit, mich davonzumachen. »Wo kann ich dich treffen, Wolf?«

»Ich bin im Negev-Hotel an der Ben-Yehuda-Straße. Heute vormittag machen wir eine Stadtrundfahrt.«

»Laß sie ausfallen! Ich werde dir Tel Aviv zeigen.«

»Hört sich gut an. Außerdem habe ich das Physikbuch mitgebracht, um das du mich gebeten hast.«

»Danke. Ich bin in einer halben Stunde bei dir.«

»Willst du mich nicht mitnehmen, Samy?«

Konnten einen diese dummen Weiber nicht einen Moment allein lassen? Es half nichts. Ich hatte keinen

Nerv zu einem erneuten Streit: »Doch. Aber du mußt dich beeilen. Er wartet auf mich.«

Wolfgang war hocherfreut, dem organisierten Touristenrummel zu entfliehen. Ich chauffierte ihn und Kara nach Jaffo. Wir parkten am Uhrenturm, einem schmalen Spitztürmchen, über dessen zahlreichen Fensterscheiben sich ein mehrgeschossiges, offenes Dachgestell reckt.

Durch enge Gäßchen voller kleiner Kunstgalerien gelangten wir zu einem Café an der Meerseite, von dem man einen unverstellten Ausblick auf das Stadtbild Tel Avivs hat. Wir nahmen Platz und ließen uns von der milden Frühjahrssonne bescheinen.

»In München ist noch Winter«, klagte Wolf. »Am liebsten würde ich hierbleiben, aber heute nachmittag müssen wir weiter nach Jerusalem. Als erstes geht's nach Yad Vashem, der Holocaust-Gedenkstätte, danach in die Altstadt zum Einkaufen.«

»Israel-Cocktail: Schuld und Sühne plus shopping?«

»Wie meinst du das, Samuel?«

»Ich meine, daß es zynisch und dumm ist, jeden Politdeppen, Fußballer, Pfaffen und Globetrotter dort hinzuzerren – damit er Trauer und Betroffenheit heuchelt. Gefühle lassen sich nicht vorschreiben.«

Wolfgang war sichtlich verwirrt.

»Aber das ist doch eure nationale Gedenkstätte. Das kann man doch nicht kritisieren.«

»Man kann! Wir sind hier nicht in Deutschland. Majestätsbeleidigung ist in Israel nicht strafbar. Außerdem habe ich nichts gegen die Gedenkstätte, sondern gegen die Praxis, sie als Gewissensmühle gegen alle Ausländer einzusetzen, vor allem gegen die Deutschen. Irgendwann werdet ihr die Schnauze voll haben und lieber in die Türkei oder nach Ägypten fahren. Aber Israel braucht dringend eure Devisen!«

Er lachte verkrampft. »Wir sind bislang tatsächlich noch nicht zum Schwimmen gekommen. Dabei sollen die Strände hier so toll sein. Aber nach dem Besuch der Altstadt und der Besichtigung der Klagemauer fahren wir ans Tote Meer und von dort ans Rote Meer.«

Wir redeten noch eine Weile aneinander vorbei. Danach brachte ich ihn zurück ins Hotel, wo auch Kara ausstieg. Wolfgang bezeugte mir seinen Freundesdank, indem er mir das Physikbuch übergab und sich mannhaft weigerte, Geld dafür anzunehmen. Soll sein. Wir verabschiedeten uns.

Vom Negev-Hotel zum Hilton waren es nur fünf Minuten zu Fuß. Sollte ich vielleicht doch Vera besuchen? Ich hatte eine bessere Idee!

Das Physikbuch war ein Zeichen des Himmels! Vor Monaten hatte mich Sara gefragt, ob sie ihr nicht eine Physik-Formelsammlung in Deutschland besorgen könnte. Ich hatte Wolfgang darum gebeten, das Ganze aber längst vergessen. Jetzt bot sich mir unverhofft die Gelegenheit, Sara wiederzusehen – unverbindlich. Gewiß wäre es klüger gewesen zu warten, bis beide meschuggenen Weiber wieder außer Landes waren. Klüger schon. Aber ich hatte keine Geduld. Ich war zu neugierig, Sara wiederzusehen. Ich hatte Sehnsucht nach ihr, ihrer puren, von Schuld- und Gewissenskonflikten reinen Geilheit. Sie wollte meinen Körper und nicht obendrein meine Seele. Diese verrückten deutschen Frauen hatten doch überhaupt keine Ahnung von meiner Seele.

Ich habe bis heute keine Ahnung davon, obgleich ich sie beim Rosenfeld in all ihre Bestandteile zerlegen muß.

Was will mir dieser Psychopfuscher gleich wieder

einreden? Ach ja, einen Mutterkomplex und ein Beziehungstrauma. Oder war's umgekehrt, ein Muttertrauma und ein Beziehungskomplex oder ein Frauentrauma und eine Mutterbeziehung? Egal, er hat gar nichts begriffen – trotz Studium, Berufserfahrung und intensiven Bemühungen.

Und diese dummen Puten bildeten sich ein, mich zu kennen! Unsinn. Sie wollten mich nur beherrschen und besitzen, und da sie wußten, daß ich ein Mensch mit Verantwortung und Gewissen bin, versuchten sie's damit. Hatte ich überhaupt ein Gewissen? Was ist Gewissen überhaupt? Andressierte Schuldgefühle, wie *unser* Sigmund glaubte, oder eine jüdische Erfindung wie *ihr* Adolf verkündete? Genug! Ich wollte vor allem wieder mit Sara schlafen. Ich war geil auf sie. Also los! Umgehend fuhr ich nach Bat Yam. Mit Herzklopfen stieg ich aus dem Auto. Vielleicht war es besser zu warten, bis ich Kara und Vera aus der Wohnung hatte? Ich läutete.

Meine Aufregung war unbegründet. Sara war nicht zu Hause, aber ihre Mamme. Vicky bat mich herein und servierte mir einen türkischen Mokka. Sie war freundlich, als ob ich nichts angestellt hätte. Keine Spur von Vorwürfen oder Gewissensreiterei.

Und diese arroganten europäischen Schnösel fühlen sich den Sephardim überlegen! Ignoranten! Rassisten! Dummköpfe! Die sollten sich eine Scheibe von der sephardischen Freundlichkeit und Natürlichkeit und Klugheit abschneiden. Vicky lächelte mich warm an.

»Schön, daß du dich wieder sehen läßt, Shmuel. Sara spricht oft von dir. Sie sagt, daß du viel lernen mußt. Sicher hat sie recht. Ich bin nur eine einfache Frau und verstehe nichts von diesen Dingen. Aber vielleicht darf ich dir trotzdem etwas sagen?«

So eine gütige, bescheidene Frau, keine hysterische jiddische Mamme. Deshalb war ihre Tochter so selbstsicher und klug.

»Ich bitte darum, Vicky.«

»Du bist so höflich, Shmuel. Nicht wie unsere ungehobelten Zabarim. Deshalb möchte ich dir erzählen, was ich in meinem Leben gelernt habe. Nicht in der Schule. Ich bin nur eine Frau. Außerdem war ich in Casablanca nur wenige Jahre in der Schule, dann mußten wir flüchten. Nicht nur die europäischen Juden haben etwas durchgemacht.«

Daran hatte ich noch nie gedacht, auch kaum ein anderer europäischer Israeli oder Jude. Obgleich die Hälfte der Israelis Flüchtlinge aus arabischen Ländern sind.

»Was ich gelernt habe, ist einfach. Das wichtigste ist die Familie, das häusliche Glück. Heutzutage macht sich jeder Narr darüber lustig. Das ist dumm! Denn im Beruf kann man Erfolge haben oder Pech oder beides. Jeder Tag bringt was Neues, Unberechenbares. Kriege, Krankheiten und weiß der Teufel was sonst. Das einzige, worauf man sich verlassen kann, können muß, ist die Familie. Und wenn man jemanden gefunden hat, der gut zu einem paßt und einen lieb hat, dann soll man unserem Schöpfer dankbar sein. Das bringt Segen.«

Vicky machte eine kurze Pause, ehe sie fortfuhr. »Meine Sara hat dich sehr gern, das weiß ich. Du bist ihre große Liebe. Seid vernünftig, bleibt zusammen – dann werdet ihr glücklich sein. Alles andere ist Humbug! Sara ist ein kluges Mädchen, sie studiert. Ich weiß nicht, ob das gut ist. Ich meine, eine Frau gehört ins Haus. Damit sie für den Mann und später für die Kinder da ist.«

Sie hielt inne, blickte zur Decke. Dann sah sie wieder mich an.

»Shmuel, ich weiß, daß ihr gut zusammenpaßt. Auf was wartet ihr noch? Du bist ein erwachsener Mann. Sicher wollen auch deine Eltern, daß du endlich die richtige Frau findest, sie heiratest und ihnen Enkel schenkst.«

Zumindest in bezug auf meine Alten hatte sie vollkommen recht. Auch sonst? Grundsätzlich war ich ja nicht gegen eine Ehe. Nicht einmal mit Karin. Aber meine Eltern lehnten sie ab, weil sie eine Schickse war und ihre Eltern Nazis. Bei Sara gäbe es diesen Ärger nicht. Sie war eine rassereine Jüdin. Dachte ich schon wie ein Nazi?

Auf alle Fälle war Sara eine Klassefrau, nicht eine europäische, hysterisch-heulende Klette. Ohne Macken, vor allem ohne Gewissensreiterei hatte sie meine Entscheidung respektiert, unsere Beziehung zu beenden. Dabei hätte sie mehr Recht gehabt zu flennen und mit ihrem Schicksal zu hadern als Vera.

Immerhin war ich ihr erster Mann. Offenbar hat sie's nicht nötig, mir Schuldgefühle einzureden. Gab es tatsächlich Frauen, die ohne solche Erpressereien auskamen? War Sara eines dieser seltenen Exemplare? Es sah so aus. Und ich Trottel hatte sie in die Wüste gejagt, um mich mit diesen beiden verrückten Flunsen einzulassen. Dabei kannte ich ihre Methoden genau. War ich schon so kaputt, daß ich nicht ohne ihre Gewissensknute leben konnte? Nein! Ich mußte sofort versuchen, wieder mit Sara klarzukommen. Hoffentlich hatte sie sich inzwischen nicht mit einem anderen Typen eingelassen. Kaum! Sara ist nicht Vera, die von einem Bett ins nächst hüpft. Damit hatte Karin nicht unrecht.

Ich wollte besonders umsichtig vorgehen und bat Vicky, Sara das Physikbuch als kleine Aufmerksamkeit von mir zu überreichen. Sara würde nach einer

Anstandsfrist, innerhalb der Kara und Vera hoffentlich schon verschwunden waren, anrufen, wir würden uns treffen. Der Rest würde sich von selbst ergeben.

Saras ungebildete Mamme war mir jedoch taktisch weit überlegen. Sie bedankte sich höflich für mein Geschenk, schüttelte aber den Kopf und meinte:

»Bitte Shmuel, sei mir nicht böse, wenn ich nein sagen muß. Du bist hier immer willkommen. Unser bescheidenes Haus ist dein Haus. Du weißt, daß dies für uns Sephardim kein leeres Wort ist wie für die Europäer, die alles besser wissen, aber kein Herz haben. Du bist mir und Abraham wie ein eigener Sohn ans Herz gewachsen. Trotzdem muß ich ablehnen.« Sie lächelte mir aufmunternd zu. »Bitte, sei nicht enttäuscht. Aber was zwischen Sara und dir ist, ist allein eure Sache. Ich darf mich da nicht einmischen. Wenn du etwas mit Sara zu besprechen hast oder ihr geben willst, dann mußt du es persönlich tun.«

Ich fühlte mich beschämt. »Du hast recht, Vicky – vielen Dank. Ich werde in den nächsten Tagen anrufen und Sara fragen, wann ich ihr das Büchlein bringen darf.«

Vicky sah mich tadelnd an. »Aber Shmuel! Wozu warten? Sara ist jetzt in der Universität, ich denke im Labor des physikalischen Instituts. Geh' einfach hin.«

»Ich kann sie doch nicht während ihres Praktikums stören.«

»Unsinn! Du störst sie nie – glaube es mir. Sie wird glücklich sein, dich zu sehen.« Vicky spürte mein Zögern. »Du bist ein feiner, taktvoller Mensch, Shmuel, das ehrt dich. Aber jetzt mußt du wie ein Mann handeln. Schnell und entschlossen! Setz dich in dein Auto und fahre los – ja?«

»Ja, Vicky. Danke.« Ich drückte ihr einen Kuß auf die Wange.

Sie wurde rot. »Wir Sephardim-Frauen sind schüchtern. Aber über deinen Kuß habe ich mich trotzdem sehr gefreut. Viel Glück.«

Beschwingt machte ich mich auf den Weg zu Sara und – ohne es zu ahnen – in meine Ehe.

Es war nicht einfach, Saras Laborplatz ausfindig zu machen. Nach langem Suchen geriet ich endlich an eine bebrillte, verhutzelte Sekretärin, die wußte, wo Sara experimentierte. Die Alte bat mich um ein wenig Geduld und machte sich davon. Ich war so zappelig, daß ich es nicht fertigbrachte, mich auf die Holzbank des Büros zu setzen. Unruhig marschierte ich auf und ab. Wie würde Sara auf meinen Überfall reagieren? Nach einer Weile erschien sie mit fliegenden Kittelschößen. Ihre Wangen waren gerötet, sie sah mich liebevoll an. Gewonnen! Jetzt kam es nur darauf an, die Zeit bis zur Abfahrt der Kletten mit Anstand, aber auch mit List zu überstehen.

»Samy. Mein Samy.« Sara fiel mir um den Hals. Es war befreiend. Nach einer Weile ließ sie mich los.

»Wie geht's dir?«

»Ich bin ein Idiot!«

»Warum?«

»Daß ich dir damals so weh getan habe. Du fehlst mir furchtbar. Ich hänge einfach zu stark an dir, weil ich dich so lieb habe, Sara.«

»Ich dich auch, Samy.« Sie sah mich glücklich an. Mit einem Mal wurde ihre Miene jedoch besorgt.

»Samy, du siehst ein wenig, wie soll ich sagen, gehetzt aus. Geht's dir nicht gut?«

»So einigermaßen.«

»Was hast du?«

»Meine frühere Freundin Kara ist mit ihrer Freundin, einer gewissen Vera, hergekommen.« Schade, daß sie mich nicht hören konnten. »Beide haben sich bei mir eingenistet. Zuerst war's ganz nett, aber jetzt streiten sie sich die ganze Zeit. Es ist unerträglich.

»Mein Samy, eigentlich müßte ich dir böse sein. Aber ich liebe dich.«

Wir umarmten uns. Keine Gewissensfolter. Ich drückte Sara an mich. Ich wollte sie. Nur sie!

»Wann fahren Vera und ihre Freundin« – keine ›Huren‹! – »wieder zurück?«

Sie lächelte siegessicher.

»In den nächsten Tagen. Ich kann's kaum erwarten.«

»Ich auch nicht.«

Wir umarmten uns erneut. Unserem Glück standen nur wenige Tage entgegen.

»Melde dich, sobald sie weg sind.«

»Das mußt du mir nicht sagen.«

»Ich weiß.«

Wir wußten es beide.

Fortan hatte ich nur einen Gedanken: Kara so schnell wie möglich loszuwerden. Natürlich konnte ich sie nicht so leicht davonjagen wie Vera. Schließlich waren wir schon jahrelang zusammen. Andererseits konnte Kara mich nicht daran hindern, ihr deutlich, überdeutlich zu machen, daß sie bei mir unerwünscht war. Zumindest so lange, bis ich wußte, ob sich die Freundschaft mit Sara wirklich so verheißungsvoll entwickelte, wie es im Moment aussah. Danach würde man weitersehen, schließlich mußte ich ja irgendwann mal zurück nach Deutschland. Da durfte ich's mir nicht ganz mit ihr verderben.

Nach einigen Tagen änderte Samy sein Verhalten. Plötzlich spielte er den guten Kameraden. Aber ich fühlte, daß ich ihm gleichgültig geworden war. Ich konnte toben, heulen, tagelang beleidigt sein und kein Wort mit ihm sprechen, ihn danach mit Vorwürfen überhäufen – Samy war nicht aus der Ruhe zu bringen. Er ließ mich einfach nicht an sich ran. Ihm ging es dabei offenbar gut. Wenn er sich unbeobachtet glaubte, wirkte er heiter. Daß ich litt, war ihm vollkommen egal. Dahinter steckte eine Frau. Da war ich ganz sicher. Eines Morgens folgte ich ihm mit dem Taxi, aber er fuhr wirklich zur Universität. Im Gegensatz zum Sommer blieb Samy den ganzen Tag fort und kam erst abends heim. Nach dem Essen verkroch er sich mit irgendeinem Buch ins Schlafzimmer. Oder er setzte sich vor die Glotze. Udi und seinen Freunden ging er aus dem Weg.

»Du hattest recht. Alles furchtbare Langweiler. Mir ist die Zeit zu schade.«

Ich war nahe dran, Udi zu fragen ob er wußte, was mit Samy los war. Aber ich traute mich nicht.

Am schlimmsten waren die Nächte. Samy tat einfach nichts. Nichts, gar nichts! Ein »freundschaftlicher« Gutenachtkuß war das äußerste seiner Gefühle.

Ich hielt es nicht mehr aus.

»Hast du überhaupt keine Lust mehr, mit mir zu schlafen?«

»Sei mir nicht böse, Kara. Aber ich bin keine Maschine. Ich kann es im Moment nicht – wirklich nicht. Vielleicht habe ich noch ein schlechtes Gewissen wegen Vera. Ich weiß es nicht.«

Diesen gequälten Ton kannte ich. Wenn ich nachbohrte, versteckte er sich wieder hinter seiner scheißfreundlich-unverbindlichen Fassade. Mir ging's von Tag zu Tag schlechter. Ich mußte wieder mal verschwinden. Samy hatte nichts dagegen, wagte aber nicht, seine Freude offen zu zeigen. Im Gegenteil: »Kara, es tut mir alles unheimlich leid. Aber es war halt der falsche Zeitpunkt. Du hättest letzten Herbst hierbleiben sollen. Oder zumindest jetzt ein wenig warten, bis der Intensivkurs an der Uni vorbei ist.«

»Du meinst wohl, der Intensivkurs mit Vera im Bett!«

»Unsinn!«

»Doch, du elender Heuchler!« schrie ich. »Sag mir endlich, warum du's nicht erwarten kannst, mich loszuwerden. Was führst du im Schilde?«

»Nichts.«

Dieser elende Schuft. Wenn ich nur gewußt hätte, welches Weib dahintersteckte. Denn irgendein Frauenzimmer war im Spiel. Ich kannte Samy genau. Aber ich war unfähig herauszufinden, wer. Und Samy war zu vorsichtig, sich zu verraten.

»Wieso machen wir uns jetzt eigentlich meschugge, Kara? In wenigen Monaten bin ich wieder bei dir in München.«

»Bei deinen Eltern.«

»Kaum. Ich habe mich so an meine Selbständigkeit gewöhnt, daß ich mir eine eigene Bleibe suchen werde – und zwar rasch.«

»Hoffentlich!«

Samy lächelte zuversichtlich. Er war einfach nicht aus der Ruhe zu bringen – dieser Hund. Mir blieb nichts übrig, als das Feld zu räumen. Für wen auch immer.

Seit Shmuel mich im Labor besucht hatte, konnte ich es kaum erwarten, ihn wiederzuhaben. Vor allem nachts. Ich wünschte mir so sehr, meinen Samy in mir zu spüren. Wenn ich daran dachte, fühlte ich das Blut in meinen Kopf schießen und in meinen Unterleib. Ich war vollkommen verwirrt. Gegen diese Gefühle kam mein Verstand nicht an. Ich begriff damals nicht, daß sich Liebe nicht abstellen läßt wie ein Radio. Und selbst wenn ich es begriffen hätte, wäre es nutzlos gewesen, ich liebte ihn und wollte ihn. Außerdem warnte mich niemand vor Samy. Alle mochten ihn, denn er war ein geschickter Bluffer. Meinem Vater erzählte er ständig, wie sehr er die Sephardim, ihre Kultur und ihre Bräuche bewunderte. Außerdem konnte er sich gut benehmen und war immer höflich, nicht wie die Zabarim, die nur glücklich sind, wenn sie jemanden vor den Kopf stoßen können. Da kam einer wie Samy natürlich gerade recht. Nie vergaß er, eine kleine Aufmerksamkeit mitzubringen – meistens Blumen für meine Mutter. Damit bestach er ihr Herz. Wer schenkte Vicky je Blumen? Nicht mal ihr eigener Mann. Jahrein jahraus durfte sie nur schuften, ohne je ein gutes Wort zu empfangen, von Geschenken ganz zu schweigen. Samy dagegen hofierte sie, lobte ihr Essen, dem er reichlich und mit sichtbarem Genuß zusprach, hielt ihr die Tür auf und ähnliche primitive Tricks. Es gelang ihm auch, die Zuneigung meiner jüngeren Geschwister mit Geschenken zu kaufen. Bald waren alle von Samy begeistert. Vor allem mein Vater:

»Dein Freund Shmuel ist ein feiner Mensch. Ich bin zufrieden mit deiner Wahl.«

Vicky war ausnahmsweise ganz seiner Meinung. Sie hatte sich an Samys Blumen ebenso gewöhnt wie meine Geschwister Zippy, Dubbi, Chaim und Reuben an seine Geschenke. Kurz gesagt, Samy war für meine Familie ein begehrter Schwiegersohn.

Meine ehrlichen Eltern waren einem raffinierten

Diasporajuden wie Samuel nicht gewachsen. Sie ahnten nicht, daß er nicht im Traum daran dachte, mich zu heiraten, sondern nur mit mir schlafen wollte. Sie nahmen ihm seine Gaukeleien ab und hielten ihn für einen feinen Kerl. Genau das wollte ich damals hören.

Ein paar Tage nach seinem Besuch in der Uni tauchte Samy mit zwei riesigen Blumensträußen wieder bei meinen Eltern auf, als ob nichts geschehen wäre. Die Geranien waren für meine Mutter, ich erhielt ein Gebinde roter Rosen. Natürlich hatte er auch an meinen Vater gedacht. Abraham bekam eine Flasche Arak – Anisschnaps. Alle waren glücklich, am meisten ich. Obwohl ich wußte, daß seine deutschen Schlampen noch gestern nacht bei ihm geschlafen hatten. Aber daran wollte ich damals nicht denken. Ich war berauscht vom Glück, meinen Geliebten wiederzusehen. Meine Eltern und ich feierten die Heimkehr des vermißten Freundes. Aber Samy betrog wieder einmal uns alle.

»Ich bin ja so glücklich, wieder bei meiner Familie zu sein«, sagte er und guckte dabei so überzeugend, daß man ihm glauben mußte. Lange drückte er Vicky die Hand. Sie sah ihn verzückt an. Dann schlug er sich mit Kuskus und einem pikanten Hammelbraten den Bauch voll und trank ein Gläschen Arak mit meinem Vater. Als alle sich nach dem Essen zu einem gemütlichen Schwatz setzen wollten, schüttelte Samy bedauernd den Kopf.

»Vicky, Abraham, es ist wirklich jammerschade, ich würde so gern hierbleiben und weiter mit euch feiern. Aber stellt euch vor. Ich habe noch zwei Karten für das Konzert des Israelischen Philharmonie Orchesters ergattern können. Ich habe drei Stunden vor der Kasse anstehen müssen. Heute spielen sie Mozart,

Leonard Bernstein dirigiert. Wenn Sara sich beeilt, schaffen wir's noch.«

Sofort lief ich, begleitet von meiner aufgeregten Mutter, in mein Zimmer. Hastig suchten wir den elegantesten Rock, Bluse und Schuhe aus. Dann halfen mir Vicky und Zippy beim Schminken. Währenddessen unterhielt sich Samy im Wohnzimmer in aller Ruhe mit Abraham. Wiederholt hörte ich sie anstoßen und »Le chaim« rufen.

Endlich war ich soweit. Vor Aufregung und Eile naßgeschwitzt, mit glühendem Gesicht, trat ich zu Samy. Er sah mich amüsiert an.

»Eine wunderschöne Tochter hast du, Abraham.« Samy hob das Glas und toastete meinem Vater zu. »Le chaim, auf deine gelungenen Kinder.«

Mein Vater war sehr bewegt. Tränen traten in seine Augen: »Le chaim, Shmuel. Ihr sollt glücklich sein«, erwiderte er mit heiserer Stimme. Samy, dieser Bandit, erfaßte genau die Stimmung und tat wieder einmal das Richtige – er umarmte meinen Vater. Lachend lagen sich beide in den Armen. Auch Vicky und ich waren ganz gerührt. Meine Mutter schneuzte sich verschämt in ein Taschentuch. Trotz meiner Aufregung wunderte ich mich über Samys Gelassenheit. Als echter Jecke war er sonst überpünktlich und hetzte und jagte mich, wo er nur konnte.

Unter vielen »Schaloms« und »Amüsiert euch gut« verließen wir endlich die Wohnung.

Wir fuhren schnurstracks in die Martin-Buber-Straße. Ich wurde mißtrauisch.

»Was soll das, Samy? Es ist doch schon halb acht!«

»Ich muß die Karten von oben holen.«

»Beeil dich, ich warte im Wagen.«

»Komm ruhig mit«, er sah mich herausfordernd an. Mir wurde ganz heiß.

»Samy, laß den Unsinn, wir kommen sonst zu spät.«

»Ob ich allein gehe, oder ob wir zu zweit rauflaufen, dauert die gleiche Zeit.« Er lächelte. »Außerdem kannst du mir raten, welches Hemd ich anziehen soll.«

Es hatte keinen Sinn, mit ihm zu debattieren. Ich wollte auf jeden Fall pünktlich im Konzertsaal sein – und nichts versäumen. Gleichzeitig aber war ich furchtbar kribbelig, ich wollte endlich einen Moment alleine mit Samy sein. Ich ging also mit. Schon im Treppenhaus küßten wir uns leidenschaftlich. Ich spürte seine Wangen, seine zärtlich gierigen Hände, seinen gegen mich gepreßten Körper. Ich wollte ihn ganz haben. Es gelang mir, mich loszureißen.

»Samy, hör auf mit dem Unsinn! Wir müssen ins Konzert.«

Er war außer Atem und wirkte leicht gereizt. »Ja, ja.« Wir stiegen die Treppe zu seiner Wohnung hinauf. Ich hatte starkes Herzklopfen. Sobald wir über die Schwelle getreten waren, warf Samy die Tür donnernd ins Schloß und ging auf mich los. Er mußte keinen großen Widerstand überwinden. Im Nu waren wir im Bett. Schade ums Konzert, aber ich konnte nicht anders.

Ich fühlte Samys erhitzten Körper, schmeckte seine kurze, spitze Zunge. Dann kam er zu mir. Langsam rutschte er in meinen Schoß. Sein Glied füllte mich ganz aus. Er spielte sanft damit in mir. Es erregte meinen Körper und meine Seele. Alle Wonne stürzte in mein Geschlecht. Meine Sinne wollten überfließen. Ich stemmte mich seinem Körper entgegen. Wir vereinigten uns im gleichen Rhythmus, immer rasender, ehe ich von einer gewaltigen Woge der Lust fortgerissen wurde. Beim zweiten Mal wurde es noch wilder. Ich war so erregt, daß ich einen wohligen Schmerz dabei empfand, der in einen pulsierenden Höhepunkt überging. Ich fühlte, wie auch Samy zuckend kam. Erschöpft glitt er von mir, bettete seinen Kopf auf meine Brust. Es tat mir gut, ihn zu spüren. Ich fühlte mich wohl, entspannt, frei, stark.

Irgendwann kam mir wieder das Konzert in den Sinn. Ich hätte zu gerne Lenny Bernstein live erlebt. Es war jetzt wunderschön, aber wir hätten uns doch zwei Stunden beherrschen können. Als ich Samy darauf ansprach, lachte er.

»Macht es dir gar nichts aus, das Konzert versäumt zu haben und das Geld für die Karten zu verlieren, Shmuel?«

Er kicherte. »Du warst besser.«

»Na hör mal, so gleichgültig kann es dir nicht sein. Immerhin mußtest du lange anstehen, um die Karten zu kriegen.«

»Meinst du?« Er sah mich ironisch an.

Ich wurde unsicher. »Du hast es doch heute abend bei meinen Eltern erzählt.«

»Und du hast es geglaubt?« Samy grinste amüsiert.

»Sicher. Wieso?«

Er lachte. Zuerst ganz normal, bald aber wie ein Irrer. Die Tränen liefen ihm aus den Augen. Fortwährend klatschte er sich auf Knie und Schenkel. Er keuchte, schnappte nach Luft, wollte sprechen, mußte weiterlachen.

Allmählich begriff ich. »Warum hast du das gemacht, Shmuel? Meine Eltern haben dir geglaubt. Hast du nicht gemerkt, wie ich mich abgehetzt habe?«

Er wischte sich die Tränen aus den Augen. »Aber Sara!« Samy gab mir einen Kuß auf die Wange. »Das mußt du doch verstehen. Seit Tagen kann ich an nichts anderes denken, als mit dir zu schlafen.«

»Mußtest du deshalb lügen?«

»Das hat doch mit Lügen nichts zu tun, es war eine

Kriegslist.« Er prustete erneut los. »In Israel wird eine Kriegslist doch erlaubt sein.«

»Das finde ich gar nicht lustig.«

Er stand auf. »Sarale«, erstmals nannte er mich so, »schau, wir waren bei deinen Eltern, alle freuten sich. Ich auch. Aber gleichzeitig war ich wahnsinnig geil auf dich.« Er küßte meine Brüste. »Und ich wußte, daß wir nicht aus dem Haus konnten, wenn es nicht irgendeinen ganz wichtigen Grund gab, der auch deinen Eltern einleuchtete. Da fiel mir ein, daß ich in der Zeitung gelesen hatte, Bernstein sei nach Israel gekommen, um einige Konzerte zu geben. Kein Mensch weiß genau wann, außer den Klassik-Fans. Aber alle lieben Lenny, weil er ein berühmter Jid ist.«

»Schämst du dich nicht, meine Eltern und mich zum Narren zu halten? Es hätte uns überhaupt nicht geschadet, einen Tag länger zu warten!«

Um sofort seinen Spaß zu haben, scheute Samy nicht mal davor zurück, meine Eltern anzulügen und mich lächerlich zu machen. Er hatte es sogar genossen. Ihm war nichts heilig. Was sollte ich nur meinen Eltern sagen, wenn sie mich morgen fragten? Ich konnte sie doch nicht anschwindeln. Seit ich erwachsen war, hatte ich meine Eltern nie angelogen. Aber diesmal mußte ich! Mein Vater konnte wahnsinnig wütend werden. Er hätte mich in seinem gerechten Zorn als Dirne beschimpft.

Ich begann, mich anzuziehen. »Rufe mir bitte ein Taxi.«

Samy blickte mich verstört an. Er begriff nicht, daß es Menschen gab, denen Wahrheit und Ehre etwas bedeuten. Welcher Europäer konnte das schon verstehen?

Vergeblich versuchte er, mich zu umarmen. »Sara. Sarale. Es tut mir alles furchtbar leid. Ich konnte doch nicht ahnen, daß du alles so ernst nehmen würdest«, sagte er mit dünner Stimme. Es war sinnlos, mit ihm darüber zu diskutieren. Ihm waren die Wahrheit und der Respekt vor den Eltern unwichtig. Samy ging es nur ums eigene Vergnügen, alles andere war ihm egal. Trotzdem wollte ich ihn, mit jeder Faser meines Körpers und meiner Seele. Und wenn ich ihn behalten wollte, mußte ich auf ihn eingehen – zumindest zunächst. Samy war ja nur noch kurze Zeit hier. Dann würde ich wieder meinen normalen Lebensweg gehen können. Wozu sollte ich gegen die Windmühlen seiner Diasporaverrücktheit kämpfen? Trotzdem durfte ich ihm nicht zu sehr nachgeben, sonst würde er noch übermütiger werden, als er es ohnehin schon war.

»Samy. Ich habe deine Lügen ernstgenommen. Trotzdem habe ich dich lieb, und ich möchte, daß wir befreundet bleiben – aber ohne Theater. Wenn du damit leben kannst, dann ist es okay. Wenn du aber nur mit mir spielen willst, sage es mir, dann ist sofort Schluß mit uns!«

Er umarmte mich, streichelte danach mein Gesicht zärtlich.

»Sarale. Ich hab dich lieb. Ich will dein Freund bleiben. Ohne Theater.«

Er blieb mein Freund – mit Theater.

Mit Sara war es viel einfacher als mit Kara und Vera. Sie machte mir nicht ununterbrochen Vorwürfe, sie heulte nicht nächtelang. Und sie klammerte auch nicht wie ein Affe. Natürlich wäre auch sie gern mit mir zusammengeblieben und hätte mich geheiratet, aber sie wußte, daß eine Ehe nicht drin war. Sobald sie sich Hoffnungen zu machen begann, mußte ich sie jedesmal sofort kaputtmachen. Das war zwar grausam, aber notwendig. Von Anfang an hatte ich ihr klargemacht, daß ich nicht heiraten wollte, sie hatte es hingenommen, dabei mußte es bleiben.

Die meiste Zeit aber hatten wir viel Spaß aneinander. Sara fehlte der Sinn für meine »Diaspora-Haarspaltereien«. Das hatte viele Vorteile. Ich lernte von ihr, in der Gegenwart zu leben, den jeweiligen Moment zu genießen und mir nicht ständig den Kopf darüber zu zerbrechen, was bereits geschehen war und was alles noch passieren könnte.

»Unsinn«, meinte Sara. »Über ausgeschüttete Milch nachzudenken, ist genauso dumm wie über noch nicht gemolkene. Vielleicht wird die Kuh vorher geschlachtet.« Sie steckte mich mit ihrer Vitalität an.

Nach wenigen Regentagen begann Anfang April der milde israelische Vorfrühling. Die Luft war klar, Bäume und Blumen blühten in den satten Farben der Subtropen. Selbst in der Stadt roch man den süßlich-herben Duft der Zitrusblüten, der von den nahen Plantagen herüberwehte.

Der Hebräisch-Kurs war zu Ende, so daß ich mehr Zeit hatte. Am Morgen konnte ich ausschlafen solange ich Lust hatte, ohne meiner Mamme erklären zu müssen, weshalb es keine Katastrophe war, eine Vorlesung zu versäumen. Am späten Vormittag fuhr ich ans Meer zum Schwimmen. Nach ausgiebigem Mittagsschlaf und trödeln, lesen, telefonieren fuhr ich zum Abendessen zu den Sharons. Anschließend vergnügte ich mich mit Sara bis spät in die Nacht. Ich bewunderte Saras Kondition, denn sie mußte jeden Morgen ins Labor. Nachmittags hörte sie Vorlesungen und nahm an Seminaren teil. Das alles hatte ich hinter mir – zumindest vorläufig.

Gelegentlich dachte ich freilich an die Zukunft.

Irgendwann mußte ich zurück nach München. Zum Studium. Zum Teufel! Wenn ich mir vorstellte, die mühselige Doktorarbeit zu Hause, unter Bellas Kontrolle, zu schreiben, wurde ich deprimiert. Und im Hintergrund Kara! Mir war klar, daß sie Himmel und Hölle in Bewegung setzen würde, um mich endlich zu heiraten. Bloß nicht daran denken! Wie schön war es dagegen hier – keine Sorgen, nur Spaß.

Natürlich war das Leben in Israel keine ungetrübte Freude. Sara hatte noch nicht ganz aufgegeben. Immer wieder ließ sie eine Bemerkung fallen, man »könnte es zumindest mal probieren. Wir kommen doch so prima miteinander aus, Samy«. Aber auch wenn sie nicht darüber sprach, spürte ich ihren Willen, mich zu »kriegen«.

MARGALITH

Zwanglos

Allmählich schlich sich in meine Beziehung mit Sara
lustdämpfende Gewöhnung ein. Während Sara in der
Uni lernte, lag ich am Strand und sah mit zunehmen-
der Sehnsucht die vielen Badenixen, deren Tangas
und Bikinis mehr zeigten als verbargen. Ich wurde
von Tag zu Tag geiler, obgleich ich fast jede Nacht mit
Sara schlief. Es half nichts.

Zaghaft sprach ich einige Strandmiezen an, holte
mir aber jedesmal eine rüde Abfuhr. Im Anmachen
bin ich leider miserabel. Mein Fall sind kleine Gesell-
schaften, da kann ich die Frauen ins Bett reden. Aber
ansprechen, noch dazu in einer fremden Sprache! Ich
resignierte und tröstete mich mit dem Gedanken, daß
ich es im Grunde gar nicht so schlecht hatte. Nach
einer Weile mit der gleichen Frau wird es einem nun
mal langweilig – so war es mir mit Kara gegangen
und jetzt eben mit Sara. Das ist einfach so. Ich konnte
doch nicht mein Lebtag von einer Frau zur nächsten
eilen – oder? Beinahe hatte ich mich schon in mein
Los gefügt, als ich unverhofft aus der eintönigen
Monogamie meines Müßiggangs erlöst wurde.

Nach einem frustrierenden Strandbummel saß ich
wie so oft im Café »Roval« am Dizengoff-Boulevard
beim Tee und betrachtete lüstern die vorbeiziehenden
Frauen. Da hörte ich eine dunkle Frauenstimme meinen Namen rufen.

»Samy, erkennst du mich nicht?«

»Doch, doch!« Es war Margalith. Ich hatte sie in Kibbuzkluft in Erinnerung. Jetzt trug sie eine weit-ausgeschnittene lindgrüne Seidenbluse. In Kfar Yoram war mir nicht aufgefallen, daß sie lange, schlanke Arme und wohlgeformte Hände hatte. Mar-galiths rotblonde, lockige Haare, im Kibbuz hochge-steckt, fielen nun lose über ihre Schultern. Ihre grau-blauen Augen lagen eng an der geraden Nase, auf deren Rücken zahllose Sommersprossen tanzten. Die stämmigen Beine steckten in einem violetten, durch-sichtigen, langen Wickelrock. Unwillkürlich blickte ich auf das spitzwinkelige Dreieck zwischen muskulösen Schenkeln, das durch die Sonne in ihrem Rücken kontrastscharf ausgeleuchtet wurde. Motti war zu beneiden.

»Wie geht's dir, Margalith? Was macht Motti?«

»Ach der«, sie sah mich erstaunt an, »hat Sara dir nicht gesagt, daß es zwischen uns aus ist?«

»Nein, wieso?«

Sie setzte sich zu mir.

Ich bestellte ihr einen Kaffee.

»Danke, Samy.« Margalith legte ihre Hand auf meine Schulter. »Das ist ganz einfach. Motti ist ein netter Kerl, aber ein Trottel.«

Wir lachten beide.

»Er hat nur Krieg und Terroristen im Kopf. Mich wollte er wohl heiraten, damit ich ihm einen Haufen Soldaten gebären sollte.« Sie machte eine Pause, blickte betreten in die Luft, dann sah sie mir schel-misch in die Augen, rückte ein wenig näher, nahm ihren Arm von meiner Schulter und legte ihre Hand in meine, die Finger waren warm. Ihre feste Hand fühlte sich gut an. Margalith senkte ihre Stimme.

»Außerdem ist Motti ein Langweiler – in jeder Beziehung. Ich bin eine Frau und keine Panzerwiese.«

Marga lachte. Ihre Altstimme klang fröhlich. Sie rückte noch näher an mich heran. Ich bekam einen steifen Schmock – und Herzklopfen. Wenn uns jetzt jemand sah. Unsinn! Wer denn wohl? Sara war im Labor, ihre Eltern arbeiteten um diese Zeit. Ich drückte Margaliths Hand, ihr Gesicht kam mir sofort entgegen. Wir küßten uns, streichelten uns.

»Wo wohnst du, Samy?«

Ich warf einen Geldschein auf den Tisch. Wir zogen sofort los.

Im Bett war Margalith ganz anders, als ihr kesses Verhalten im Café vermuten ließ. Nicht wild, vielmehr zärtlich und heiter. Heiter! Fast stets wurde sie von einer zarten inneren Freude getragen. Ihre Heiterkeit übertrug sich gelegentlich auf mich.

Marga hatte mich lieb – aus. Nie stellte sie Forderungen. Sie war zufrieden – mit sich, mit uns. Es bereitete ihr Freude, mit mir zu schlafen, mich zu streicheln, von mir gestreichelt und geliebt zu werden. Anfangs lauerte ich ängstlich auf ein Ansinnen, auf eine Bedingung, eine versteckte Drohung oder Erpressung – umsonst. Allmählich begriff ich, daß Marga aus unserem Verhältnis keinen Anspruch auf eine feste Bindung ableitete. Ich begann Vertrauen zu ihr zu fassen. Marga wollte mich nicht nach ihren Wünschen formen. Ich fühlte mich immer besser mit ihr, ich begann, sie lieb zu haben. Ich mochte ihren Körper, der ihrem Wesen glich – nicht aufwühlend, aber angenehm, üppig und zuverlässig. Und ich schätzte ihren Geist. Marga liebte klassische Musik und kannte die meisten Werke der Weltliteratur. Vor allem die russische Dichtung liebte sie. Man konnte stundenlang mit ihr darüber plaudern. Es war anregend und wohltuend. Nie beharrte sie auf einem Standpunkt – Ehrgeiz war ihr fremd.

»Werde ich glücklicher, wenn ich mich dauernd in die erste Reihe stelle und anderen meinen Willen aufzwinge?«

Wie einfach alles sein konnte. Warum dachten die anderen Frauen nicht ebenso? Egal. Ich hatte ja meine Marga. Leider nicht allein. Denn Sara hörte nicht auf, ihre Rechte an mir geltend zu machen. Und ich war zu ängstlich, sie erneut zurückzuweisen. Wozu auch? Mir blieben nur noch acht Wochen in Israel. Margalith sah mich nicht als ihren Privatbesitz an und raste nicht ständig vor Eifersucht. Wenn sie nichts dagegen hatte, daß ich weiter mit Sara ging, weshalb sollte ich mir das Leben unnötig schwer machen und Sara und ihre Familie kränken? Lohnte sich das alles für ein paar Tage? Natürlich war meine Haltung feige, denn ich gewann Marga zunehmend lieber. Bei ihr durfte ich mich wohlfühlen, ohne dafür zu zahlen. Sollte ich den kostbaren Seelenfrieden, den ich bei ihr gewann, durch Zank mit Sara wieder verspielen? Außerdem machte es mir mit Sara wieder mehr Spaß im Bett, seit ich mit Marga ein Verhältnis hatte. Hier Geborgenheit, dort Lust und Kampf.

Mit Marga im Rücken fühlte ich mich Sara fast gewachsen. Weshalb machte ich mich also verrückt? Genieße das Leben hier, so gut du kannst – bald ist der Spaß vorbei, und du mußt weg in die Kälte zu den verkniffenen Deutschen, deiner herrschsüchtigen Mamme und der eifersüchtigen Kara, sagte ich mir. Also machte ich das Beste aus der Situation: Ich ging mit Marga und Sara. Margalith gegenüber blieb mir also die Heuchelei erspart. Das bedeutete natürlich nicht, daß ich ihr alles brühwarm berichtete, ich wollte sie schließlich nicht kränken. Schwieriger war es mit

Sara. Ich mußte erneut zum »eifrigen Studieren« Zuflucht nehmen. Mit dieser Methode hatte ich schon Karas Eifersucht erfolgreich unterlaufen. Es hätte auch alles reibungslos geklappt, wenn Margalith eine eigene Bude besessen hätte. Aber leider wohnte sie in Kfar Yoram. Dort, in Mottis Reichweite, lief natürlich nichts. Marga war jedoch dabei, sich einen neuen Kibbuz zu suchen. Sie hatte genug von Motti und den anderen Trotteln. Am wichtigsten war ihr aber, daß sie nicht länger in den besetzten Gebieten leben wollte.

»Anfangs hatte ich mir kaum Gedanken darüber gemacht. Das Land, in dem wir Kfar Yoram aufbauten, war menschenleer – so schien es uns zunächst. Später merkten wir, daß es von arabischen Dörfern umgeben war. Deren Einwohner mögen uns nicht. Kein Wunder, wir sind ihnen fremd, spielen uns als Herrenmenschen auf, die sie und ihr Land mit unserem Militär beherrschen. Es demütigt sie auch, daß wir Ungläubigen technisch weiter sind als sie. Bald erkannten alle im Kibbuz, daß wir in einer total feindseligen Umgebung leben. Neben unseren mißtrauischen arabischen Nachbarn, die fürchten, wir würden ihnen das Grundwasser abgraben, gibt es noch die Grenze. Ständig versuchen dort palästinensische Untergrundkämpfer in unser Gebiet einzudringen, uns zu überfallen oder Minen zu legen. Ich will endlich meinen Frieden!«

»Ist es nicht im Grunde in ganz Israel so?«

»Sicher. Nur in Kfar Yoram spürst du es jede Sekunde. In Tel Aviv, Haifa oder in Galiläa kann man's hin und wieder vergessen.«

»Meinst du, daß dir das auf die Dauer gelingt?«

»Nein, Samuel. Willst du mich zur Auswanderung überreden?«

»Ich weiß nicht.«

Sie streichelte meine Wange. »Das wäre sinnlos, Samy. Ich bleibe in Israel. Was auch geschieht, Israel ist meine Heimat. Wenn es uns nicht gelingt, hier Frieden zu finden, dann nirgends auf der Welt. Und außerdem bin ich ein Kibbuzkind. Ich bin in Shefaim, einem Kibbuz bei Tel Aviv, aufgewachsen. Die Kibbuz-Idee ist menschenwürdig. Sicher ist es gelegentlich unangenehm, wenn die Kibbuz-Vollversammlung glaubt, sich um private Dinge wie Studium und Ehe kümmern zu müssen. Natürlich wird auch viel geklatscht, wenn man so nahe aufeinanderhockt. Aber die Vorteile! Wir müssen keine Versorgungsängste haben: Kranken- und sonstige Versicherungen, Wohnung, Kindergarten, Schule, Alterssicherung. Der Kibbuz sorgt für alles. Am wichtigsten ist mir aber, daß es bei uns nicht diese absurde Jagd nach Geld und sonstigen materiellen Prestigeobjekten gibt, wie Autos, Fernsehen und anderen Humbug.«

»Willst du mich überreden, in einen Kibbuz zu ziehen?«

»Das würde ich sehr gern. Vieles würde dir sehr gut tun bei uns. Vor allem, daß es keinen sozialen Leistungsdruck gibt.« Margalith lächelte mich traurig an.

»Aber leider paßt du nicht in einen Kibbuz. Du bist ein individualistischer Diasporajude. Du würdest dich nicht einordnen können. Der Kibbuz würde dir bald zu eng werden.«

Sie hatte recht – leider. Wir gehörten verschiedenen Welten an, obgleich wir beide Juden waren. Etwas, was außerhalb Israels weder Christ noch Jud verstehen konnten.

Die Suche nach einem neuen Kibbuz führte Marga oft nach Tel Aviv. Sie mußte sich häufig mit Leuten aus den Kibbuzvereinigungen treffen. Allmählich schälte sich heraus, daß Margalith gemeinsam mit einem Dutzend anderer Männer und Frauen einen neuen Kibbuz im Carmelgebirge nördlich von Haifa gründen würde. Diese »Kern-Gruppe« traf sich regelmäßig jeden Mittwoch in Tel Aviv. Danach kam Marga zu mir und blieb über Nacht. Am nächsten Morgen fuhren wir zum Schwimmen ans Meer, später mußte Margalith wieder nach Kfar Yoram. Dann konnte ich mich wieder um Sara kümmern. Schade, ich wäre viel lieber mit Marga zusammengewesen. Aber wegen Motti Sharon ging das nicht. Andererseits, wenn Margalith in Tel Aviv gelebt hätte und ich Sara nur einmal wöchentlich sehen könnte, vielleicht würde ich mich dann nach Sara sehnen? Würde, hätte, schmätte. Im großen und ganzen gesehen war ich nicht unzufrieden mit meiner Lage, als ich beinahe Opfer einer üblen Intrige wurde.

Zunächst war ich ahnungslos. Es kam mir nur merkwürdig vor, daß sich die Sharons recht reserviert benahmen, als ich wieder einmal bei ihnen zum Abendessen auftauchte. Die Alten verzogen sich mit griesgrämigen Mienen. Nicht mal zum »Schalom« reichte es. Von orientalischer Gastfreundschaft keine Spur. Ohne ein Lächeln zog Sara mich in ihr Zimmer. Sie bot mir nicht mal einen Stuhl an.

»Was ist denn los, Sarale?«

»Das mußt du am besten wissen.«

»Ich weiß wirklich nicht, was du meinst.«

»Samy, wir haben uns doch geeinigt, daß du kein Theater mehr machst.« Ihre Stimme hatte die Wärme eines Tiefkühlfachs.

»Könntest du mir verraten, auf welche Aufführung du dich beziehst?«

»Mir ist nicht zum Spaßen zumute. Ich möchte von dir hören, was du angestellt hast.«

Irgendwas wußte sie. Aber was und woher? Wenn ich nur nicht hier bei den Sharons sitzen würde wie in einer Falle. Es half nichts, ich mußte in die Offensive gehen.

»Sara, ich bin nicht dein Sohn und habe keine Lust rumzuraten. Sag mir bitte, was dich beschäftigt.«

»Das weiß du ganz genau.«

»Nein.«

»Was ist mit dir und Margalith?«

»Nichts.« Mir wurde ganz heiß. Jetzt mußte ich dabei bleiben.

»Sag mir die Wahrheit.«

Bloß weg hier. Hoffentlich dreht der Patriarch nicht durch. Weshalb mußte ich Verrückter mich wieder mit dieser eifersüchtigen Orientalin einlassen? »Ich bin ehrlich.«

»Nein!«

»Sara, was für einen Unsinn glaubst du?«

»Daß du dich mit ihr herumtreibst.«

»Ich bin doch so gut wie immer mit dir zusammen. Wann sollte ich da nach Kfar Yoram fahren, um mich mit Margalith herumzutreiben?«

»Das will ich von dir wissen.«

Sie wußte also gar nichts. Außer Marga hatte geplaudert. Niemals! Marga war doch kein Ratschweib. Wer weiß, vielleicht doch? Schließlich war auch sie eine Frau. Alle waren sie eifersüchtig, alle! Sie tat nur so vornehm. Diese Rolle hatte Sara zunächst auch gespielt. Bis sie mich hatte, oder glaubte mich zu haben. Man durfte eben keiner trauen, keiner! Aber selbst wenn Marga gequatscht hatte – mußte ich erst recht leugnen. Dann stand ihr Wort gegen meins. Sara würde mir glauben. Weil sie mich liebte und Marga haßte, allein wegen Motti. Diese Orientalen mit ihrem Ehrgefühl! Um ihr Gesicht zu wahren, hatte Sara mit keinem Wort erwähnt, daß zwischen Motti und Margalith Schluß war, erst recht nicht, daß Marga dem Kommißschädel einen Tritt gegeben hatte. Ich mußte ihren Haß auf Margalith ausnutzen. Das war nicht vornehm, aber ich wollte mit Anstand raus – und mit heilen Knochen.

»Zwischen mir und Marga war nichts und ist nichts. Und jetzt möchte ich wissen, woher du diesen Unsinn hast.«

Sara wurde verlegen. »Man hat dich beim Baden mit Margalith gesehen, ihr sollt euch umarmt haben.«

Gottseidank! Marga hatte den Mund gehalten. Im Grunde hatte ich nie daran gezweifelt. Na warte, Sara! »So, so. Man hat uns am Strand gesehen. Herrscht jetzt Badeverbot?«

»Nein, aber ihr sollt euch umarmt haben.«

»Wir sollen! Ich werde dir mal sagen, was wirklich los war. Vor kurzem beim Schwimmen habe ich zufällig Margalith getroffen. Sie hat mir erzählt, daß sie mit Motti Schluß machen will. Natürlich bin ich auf ihr durchsichtiges Angebot nicht eingegangen. Sie hat noch ein wenig rumgeredet. Als sie sah, daß mit mir nichts zu machen war, ist sie wieder gegangen. Und deswegen regst du dich auf? Du machst das Theater mit deiner Eifersucht! Du hast kein Vertrauen zu mir. Und jetzt ziehst du auch noch andere Leute hinein. Der arme Motti denkt sicher, daß ich mit seiner Freundin flirte und wird mir böse sein.« Fast glaubte ich meiner geheuchelten Empörung.

Sara tat es. »Entschuldige, Samy. Ich kann nichts dafür. Aber Motti rief gestern an. Er war ganz außer sich.«

Welches Recht hatte dieser Kommißkopp ›außer sich‹ zu sein? »Dann sage deinem Motti gefälligst, daß ich sehr böse auf ihn bin. Das Mindeste wäre gewesen, zunächst mit mir von Mann zu Mann zu sprechen, ehe er solche Gerüchte in die Welt setzt.«

Ich sah sie gewollt streng an. »Und ich habe ihn für einen Ehrenmann gehalten.«

»Es tut mir leid, Samy. Entschuldige. Motti hat vor kurzem mit Margalith Schluß gemacht.«

Sie log, ohne mit der Wimper zu zucken. Oder hatte Motti sie angelogen? Wahrscheinlich log die ganze Mischpoche.

»Das geht mich nichts an. Schalom.« Ich fühlte mich gekränkt und ließ mich trotz Saras wiederholten Entschuldigungen nicht zum Bleiben bewegen, obgleich ich zu gerne den folgenden Familienkrach genossen hätte. Nur wenn Motti zugegen gewesen wäre, hätte ich mich umstimmen lassen zu bleiben. Denn mitanzusehen, wie Abraham seinen mißratenen Sprößling vermöbelt hätte – trotz dessen 1,90 Meter Länge und Offiziersuniform, wäre mir mehr wert gewesen, als mein Schmierenabgang. Auch so würde Motti seine Abreibung erhalten – von Sara! Geschah diesem Golem vollkommen recht. Ich hatte eine gehörige Wut. Das wäre beinahe ins Auge gegangen – mit diesen ehrversessenen Sephardim. Am besten, ich vergaß Sara, sie entwickelte sich allmählich zur gleichen Klette wie Kara. Kara, Sara. Alles das gleiche. Hände weg!

Leider blieb ich meinen guten Vorsätzen nur kurz treu. Am nächsten Morgen stand Sara verlegen lächelnd vor meiner Tür.

»Samy, bitte! Ich kann nichts dafür. Mein Bruder bedauert das Ganze und läßt dich um Entschuldigung bitten. Irgend ein Idiot hat ihm einen Floh ins Ohr gesetzt, und er hat sich das zu Herzen genommen. Er bittet dich vielmals um Entschuldigung.«

Durfte ich sie vor der Tür stehen lassen? Sie hatte

mich doch lieb. Und außerdem war ich geil. Marga war nur eine Nacht in der Woche in Tel Aviv. Ich vergab Sara und legte mich mit ihr ins Bett. Es machte mir an diesem Morgen weniger Spaß als sonst. Zu tief war mir der Schreck in alle Glieder gefahren. Ich begann mich sogar wieder auf Deutschland zu freuen. Dort mußte ich wenigstens keine Angst vor jähzornigen Vätern und dumm-finsteren Offizieren haben. Nur vor eifernden Mammes und eifersüchtigen Freundinnen, was zumindest nicht lebensgefährlich war.

Fortan war ich noch vorsichtiger mit Marga. Aber ich dachte nicht daran, sie aufzugeben. Den Dienstagabend und die Nacht auf Mittwoch hatte ich für Marga reserviert. Am folgenden Morgen mied ich allerdings den Strand. Statt dessen dehnten wir das Frühstück bis Mittag aus, ehe ich Margalith zum zentralen Busbahnhof am Tel Aviver Markt brachte. Den Rest der Woche verbrachte ich mit Sara.

Samy ist ein unverstellter Feigling. Ganz anders als unsere israelischen Männer, die schon als Kinder lernen müssen, ihre Angst zu verbergen. Denn eine schlimmere Beleidigung als »Feigling« gibt es in Israel nicht. Alle Israelis wollen Helden sein – in unserem Kibbuz, direkt an der Grenze, hatten sie reichlich Gelegenheit dazu. Aber auch andernorts, selbst in den Städten brennen die Männer ständig darauf, sich zu »bewähren«. Dieser zwanghafte Mut erdrückt fast das ganze Leben bei uns. Weichheit, Zärtlichkeit, Einfühlungsvermögen, Empfindlichkeit, Humor, alles gilt als Schwäche, als Unmännlichkeit, bei Männern und bei Frauen.

Samy mußte keine physischen Ängste haben, da er

nicht in der Armee diente und sich auch nicht in der israelischen Gesellschaft durchzuboxen hatte. Dennoch hatte er ständig Angst, die er nicht leugnete, sondern mit Humor zu dämpfen suchte. Das gefiel mir.

Auch er mochte mich. Aber wir sahen uns selten, da Samy Angst vor Sara und ihrer Familie hatte. Es stimmte mich traurig, daß er nicht den Mut fand, zu mir zu stehen. Ich war nahe daran, es ihm zu sagen. Aber ich unterließ es, denn ich war sicher, daß Samy sich über seine Ängstlichkeit im klaren war – nur fand er eben nicht die Kraft, seine Furcht zu überwinden. Wenn ich um ihn gekämpft hätte, wäre ich nicht anders gewesen als Sara. Samy hätte nicht aus Liebe zu mir gefunden, sondern aus Angst. Da ich keinen Druck auf ihn ausübte, konnte ich sicher sein, daß Samy allein aus Zuneigung zu mir kam.

Ich war gerührt, als Samy mich eine Woche vor seiner Rückkehr nach Deutschland fragte, ob ich nicht seine letzten Tage in Israel mit ihm verbringen wolle. Natürlich wollte ich. Und natürlich hatten wir nicht alle Tage für uns, sondern nur einen einzigen, denn Samy war nicht plötzlich mutig geworden. Den Tag nutzten wir zu einer Fahrt an den Ort, an dem unser neuer Kibbuz entstehen sollte.

Etwa 70 Kilometer nördlich von Tel Aviv, am Fuß des Carmelbergs bogen wir von der Küstenstraße landeinwärts ab. Die steile Straße führt ins wenige Kilometer entfernte Zichron Yaakov. Das Städtchen, eine der ältesten zionistischen Siedlungen, liegt auf dem Bergkamm. Wir stellten den Wagen am Stadtpark ab. Von hier hatte man nach Osten eine hervorragende Sicht über die Ausläufer des Carmelgebirges in die Yisrael-Senke, die sich über dreißig Kilometer weit zum Kinereth-See ausbreitet. Wir blickten schweigend ins Land.

»Bis zum Jordan, wo die Grenze verläuft, sind es fast 40 Kilometer. Da muß man nicht dauernd Angst vor Überfällen haben«, sagte ich zu Samy, der neben mir stand. Er sah mich skeptisch an. Auch ihm war bekannt, daß der syrischen Armee vor sechs Jahren im Yom-Kippur-Krieg am Jordan fast der Durchbruch gelungen wäre. Hätten sie's geschafft, wäre Israel verloren gewesen. Nach einer Weile nahm ich Samy bei der Hand. Wir gingen entlang der Hauptstraße nach Osten. Schon bald hinter dem Ortsende Zichron Yaakovs fällt der Weg steil ab. In engen Kurven frißt sich die Straße durch felsiges Gelände. Samy und ich folgten einem schmalen Fußweg entlang der Fahrbahn. Die Mittagssonne brannte auf uns herab, der Himmel glühte gelbweiß. Nach zwei Stunden hatten wir die Schwelle des Carmels erreicht. Grüne, schattenspendende Nadelbäume ziehen sich die Straße entlang. Unmittelbar vor dem Ortseingang des Städtchens Meggido mündet eine schmale Schotterpiste in die Hauptstraße.

»Dieser Weg wird zu unserem Kibbuz führen.« Die ›Vereinigte Kibbuz-Organisation‹ und der ›Israelische Nationalfonds‹ erschließen schon das Gelände. Im Herbst werden wir einziehen. Zunächst in Wohnwagen, im folgenden Frühjahr werden unsere festen Häuser fertig sein.« Ich sah den fertigen Ort schon vor mir. Ein kleiner Gemeinschaftsbau inmitten von Blumenbeeten und einer weiten Rasenfläche, um die sich die einzelne Wohnhäuser gruppieren sollten. Ihnen gegenüber die Landwirtschaftsbauten, an deren Seite der Kindergarten und die Schule. Am Nordende des Ortes die Maschinenhalle und später eine kleine Fabrik. Kein Bunker, kein Zaun, keine Sperrgitter, keine Waffen- und Munitionskammern.

»Wie soll denn euer Kibbuz heißen«, fragte Samy.

»Schalva.«

»Was bedeutet das?«

»Ruhe.«

»Ja.« Er streichelte meine Wange. »Laß uns zu deiner Ruhe-Oase gehen.«

Am künftigen Dorfplatz empfing uns heftiger Lärm. Zwei Planierraupen verrichteten laut und stinkend ihre Arbeit. Gelegentlich tauchte ein Lastauto auf, das polternd mit Erde und Schotter beladen wurde. Wir machten kehrt und gingen zurück nach Zichron Yaakov.

Über dem Wadi Millek, einer Senke zwischen den Ausläufern der Carmel- und Galiläaberge, fuhren wir nach Akko. In biblischen Zeiten war Akko ein wichtiger Kriegs- und Handelshafen der Philister, danach nutzten die Türken Akko als Marinestützpunkt. Nach dem Ersten Weltkrieg war die Bedeutung der Stadt zurückgegangen. Die Briten, nun die Herrscher des Landes, bauten den Hafen von Haifa, 15 Kilometer südlich Akkos, aus. Die Engländer benutzten Akko lediglich als Festung, wo sie jüdische und arabische Untergrundkämpfer einsperrten. 1948 eroberten israelische Soldaten Akko. Die arabische Bevölkerung blieb dennoch größtenteils in der Stadt. Drumherum siedelten sich Juden an. Auch in Israel setzt Akko seinen jahrhundertelangen Dornröschenschlaf fort. Es bleibt ein weltabgeschiedenes Fischerstädtchen. Die Festung dient heute als Museum und als Landeskrankenhaus.

Wir saßen in einem arabischen Lokal in der Nähe des alten Hafens. Es ging alles ruhig und friedlich zu. Warum konnten Araber und Juden nicht in ganz Israel so harmonisch zusammenleben wie hier? Mußten die meisten Palästinenser in Flüchtlingslagern hausen, damit wir Juden halbwegs in Frieden leben konnten?

Nach dem Essen gingen wir am Hafen spazieren. Wir hielten einander fest. Im weichen Abendlicht tuckerten einige Fischkutter an ihre Liegeplätze. Vom Meer wehte eine frische, salzige Brise. Ich wäre so gerne mit Samy hiergeblieben, aber ich fühlte, daß er wieder ängstlich-unruhig wurde. Er traute sich nicht, längere Zeit von Sara fortzubleiben. Wir kehrten nach Tel Aviv zurück. Wir liebten einander zärtlich. Es tat mir wohl und schmerzte mich zugleich, weil ich wußte, daß unsere Liebe zu Ende ging.

Ich fühlte, wie Samy sich darum bemühte, unsere Beziehung zu konservieren, indem er sich Gedanken machte, wie wir vielleicht doch zusammenbleiben könnten. Gerade er, der jede Bindung fürchtete.

»Das ist sinnlos, Shmuel. Wir sind glücklich, weil unsere Beziehung unverbindlich ist. Wenn wir dauernd zusammen wären, entstünde Druck, damit wäre unsere Unbeschwertheit und unsere Zufriedenheit dahin.«

»Du hast recht, Margalith.«

Er sah mich niedergeschlagen an, plötzlich hellte sich seine Miene auf: »Was hältst du davon, mich in München zu besuchen?«

»Die nächste Zeit wird das nicht möglich sein, weil ich mit Schalva beschäftigt sein werde.«

»Vielleicht später?«

»Vielleicht. Aber bis wir in der Kibbuzkasse genügend Geld für Auslandsreisen haben werden, dürfte eine Weile vergehen.«

»Dann schicke ich dir ein Ticket.«

»Das geht nicht. Sonst fühlen sich die anderen im Kibbuz benachteiligt.«

»Schade.«

Gewiß. Aber es war zwecklos. Am nächsten Morgen brachte mich Samy nach Jerusalem, wo ich einen

Autobus nach Kfar Yoram nahm. Ich war froh, daß wir uns gefunden hatten, aber auch, daß wir schieden, ohne uns je mit Absicht weh getan zu haben. Ich bat Samy, mir nicht zu schreiben, er versprach es und hielt Wort.

Der Abschied von Israel war ganz anders als ich ihn mir gewünscht hatte. Die letzten Tage wollte ich allein mit Margalith verbringen, sie in ihren Kibbuz begleiten und noch mit dem Duft ihres Körpers in der Nase und dem Gefühl ihrer Haut an meinen Händen nach München fliegen. Am liebsten wäre ich weiter mit Marga zusammengeblieben. Statt dessen schiß ich vor Sharon-Angst in die Hosen. Ich war sogar zu feige, um Margalith nach Kfar Yoram zu bringen. Motti hätte dahinterkommen und seine eifersüchtige Schwester informieren können. Na und? Was wäre passiert, wenn sie gezürnt, ja sogar wenn sie Schluß gemacht hätte? Ich liebte ohnehin Marga. Aber Margalith ließ mich im Stich. Statt von mir zu verlangen, sie nach Kfar Yoram zu bringen, und überhaupt zu ihr und unserer Liebe zu stehen, tat sie edel und lehnte ab. Ich wußte selbst, daß ich ein Feigling war und ärgerte mich gehörig darüber. Selbst so ein Holzkopf wie Motti marschierte seinen Weg, tat, was er für richtig hielt.

Und ich? Der intelligente, sensible Akademiker Samuel Goldmann schlich stets auf dem Pfad des geringsten Widerstands, folgte immer derjenigen, die den stärksten Druck ausübte. Wurde der Druck zu stark, lief ich davon. So konnte ich nicht weitermachen, sonst tat ich mein Lebtag nie, was ich wollte, sondern immer, was andere verlangten. Es war zum Verzweifeln. Ich wußte genau, was ich falsch machte, und tat es dennoch. Aus Angst vor der Strafe des Nichtgeliebtwerdens. So ließ ich meine Geliebte allein in ihren Kibbuz ziehen und spielte bei den Sharons Liebkind, deren Eifer- und Ehrsüchtelei mir Furcht und Unwohlsein einflößten. An meinem letzten Abend in Israel durfte ich mir die politische Strategie Abrahams anhören: »Wir müssen die Araber jetzt, solange wir die stärkeren sind, kaputt machen. Danach ist es zu spät, glaube es mir, ich kenne die Araber. Ich habe lange genug unter ihnen gelitten.« Unsere Deutschen waren seine Araber.

Danach erteilte Vicky mir eine Kurzlektion in jüdischer Ehekunde, was nur durch ihr pikantes Essen und etliche Gläser Arak zu ertragen war. Erst gegen zehn Uhr abends durfte ich ihre sinnlich lächelnde Tochter entführen. Allemal besser als Familienfeier!

Ich mochte Sara. Trotzdem hatte ich eine Riesenwut auf sie. Mußte sie mich unbedingt um meine letzte Nacht mit Margalith bringen? Hatte ich mich ihr nicht oft und innig genug gewidmet? Sie war eben unersättlich. Genau! Auch in dieser letzten Nacht. Sara kümmerte sich nicht um mein schlechtes Gewissen, sondern um meinen Körper. Hatte sie nur ihr Vergnügen im Kopf? Spürte sie nicht, daß ich, bei aller Geilheit, mit meinen Gefühlen ganz woanders war? Offensichtlich – und hörbar – nicht. Sicherheitshalber wollte ich alles klarstellen, als wir gegen Morgengrauen zu ihren Eltern aufbrachen.

»Sara, ich habe dir nie etwas vorgemacht und versprochen. Ich fahre jetzt zurück nach Deutschland. Damit geht unser Verhältnis zu Ende.«

Sara umarmte mich. Dann sah sie mich belustigt an. »Meine Samuela«, in letzter Zeit fügte sie meinem Namen oft die weibliche Endung a an, »du mußt dich nicht fürchten, ich werde dich nicht heiraten. Ich kann es nicht, selbst wenn ich wollte.« Das klang beruhigend.

SAMUELA

Eine jüdische Hochzeit

Meine Rückkehr nach Deutschland glich einem freien Fall in tiefe Verzweiflung und großes Chaos. Ich liebe meine Mamme und meinen Vater von ganzem Herzen, aber ich konnte ihre ständige Bevormundung nicht länger ertragen. Ehe ich in Israel alleine gelebt hatte, war mir nie aufgefallen, wie tief Bella sich in mein Leben drängte. Es begann am Morgen:

»Steh auf! Verschlafe nicht den ganzen Tag! Wer rastet, der rostet!« Danach ging es weiter über Sinn, Zweck und Inhalt des Frühstücks, meine Kleidung, mein Studium, die Auswahl meiner Freunde – »alles hirnlose Gojim, Taugenichtse oder Flittchen« –, über meine »Lethargie«, mein abendliches Fortgehen »bis in die Puppen« – »damit ruinierst du deine Gesundheit vollständig« –, und endete nicht mal nachts: »Du sollst nicht nackt schlafen, das ist ungesund und unhygienisch und außerdem schamlos und aufreizend«. Für wen?

Das schlimmste jedoch war Bellas ständiges Gemäkel über mein Verhältnis zu dieser »dummen Schickse«. Als ob Kara selbst mir nicht genug auf die Nerven gegangen wäre! Aber wo sollte ich bitte hin mit meiner Lust? Immerhin, ich war ein Mann um die dreißig, da braucht man eben eine Frau! Karin war zwar eine Klette und Nervensäge. Aber waren nicht alle Weiber so? Wahrscheinlich sogar Margalith. Kara liebte und wollte mich, ich hatte sie auch lieb und brauchte sie. Nicht nur zum Vögeln. Dagegen spie Bella Gift und Galle.

Ich Trottel hatte Mamme von meinen Abenteuern in Israel erzählt. Um ihr zu beweisen, daß ich sehr wohl fähig war, eine jüdische Frau anzuziehen? Bella reagierte überraschend differenziert. Sie zeterte nur gegen »dieses dumme Kibbuzmädchen. Gut, daß du die Finger von ihr gelassen hast. Sie hätte dich höchstens dazu gebracht, daß du auch im Kibbuz landest. Das ist fast so schlimm wie im Gefängnis, außerdem ist es gefährlich, weil die ganzen Kibbuzim an der Grenze liegen und die Araber dauernd versuchen, die Juden dort umzubringen.« Bella war eben nicht dumm.

»Aber die andere, die Sara. Die wär was für dich! Sie ist zwar eine Schwarze, aber die sind auch Juden. Jedenfalls besser als die verfluchten Nazis, Gott strafe sie und ihre Kinder und Kindeskinder. Einen guten Beruf hat sie auch. Schade«, sie seufzte, »aber so ein Mädchen bleibt natürlich in Israel bei ihrer Familie. Schade, wirklich schade, so eine Frau hätte ich mir als Schwiegertochter gewünscht.«

Mamme zögerte kurz, ehe sie entschlossen fortfuhr: »Da kann man nichts machen. Man muß vernünftig sein und das nehmen, was man kriegen kann. Also Vera! Das arme Mädchen hat Pech gehabt mit diesem Idioten. Das kann jeder passieren. Sie ist ein anständiges Mädchen und eine gute Partie.«

»Aber sie ist doch eine Schickse.«

»Du mußt gerade reden! Ihre Mutter ist Jüdin. Das genügt!« Und die Millionen vom Vater.

Es war nicht auszuhalten. Da kam mir der Zufall zu Hilfe. Ich hörte, daß ein Spezi meines Freundes, Otto Gaßner, ein Jahr nach Amerika ging und einen zuverlässigen Platzhalter für seine Bude suchte. Einen Tag später hatte ich das Zimmer. Begleitet von den wärmsten Segenswünschen meiner Mamme – »Ohne mich wirst du zugrunde gehen. Du wirst herunterkommen, krank werden und am Ende in der Gosse landen« –, zog ich in die Schönstraße nach München-Untergiesing um. Untergiesing war nicht Israel. Statt Sonne, Meer, Margalith und Sara gab's hier häufig Regen und eine unfertige Doktorarbeit, die mir ebenso im Nacken saß wie meine Mamme und Kara.

Ich ging nicht unter. Aber es war verdammt mühsam, mir selber was zu brutzeln. Nach einigen mißlungenen Versuchen gab ich's auf und begnügte mich mit dem Mensafraß. Meine Schmutzwäsche durfte Bella weiter waschen. So gab ich ihr das gute Gefühl, daß ich sie noch brauchte. Außerdem war ich jeden Freitagabend, am Beginn des Sabbat, bei meinen Eltern und ließ mich von Bella unter den Sabbatkerzen segnen. Natürlich rief ich täglich bei meiner Mamme an, um mich nach ihrem und Herschls Befinden zu erkundigen. Das war anständig von mir, denn ich hatte noch keinen eigenen Telefonanschluß, der knickrige Goj hatte seinen Apparat abgemeldet, und ich mußte jedesmal bis zur Telefonzelle marschieren.

Immerhin, ich hatte eine eigene Bude, mein Stipendium war um ein weiteres Jahr verlängert worden, und Kara war für mehrere Wochen nach Wolfsburg gefahren. Ich konnte ein wenig aufatmen und mich endlich gemächlich an meine Dissertation machen – dachte ich.

»Wieso rufst du seit Tagen nicht an?« Bella war verärgert.

»Ich hab's gestern versucht, aber ihr wart nicht da.«

»Dann hättest du später anrufen sollen, aber du

treibst dich ja die ganze Zeit herum. Da vergißt man natürlich seine Eltern.«

»Niemals, Mammeleben!«

»Doch! Aber das ist im Moment unwichtig. Ich habe eine herrliche Nachricht für dich. Sara kommt heute nachmittag.«

»Welche Sara?« Ich kannte hier keine Sara.

»Bis du schon jetzt verkalkt? Du hast mir selbst erzählt, daß deine israelische Freundin Sara heißt.«

»Ja, und?«

»Sie kommt! Sie kommt bald. Komm her, aber sofort!«

»Das kann nicht sein. Woher weißt du das?«

»Sie hat angerufen. Aus Frankfurt. Sie muß gleich hier sein. Auf was wartest du noch?«

»Bist du sicher, daß du sie richtig verstanden hast? Du kannst doch kein Wort Hebräisch.«

»Hast du schon mal gehört, daß sich zwei Juden nicht verständigen können? Ein bißchen Englisch verstehe ich auch. Außerdem lernt sie Deutsch, hat sie mir erzählt.«

Das konnte nur eins bedeuten.

»Also, was ist jetzt? Nimm dir sofort ein Taxi und komm her. Mach schnell, verstanden! Ich muß noch was kochen – um Gottes willen – und mich umziehen und Herschl anrufen. Also komm sofort her!«

Sara hatte heimlich Deutsch gelernt. Sie fuhr also her, um mich zu heiraten. Das heißt, ihre Familie stand hinter ihren Heiratsplänen. Denn Sara fuhr nicht ohne Erlaubnis ihrer Eltern ins Ausland. Sie besaß nicht das Geld, um herzufliegen. Ich fröstelte, meine Muskeln verkrampften sich, was soll ich nur tun, Gott im Himmel?

Abhauen! Weglaufen, solange noch Zeit ist, sonst wirst du verheiratet! Jetzt nur keine Panik, sie kann mich doch nicht zwingen, sie zu heiraten. Geschwängert habe ich sie ja wohl nicht, oder? Wenn sie mir verheimlicht hat, daß sie Deutsch lernte, vielleicht auch, daß sie schwanger war? Wir waren hundsleichtsinnig gewesen. Wir? Ich! Ihr war's recht – jetzt mußte ich die Zeche zahlen.

Unsinn. Sara war Sephardin, bei ihr mußte alles seine Ordnung haben: erst heiraten, dann schwängern. Hoffentlich.

Vielleicht kam sie nur, um mich »im guten« von den Vorteilen einer Ehe zu überzeugen? Aber ich hatte ihr doch am letzten Abend unmißverständlich klargemacht, daß mit Hochzeit bei mir nichts drin war, und sie hatte vorgegeben, sich damit abzufinden. Diese Heuchlerin!

Gemach. Als erstes mußte ich rauskriegen, ob sie schwanger war. War sie's, dann mußte ich die Suppe auslöffeln, die mir mein eigener Schmock eingebrockt hatte, und sie heiraten. Erwartete sie aber kein Kind, dann konnte sie was erleben. Dann war ein für allemal Schluß!

»Da bist du endlich!« Bella war in höchster Aufregung, herausgeputzt wie ein Pfingstochse, nach Kölnisch Wasser duftend wie ein Vorstadthurenhaus. »Steh hier nicht rum, hilf was! Hilf mir beim Tischdecken. Sara kann jeden Moment kommen.«

Bella hatte kaum den Satz beendet, da klingelte es. »Steh nicht rum wie ein Ölgötze, mach die Tür auf.«

Mit schweißnassen Händen öffnete ich die Tür. Vor mir stand Sara, mit einem kleinen Plastikköfferchen in der Hand. Wir umarmten uns. Sobald ich ihren Körper spürte, verdrängte ungestüme Geilheit meine Angst. Kara war seit mehr als einer Woche bei ihren Eltern. Aber selbst wenn ich erst gestern mit ihr geschlafen hätte, Sara zu sehen und zu spüren genügte, meinen Willen schwach und meinen Schmock stark zu machen. Sara drückte ihre warme Wange an mein Gesicht, ihre festen Arme umfingen mich. Ihre Augen glitzerten mich lüstern an.

»Samuela. Endlich sehe ich dich wieder.«

Bella tänzelte um uns herum wie ein aufgeregter Fliegengewichtsboxer bei seinem ersten Fight. »Willst du mir nicht deine Freundin vorstellen?« Mamme platzte schier vor Stolz, daß ihr mißratener Zögling doch noch eine Jüdin gefunden hatte. So fröhlich hatte ich sie selten erlebt. Bald entspann sich ein Small talk zwischen Bella und Sara, mit vielen »Schaloms«, »Masel tov«, »How are you?«, »Nice to meet you«, »It's my pleasure« und sonstigem Schwachsinn. Sobald Sara im Bad verschwunden war, sprang Mamme auf mich zu, umarmte mich heftig. Nachdem sie meinen Kopf endlich losgelassen hatte, zischelte sie, während sie mit beiden Händen meine Rechte ergriff: »Eine tolle Frau! So was Schönes habe ich noch nie gesehen.« Sie quetschte meine Hand. »Hör mal zu! Wenn diese Frau dich will, dann greife zu, aber sofort! Sofort, hörst du mich?«

»Ja.«

»Nicht ja. Sofort! Verstanden?«

Gottlob kam Sara in diesem Moment ins Zimmer. Bella nötigte sie, sich an den Tisch im Wohnzimmer zu setzen und zu essen, zu essen, zu essen.

»And what will you do jetzt?« parlierte Bella.

Sara blickte sie lächelnd an und antwortete Hebräisch: »Mit ihrem Sohn schlafen.«

Bella verstand glücklicherweise kein Wort. »Pardon?«

»Sara ist ein wenig müde vom Flug. Sie würde gern zu mir fahren und sich ein wenig ausruhen, Mammele.«

»Du kannst ihr doch nicht zumuten, in deinem verstunkenen Verschlag zu hausen. Das ist gut genug für deine Schicksen, aber nicht für so ein feines jüdisches Mädchen.« In ihrer Empörung hatte Bella vergessen, daß Sara ein wenig Deutsch verstehen könnte. Egal. Sara und ich hatten Mühe, unsere Geilheit zu beherrschen. Obgleich Bella zornig protestierte, verließ ich an Saras fickrig feuchter Hand die Wohnung.

»See you soon again, my man will be happy to learn you know«, rief Bella uns nach. Ich hielt ein Taxi an.

Bei mir angekommen, machten wir es schon auf dem Boden im Flur. Erst danach zogen wir uns »richtig« aus und stiegen ins Bett. Mir ging's prima. Ich war satt, müde, entspannt, die Angst des Vormittags war verflogen. Wovor hatte ich mich gefürchtet? Sara streichelte mein Gesicht.

»Samuela«, ihre Stimme klang angenehm voll in meinem Ohr. »Meine Samuela. Ich bin hergekommen, um dich zu heiraten.«

Tod und Teufel. Also doch! Ich mußte weg, bloß weg. Aber wohin? Aus dem Fenster konnte ich nicht springen, wir waren im 4. Stock. Großer Gott, was sollte ich nur tun? Sofort verschwinden!

»Samy! Warum ziehst du dich schon an?«

»Weil wir abgemacht hatten, daß wir uns trennen, nicht, daß wir heiraten.«

Sie betrachtete mich amüsiert. »Samuela, rede keinen Unsinn! Komm her.«

Ich folgte. Sara umfaßte mit ihren nackten warmen Armen meine Hüfte und lachte. »Ich wollte ja auch Schluß machen. Aber als du weg warst, habe ich gemerkt, daß ich es ohne dich nicht aushalte.« Sie zögerte, sah mich an. »Ging es dir nicht auch so, mein Samy?«

»Sicher.«

»Na also. Deshalb meine ich, daß wir heiraten sollen.«

»Bist du schwanger?«

»Nein.«

Wenigstens erpreßte sie mich nicht direkt. »Warum dann so eilig?«

»Weil ich deine Frau werden will.«

»Aber doch nicht gleich! Wir müssen erst zu Ende studieren – beide.«

»Sicher.«

»Das dauert noch eine Weile.«

»Ja, aber niemand hindert uns, schon jetzt zu heiraten.«

»Doch!«

»Wer?«

»Ich!«

»Wieso du?«

»Ich weiß nicht. Ich will nicht heiraten. Ich . . . ich habe Angst davor.«

»Meine Samuela! Ich bin doch bei dir.« Gerade davor habe ich Angst, du transkontinentale Heiratszecke.

Was konnte ich nur tun? Vielleicht war der Rosenfeld doch zu was nutze und wußte Rat?

»Sara, ich muß schnell mal weg.«

»Warum denn, Samuela? Es ist gerade so gemütlich im Bett.«

»Ja, schon. Aber ich muß dringend einen alten Freund besuchen, es geht ihm gar nicht gut, ich mache mir ersthafte Sorgen um ihn.«

»Hat das nicht ein wenig Zeit?«

»Nein! Es ist ganz eilig!«

Eine Viertelstunde später war ich in der Leopoldstraße bei Rosenfeld. An der verblüfften Sprechstundenhilfe vorbei platzte ich in sein Zimmer. Glücklicherweise war er allein. »Herr Goldmann, es ist nett, daß Sie vorbeikommen, aber Sie sind nicht angemeldet. Und Sie wissen, daß wir einen genauen Zeitplan haben, der verbindlich ist.« Rosenfeld lächelte unsicher hinter seinen stark vergrößernden Brillengläsern.

»Es ist aber sehr dringend.«

Sogleich wurde sein Blick mütterlich besorgt. »Haben Sie konkrete Suizidgedanken?«

»Nein.«

»Dann müssen Sie sich gedulden. Lassen Sie sich bitte von Frau Kalbi einen Termin geben. Wir könnten durchaus eine Stunde außer der Reihe anberaumen.«

»Es ist aber ganz dringend. Es muß jetzt sein!«

»Hegen Sie eventuell doch Selbsttötungsabsichten?«

»Nein, aber . . .«

»Dann muß ich Sie bitten . . .«

»Sie müssen mich überhaupt nicht bitten. Könnt ihr Psychomenschen euch nicht vorstellen, daß es außer eurem Selbstmord-Trauma noch andere existentielle Probleme gibt?«

»Durchaus, dazu sind wir ja da, aber diese Fragen haben Zeit.«

»Eben nicht! Bei mir geht es um eine lebenswichtige Entscheidung.«

»Sind Sie in Lebensgefahr?« Wieder dieses Erbarmensgeschau.

»Indirekt schon.«

»In diesem Fall müssen wir uns tatsächlich umgehend unterhalten. Ich sage nur der Sprechstundenhilfe Bescheid, daß sie den nächsten Termin verschieben muß. Nehmen Sie schon Platz. Ich bin sofort da.« Noch ein Samariterblick. Wenige Sekunden später hastete er aufgeregt in den Raum, nahm auf seinem

Sessel Platz. Nachdem er sich einigermaßen gefaßt hatte, sah mich Rosenfeld wie gewohnt lange und eindringlich an. »Ja?«

»Meine Freundin will mich heiraten!«

»Karin?«

»Nein, Sara.«

»Eine Jüdin, keine Schickse?«

»Ja.«

»Dann ist doch alles bestens.«

»Was ist bestens?«

»Sehen Sie, Herr Goldmann. Das Kernproblem, mit dem wir uns hier ständig beschäftigen, ist Ihre Angst, von der Mutter verlassen zu werden. Daraus ergaben sich direkt oder indirekt die meisten Ihrer Schwierigkeiten, etwa Ihr problematisches Verhältnis zu Frauen. Nun will eine jüdische Frau Sie heiraten. Damit wird die Verlassenheitssituation bewältigt.«

»Und ich?«

Rosenfeld kümmerte sich nicht um meinen Einwand. Er lächelte mich zufrieden an. »Ist Ihre Frau Israelin?«

»Ja, wieso?«

»Sie waren in Israel, da lag es nahe . . .«

»Zu nahe!«

»Wie beurteilen Sie die gegenwärtige politische Situation Israels?«

»Wie beurteilen Sie meine seelische Lage?«

»Bestens. Sehen Sie, die feste Haltung der Regierung Begin hat sich bezahlt gemacht. Jetzt mußte Ägypten mit uns Frieden schließen.«

»Uns?«

»Sie meinen, weil ich zur Zeit in Deutschland wohne, bin ich nicht mit Israel solidarisch?«

»Genau! Sie leben in Deutschland, lassen die Israelis ihre Kriege führen, loben die feste Haltung der israelischen Regierung, spenden gelegentlich Geld und fühlen sich deshalb mit Israel solidarisch.«

»Mit wem sonst, Herr Goldmann? Etwa mit Deutschlands Nazi-Mördern, die meine Familie ausgerottet haben?«

»Warum leben Sie dann nicht in Israel?«

»Ich würde es liebend gerne tun, aber ich vertrage das feucht-heiße Klima in Israel nicht.«

»Und wie steht's mit dem trocken-kühlen Nazi-Klima in Deutschland?«

»Wollen Sie mich provozieren, Herr Goldmann?«

»Nein, ich wollte mir nur einen Rat bei Ihnen holen.«

»Den habe ich Ihnen bereits erteilt.« Rosenfeld räusperte sich, ehe er zögernd fortfuhr: »Sehen Sie den Friedensvertrag mit Ägypten nicht als Erfolg der standhaften israelischen Politik an?«

»Doch, aber ich befürchte, daß ich heiraten muß, Sara will nämlich unbedingt . . .«

»Ich habe Ihnen ja schon gesagt, daß Sie davor keine Angst haben müssen. Im Gegenteil, es wird Ihnen guttun. Also Sie meinen auch, daß wir stark bleiben müssen. Das ist das einzige, was die Gojim verstehen.«

»Sprechen Sie als Therapeut oder als Stammtischpolitiker?«

»Als interessierter Zeitgenosse.«

»Auch die Nazis wollten besonders stark sein. Aber das funktionierte nur so lange, bis die anderen selbst stark genug waren, den starken Deutschen den Garaus zu machen.«

»Ihre Aussage ist in ihrer Konsequenz fatal. Das würde bedeuten, daß die Araber *uns* zerstören, sobald sie stark genug dazu sind, und das wird sicher bald der Fall sein, weil sie ihre Ölmilliarden benutzen, um sich damit in Ost und West jede Waffe zu kaufen, die sie brauchen, um uns zu vernichten.«

»Genau. Aber was tue ich mit Sara?«

Er sah mich mit schreckensweiten Augen an. »Um Gottes willen! Was kann man dagegen tun?«

»Gegen was, Herr Rosenfeld?«

»Gegen die arabischen Nazis?«

»Nichts! Man kann nur versuchen, das gleiche zu tun, was Sie hier tun sollten: zu reden, statt vorzugeben, stark zu sein.«

»Sie haben recht, Herr Goldmann.«

Was nützte es mir? Rosenfeld war ein paranoider Diasporajude wie wir alle. Von ihm einen Ratschlag zu erwarten, wie ich einer militanten israelischen Heiratskriegerin widerstehen konnte, war ebenso sinnvoll, wie ein Karnickel zum Berater zur Klapperschlangenbekämpfung zu machen. Ich mußte mich auf meine eigenen schwachen Kräfte verlassen und handeln. Es gelang mir zunächst, denn die Eheangst war ein gewaltiges Kampfstimulans.

Trotz meiner zögerlichen Natur handelte ich diesmal sofort. Noch am Nachmittag eilte ich zur Bank und ins Reisebüro, wo ich einen Flug für den nächsten Tag nach Israel buchte. Sara hatte von ihren Eltern ein Ticket nach Paris zu ihrem Onkel erhalten, mit Zwischenlandungen in Frankfurt und München. Nach dem Fiasko bei mir mußte sie nach Paris weiter, um vor ihrer Familie nicht vollständig das Gesicht zu verlieren. Also war ich in Israel am sichersten vor ihrer Heiratsfalle – dachte ich, stolz auf meine jüdische Lemmingslogik.

Nach einer gut überstandenen Nacht – Sara beschränkte sich aufs Vögeln und ersparte mir Tränen

– verschwand ich am nächsten Tag. Zum Abschied munterte ich sie ein wenig auf.

»Ich muß dringend zu einem mehrwöchigen Seminar über Israels Volkswirtschaft nach Jerusalem – tut mir leid. Schade! Wirklich schade – macht nichts.« Ich hatte Mühe, ein Grinsen zu unterdrücken. »Wir sehen uns ja bald.«

Hätte ich geahnt, wie schnell, wäre ich nicht so fröhlich gewesen. »Laß es dir in München und später in Paris gutgehen. Du kannst in meiner Wohnung so lange bleiben, wie es dir gefällt. Auch meine Eltern werden sich über deinen Besuch freuen, du hast ja gesehen, sie lieben dich. Also mach's gut.« Ich umarmte sie nochmals und fuhr zum Flughafen Riem, ohne meinen Eltern ein Wort zu sagen. Ich war doch nicht verrückt.

Geschafft! Entkommen! Alle überlistet – am gründlichsten mich selbst.

Meine euphorische Stimmung war nur von kurzer Flugdauer. In der Maschine nach Tel Aviv malte ich mir einen mehrwöchigen angstfreien Urlaub mit Marga aus, mit viel Bett, Schwimmen und Streicheln. Aber kaum war ich in Israel gelandet, erfaßte mich Panik.

Vor lauter Fluchtfreude hatte ich an gar nichts gedacht. Bei wem sollte ich wohnen? Ich besaß nicht genug Geld für einen Hotelaufenthalt. Udis Balkon inklusive Lungenentzündung? Inzest mit Meeresblick bei Rebecca? Oder gleich Kfar Yoram? Damit konnte ich mit einem Schlag klare Verhältnisse schaffen. Bei Marga und Sara. Einerseits. Andererseits hatte ich Marga versprochen, sie die nächste Zeit in Ruhe zu lassen. Wozu alte Wunden aufreißen bei ihr, Motti und Sara? Was sollte ich nur tun?

Wäre es nicht klug, einen Höflichkeitsbesuch bei

den Sharons zu machen? Dort hätte ich fürs erste ein Dach über dem Kopf und könnte in aller Ruhe weitersehen. Vielleicht ließ sich Marga doch – telefonisch – zu einem Kurzurlaub überreden. Oder ich traf zufällig ein anderes nettes Girl, mit dem sich was unternehmen ließ. Sara war ja weitab vom Schuß in Europa. Sobald sie wieder nach Israel kam, mußte ich mich eben wieder verdrücken. Ein zweites Mal konnte sie mir nicht nachreisen. Anstandshalber würde ich die letzte Nacht mit ihr verbringen. Ich hatte nichts gegen Sara. Im Gegenteil. Nur heiraten wollte ich nicht, nicht sie und auch keine andere Flunse.

Der Empfang bei den Sharons war orientalisch überwältigend. Vicky legte ihre gewohnte Zurückhaltung ab, umarmte und herzte mich »wie meinen eigenen Sohn«. Nur mit Mühe konnte ich Abraham und sein Weib davon abzubringen, mir ihr Schlafzimmer zu überlassen. Sie waren gerührt, daß ich bescheiden darauf bestand, in Mottis ehemaligem Bett zu schlafen.

Bald war auch ich bewegt – als Zippy mir vor dem Einschlafen atemlos die frohe Botschaft verkündete: »Shmuel, du bist ein Glückspilz. Sara kommt! Sie hat eben aus München angerufen. Sie kehrt morgen zurück. Und rate mal, wen sie mitbringt?« Zippy jubelte. »Deine Mutter. Was hast du, Shmuel? Du schaust plötzlich so komisch? Klar! Da bist du weg.«

In der Tat, ich war weg. Ich hatte ausgespielt. Sara und Bella hatten sich gegen mich verschworen. Gegen ihren vereinten Willen war ich ohnmächtig. Mein Widerstand war sinnlos geworden. Aus! Aus und vorbei! Keine Kara, keine Vera, keine Margalith mehr. Nur noch Ehe.

Nachts beruhigte ich mich einigermaßen. Immerhin war ich schon 30, hatte sogar über ein Jahr allein gelebt und meine Freiheit genossen. Die meisten Jidn heiraten schon mit Anfang 20, frisch aus dem elterlichen Nest. Außerdem – war die Freiheit wirklich so begehrenswert und die Ehe tatsächlich so furchtbar? Weshalb heirateten dann fast alle? Egal, ob Jud, ob Christ, ob Muselmann? Also war's auszuhalten. Und wenn ich schon heiratete, dann war Sara gewiß nicht die schlechteste Partie: Sie sah gut aus, war stockgeil, hatte Verstand und eiserne Nerven, wie sie soeben bewiesen hatte. Ich würde mich schon mit ihr arrangieren. Außerdem waren die Sharons eine warmherzige Mischpoche.

Bella hatte irgendwie recht. Es waren Juden, man mußte keine Angst haben, daß Schwiegervater, Onkel, Opa oder ein anderes Schwein vor vierzig Jahren Juden gekillt hatten.

Aber wieso mußte ich mich arrangieren, zum Teufel? Ich war mir gewiß, daß mich in dieser Ehe nichts Gutes erwartete. Keine jüdische Ehe war glücklich! Kein jüdischer Ehemann war zufrieden! Warum ging ich freiwillig in dieses Gefängnis?

Was heißt schon freiwillig? Bella und Sara zwangen mich doch dazu. Warum ausgerechnet Sara? Wenn schon heiraten, dann Margalith. Ich war wirklich total meschugge! Margalith, die ich liebte, ließ ich links liegen, und Sara, auf die ich nur scharf war, sollte ich – gezwungenermaßen – heiraten. Was heißt gezwungenermaßen? Konnten mich Sara und Bella zu einer Hochzeit nötigen? Es gab kein Gesetz, das mir eine Ehe vorschreiben konnte – nur meine jiddische Mamme und Sara. Das war ja das Verhängnisvolle! Mit Sara allein konnte ich zur Not durch eine rasche Flucht fertig werden, das hatte ich schon in München bewiesen. Aber Bella! Meine eigene Mamme fiel mir in den Rücken.

Wieso war ich Trottel ausgerechnet nach Israel gelaufen, geradewegs in eine jüdische Ehefalle?

Wollte ich vielleicht doch heiraten, ohne mir darüber im klaren zu sein, unbewußt sozusagen? Unsinn! Warum sinnierte ich ständig, statt sofort zu verduften? Ich fand keine Antwort. Ich wußte nur, daß ich verloren hatte. Ich war unfähig, mich zu wehren, sogar unfähig zur Flucht. Wie ein hypnotisiertes Kaninchen wartete ich auf die Ehe-Schlange. Sie ließ nicht lange auf sich warten. Am folgenden Nachmittag erschien sie – doppelköpfig.

Abraham, Vicky samt ihren Eltern und einer Reihe von Onkeln, Tanten und Kindern hatten sich am Flughafen versammelt, um Sara und meine Mamme gebührend zu begrüßen. Motti war eigens aus Kfar Yoram mit einem Armeetender gekommen und hatte einen Teil des Sharon-Clans zum Flughafen gekarrt. Schließlich erschienen Sara und Bella. Arm in Arm, synchron feist-zufrieden lächelnd. Endlich hatten sie mich soweit. Saras Freude verstand ich. Sie wollte und bekam mich. Aber Bella!

Begriff diese dumme Mutter-Kuh nicht, daß sie mich aus ihren Fängen verlor und den Klauen meines zukünftigen Eheweibs auslieferte? War meiner und Saras Mamme und ihren Mischpoches die Vermehrung unseres meschuggenen Volkes noch wichtiger als die lebenslange Beherrschung ihrer Brut? Oder begnügten sie sich damit, aus relativer Ferne die von ihnen gesäten, über Jahre sorgfältig aufgebauten und gepflegten Neurosen ihrer Kinder und Kindeskinder zu beobachten? Mein depressiver Gedankenfluß wurde von der vorstürmenden Sharon-Meute abrupt beendet. Dieser geballten jüdischen Mischpochen-Energie wichen selbst vielköpfige arabische und drusische Clans, die ebenfalls auf ihre Angehörigen aus Europa warteten.

Sara wurde von ihren Eltern, Großeltern, Geschwistern und dem übrigen Anhang vor Begeisterung schier zerjubelt. Bella dagegen empfing man scheurespektvoll.

So nette und bescheidene Menschen und doch warmherzige Juden. »Schalom, Schalom. Yes, yes. Nice travel I had.« Gott im Himmel! Die verstehen nicht mal ein Wort Englisch. Schwarze eben. Primitive Menschen. Und Geld haben sie sicher auch keins, um die Kinder zu unterstützen. Hätte er sich nur ein jüdisches Mädel in München ausgesucht! Von mir aus sogar diese Halbschickse Vera. Geld kann soviel helfen im Leben, aber dieser Idiot begreift es nicht. Nicht einmal das Studium ist ihm wichtig. Er wird niemals damit fertig werden. Zuletzt ist er ganz und gar verrückt geworden. Läßt seine Freundin stehen, die extra gekommen ist, um ihn zu besuchen. Ein jüdisches Mädchen! Und noch dazu eine gescheite und hübsche Person. So etwas Gelungenes findet er nie wieder. Anstatt sich zu freuen, daß wenigstens Sara ihn haben will, läuft der Meschuggene davon. Aber Sara hat sich mustergültig benommen. Sie hat nur gut über Samy geredet, obwohl dieser Taugenichts eine gehörige Abreibung verdient. Ich werde ihm den Kopf waschen, daß ihm Hören und Sehen vergehen wird. Er ahnt's schon, deswegen versucht er, sich hinter der Familie von Sara zu verstecken, dieser Feigling. Schlimmer als sein Vater. Na warte!

»Schalom Samy, mein Junge.«

»Schalom, Bella.«

»Du darfst deine Mamme ruhig umarmen. Nimm dir ein Beispiel an Sara, wie herzlich die zu ihren

Eltern ist, wie taktvoll, obwohl man auf den ersten Blick erkennen kann, daß es gewöhnliche Menschen sind.«

Samy umarmte mich zaghaft. Er sah ganz blaß aus. Immerhin war er zum Flughafen gekommen, das heißt, er hatte noch einen letzten Rest Anstand. Noch war nichts verloren, ich mußte ihn nur auf die richtige Bahn bringen. Für den Rest wird Sara schon sorgen. So eine anständige, vernünftige Frau hat er gar nicht verdient! Wenn Sara aus Deutschland wäre und ihre Eltern ein wenig Geld hätten, würde ihn so ein Mädel nie ansehen. Ein Glück, daß sie eine Israelin ist. Für die bedeutet es einen Aufstieg, einen europäischen Juden heiraten zu können.

»Weißt du Nichtsnutz überhaupt, warum ich hergekommen bin?«

»Nein.«

»Dann werde ich es dir auf der Stelle sagen . . .«

»Mammele, es ist unhöflich, sich im Beisein der Sharons deutsch zu unterhalten.«

»Aber ihre Tochter mutterseelenallein in einem fremden Land stehenzulassen, das ist wohl höflich?«

»Aber ich mußte doch ein Seminar . . .«

»Das kannst du anderen erzählen. Du bist weggelaufen. Du hast dich davongestohlen wie ein Dieb.«

»Mamme, bitte schrei nicht so rum, es ist mir peinlich . . .«

»Gut, reden wir nicht mehr darüber. Ich sage dir nur eins: Du wirst Sara heiraten. Ich bin hergekommen, um die Hochzeit vorzubereiten. Am Wochenende kommt dein Vater, und dann wird geheiratet.«

»Aber . . .«

»Kein Aber!«

»Aber die Sharons wissen davon gar nichts.«

»Dann werden sie's sofort erfahren. Dafür wird

Sara schon sorgen. So ein herrlicher Mensch! Sei froh, daß sie dich nimmt.«

Endlich hielt er den Mund. Er hatte verstanden. Ich konnte mich nun um Saras Familie kümmern. »Masel tov! Masel tov!« Ich verstand kein Wort ihrer Erwiderung. Sara war so freundlich, mir alles zu übersetzen. »Sie freuen sich sehr, daß du gekommen bist.«

»Ich auch. Sage ihnen, daß ich zu eurer Hochzeit gekommen bin.«

Sara wurde rot. »Später, Bella, wenn wir zu Hause sind.«

»Unsinn. Wichtige Dinge muß man immer gleich erledigen.«

Sie lächelte verlegen, dann sprach sie leise auf ihre Eltern ein. Sie hörten zu, trotz des ganzen Tohuwabohus um sie herum.

Zunächst blickten sie ratlos drein. Danach gingen ihre Eltern zu den beiden älteren Menschen, »das sind meine Großeltern«, sagte Sara, und palaverten ganz aufgeregt mit ihnen. Wie auf einem Basar. Schließlich lachte der kräftige alte Mann freundlich, zwinkerte Saras Vater zu, dann umarmte er Saras Mutter. Gott sei Dank! Dann rief er nach Sara. Er legte seine rechte Hand auf Saras Kopf und murmelte einen Segen. Ein richtiger Patriarch, wie mein Großvater in Polen, Gott hab' ihn selig. Nachdem der alte Herr sie gesegnet hatte, ging Sara auf meinen Jungen zu und küßte ihn auf die Wange. Danach kamen beide zu mir. Samy war ganz blaß, meine Schwiegertochter dagegen hatte ein rot erhitztes Gesicht. »Bella, mein Großvater heißt unsere Ehe gut. Es war eine gute Idee von dir, ihn sofort zu fragen.« Sie gab mir einen Kuß. »Mein Großvater möchte jetzt Samy und dir seinen Segen erteilen.«

Daß ich das noch erleben durfte! Wenn doch meine

gottseligen Eltern diesen Moment erleben könnten! Mein Samuel, ihr einziger Enkel. Jetzt werden sie endlich Frieden finden. Nicht auszudenken, wenn mein Sohn eine Nazitochter geheiratet hätte! Der Ewige hatte meine Gebete erhört.

Sara nahm mich an der Hand und führte mich zu ihrem Großvater. Was für ein imposanter Mann. Alt, aber ungebrochen. Und ganz klare, helle Augen, obwohl er ein Orientale ist. Ich verbeugte mich tief vor ihm. Das letzte Mal hatte ich mich vor meinem Vater verbeugt, als mich die Ghetto-Polizei 1942 in Warschau zur Zwangsarbeit in einen deutschen Rüstungsbetrieb verschleppte. Mein Vater hatte mir den Segen erteilt: »*Möge dich der Ewige segnen und beschirmen auf all deinen Wegen und bei all deinen Taten.*«

Jetzt legte der alte Mann seine Rechte auf die Stirn meines Sohnes und segnete ihn mit dem gleichen Gebet wie einst mein Vater mich. Wir sind alle Juden. Herr, ich danke dir! Dann rief der Großvater mit fester Stimme meinen Namen. Auch mir legte er seine starke Hand auf die Stirn und sprach das Gebet. Als er fertig war, ergriff ich seine Rechte und küßte sie. Im gleichen Moment brach ein furchtbarer Lärm aus. Jeder herzte jeden. Ich wurde sogar von einem Mann in Uniform umarmt.

»Das ist mein Bruder Mordechai, er ist Offizier in unserer Armee«, sagte Sara stolz. Ich fühlte mich vollkommen erleichtert, als ob eine Last, die mich jahrelang gedrückt hatte, von meinen Schultern gefallen wäre. Mein Leben hatte doch einen Sinn gehabt! Nur Rebecca und ich hatten überlebt. Mein Sohn war der einzige Nachkomme unserer Familie. Mit Gottes Hilfe würde ich ihn in wenigen Tagen mit einer anständigen jüdischen Tochter verheiraten. Lieber Gott, laß sie glücklich sein und sich vermehren!

Ich umarmte meine Kinder. Meine Kinder! Dann mußte ich weinen. Aber ich wischte mir die Tränen sofort weg, damit es niemand sah. Die Verwandten von Sara schrien wie Wilde herum. Ich war ganz verloren und hielt mein Jingele an der Hand. Plötzlich hielt ein braunes Lastauto direkt vor mir. Ich wurde hineingeschoben und saß vorne, neben Samy, seiner Braut und ihrem Bruder, dem Offizier. Hinter uns im Gepäckraum hockte die übrige Familie. Sie sangen Lieder. Eins davon kannte ich. »*Hewenu Schalom alejechem – Wir bringen euch Frieden.*«

Hoffentlich war auch mir das gelungen. Wir fuhren nach Tel Aviv zu Saras Wohnung.

Alle waren nett zu mir. Aber es war eben eine ganz andere Welt, ganz andere Menschen. So viele Kinder und das ewige Geschrei – wie bei Arabern. Ich bekam sofort eine Migräne.

Und dieses Essen! Sie gaben sich alle Mühe, es war bestimmt auch koscher, aber absolut unverdaulich. Irgendein Beduinenfraß. Die Leute hatten natürlich auch keine Ahnung von Hygiene. Kaum hatte ich, aus Höflichkeit, einige Bissen zu mir genommen, bekam ich schon Sodbrennen und Durchfall. Ich mußte mich sofort hinlegen. Samy nutzte die Gelegenheit, um sich vor mir zu verstecken. Trotz aller Strapazen und meiner Krankheit mußte ich ihn zur Vernunft bringen. Ich ließ ihn von Sara rufen, die sich rührend um mich kümmerte. Nach einer Ewigkeit kam er, nach Schnaps stinkend wie ein Goj.

»Schämst du dich nicht? Deine Mutter ist krank, und du besäufst dich am hellichten Tag?«

»Ich habe nur ein wenig mit Abraham gefeiert, daß ich jetzt seine Tochter heirate.«

»Und was habt ihr besprochen?«

»Nichts.«

»Das hab' ich mir gedacht, du Golem! Merkst du nicht, was hier vorgeht?«

»Wieso? Was?«

»Und dieser Vollidiot ist mein Sohn. Gott im Himmel!«

»Was willst du eigentlich?«

»Daß du, statt dich betrunken machen zu lassen, mit diesem Abraham, oder wie er heißt, ein ernstes Wort redest und eine ordentliche Mitgift für seine Tochter herausholst.«

»Aber ich wußte doch gar nicht, daß wir heiraten – bis vor ein paar Stunden.

»Jetzt weißt du's.«

»Ja.«

»Was heißt ja? Du gehst sofort zu Saras Vater und sprichst mit ihm über die Mitgift.«

»Willst du nicht lieber mit ihm darüber sprechen?«

»Was bist du nur für ein Schlappschwanz?«

»Aber ich habe so was noch nie gemacht, Mamme.«

»Dann wird es höchste Zeit.«

»Warum redet nicht Herschl mit Saras Vater über diese Sache.«

»Weil dein Vater noch nicht da ist. Außerdem ist er der gleiche Waschlappen wie du.«

»Aber die Sharons haben doch kein Geld.«

»Für deine Blödheit gibt es keine Worte. Statt mit ihnen hart zu verhandeln, macht sich mein schwachköpfiger Sohn Sorgen um diesen Abraham. Kein Jude hat kein Geld, merk dir das. Wenn er Kinder hat, dann hat er auch eine Verantwortung, dafür muß er zahlen. Das weiß er. Außerdem können die alle feilschen wie die Araber auf dem Basar.«

»Aber ich nicht.«

»Das merke ich. Du bist einfach nicht lebenstüchtig!«

»Du versündigst dich, Mamme. So was darfst du nicht sagen.«

»Aber dir die Kastanien aus dem Feuer holen, das darf ich?«

»Ich bin Wissenschaftler, kein Krämer.«

»Du bist ein Drückeberger, das ist alles. Und jetzt hol den Abraham her, aber sofort.«

Der Junge trieb mich noch in den Wahnsinn. Die kranke Mutter mußte ihn unter die Haube bringen. Und jetzt durfte ich sogar die Mitgift für ihn einhandeln. Als Sara mit ihrem Vater zu mir ins Schlafzimmer kam, versteckte sich Samy, so gut es ging, hinter seiner Braut – schlimmer als Herschl.

»Madame Bella, comme ça?« begrüßte mich der Alte.

»Danke, leider geht es mir sehr schlecht, aber ich bin nicht zur Erholung hergekommen, sondern um unsere Kinder glücklich zu machen. Ich muß mit Ihnen über die Mitgift Ihrer Tochter reden. Ich weiß, daß das Leben in Israel schwer ist und daß Sie sehr viele Kinder haben, Gott soll sie segnen. Deshalb möchte ich nur 50 000 Dollar Mitgift für Ihre Tochter, Sie wissen ja, wie teuer heutzutage die Gründung eines Haushalts ist.

Sara blieb stumm. »Wieso übersetzt du deinem Vater nicht, was ich gesagt habe, Sara?«

»Weil mein Vater nicht soviel Geld hat.«

»Dann soll er einen Kredit aufnehmen. Man kann nicht einfach Kinder in die Welt setzen und sich dann vor der Verantwortung drücken.«

»Mein Vater will sich nicht drücken.«

»Das möchte ich von ihm selber hören.«

Endlich sagte ihm Sara etwas auf hebräisch. Abraham wurde blaß. Wegen 50 000 Dollar! Was dachte er sich eigentlich? Wollte er, daß seine Tochter einen Europäer heiratet, oder nicht?

Der Alte redete auf seine Tochter ein. Dann drehte Sara sich zu mir und sagte:

»Bella! Mein Vater ist ein ehrlicher Mann, er hat das Geld nicht. Er wird auch keine Schulden machen.«

»Und wovon sollt ihr leben? Und wovon eure Wohnung einrichten?«

Sara sah mich an, ohne zu antworten.

»Wieviel kann er dann geben?«

Sara redete wieder mit ihrem Vater. Er antwortete ihr mit lauter Stimme.

»Mein Vater hat kein Geld. Aber er ist bereit, uns die Wohnung einzurichten.«

»Gut. Das macht ungefähr 30 000 Dollar. Er soll das Geld übermorgen Herschl geben, wenn er herkommt. Mein Mann wird, sobald wir wieder in Deutschland sind, die Möbel bestellen.«

»Wieso in Deutschland? Hier sind sie nicht viel teurer, und wir müssen keinen Zoll und Transport zahlen.«

»Weil ihr in Deutschland leben werdet.«

Sara sah mich ganz komisch an: »Davon hast du mir in München nichts gesagt, Bella. Meine Eltern werden nie erlauben, daß ich ins Ausland gehe.«

Sie tuschelte wieder mit ihrem Vater.

Plötzlich sprang er auf und brüllte mich an. Ich verstand kein Wort. Sara versuchte vergeblich, ihn zu beruhigen. Aber er schrie immer lauter. Die Spucke spritzte ihm aus dem Mund. Seine dunklen Augen funkelten irr. Herr der Welten, an welch primitive Menschen war mein Sohn da geraten! Aber wenn der Wüterich glaubte, mich einschüchtern zu können, war er an die Falsche geraten.

»Was schreit dein Vater rum wie ein Verrückter, Sara?«

»Mein Vater ist kein Verrückter.«

»Aber er benimmt sich so. Sag ihm, er soll sich zivilisiert verhalten, wie es sich gehört.« Sie schwieg. »Samy. Vielleicht hat Sara mich nicht richtig verstanden und ihm was Falsches gesagt. Sag ihm, ich bin mit 20 000 Dollar einverstanden. Aber das ist mein letztes Wort. Sonst muß er sich nach einem anderen Schwiegersohn umsehen.«

»Er hat nicht soviel Geld, Mamme.« Samy war ganz verzweifelt.

»Er hat! Wenn er nur will. Diese Orientalen haben alle große Familien. Da kratzt man so eine lächerliche Summe schnell zusammen.«

Samy traute sich immer noch nicht, ein Wort zu sagen, also mußte ich weiter mit Sara verhandeln. »Ich bitte dich, deinem Vater zu sagen, daß ich mit 20 000 Dollar einverstanden bin. Weiter kann ich ihm nicht entgegenkommen.«

»Bella, es geht ihm weniger um die 20 000 als um mich. Er will, daß ich hierbleibe.«

»Also hat er das Geld doch! Er soll erst mal das Geld geben, dann sehen wir weiter.«

»Bella, bitte! Mein Vater meint es ernst. Er wird nie zulassen, daß ich aus Israel zu den Gojim fortgehe. Er hat es mir geschworen, bei Gott und dem Leben unserer Familie.«

»Er wird sich schon beruhigen. Also über die 20 000 sind wir uns einig, ja?«

Sara sah mich traurig an, dann lief sie weinend aus dem Zimmer. Ihr Vater rannte ihr schreiend nach, wie ein wildgewordener Derwisch, auch Samy wollte hinterher.

»Du bleibst hier, mein Junge!«

»Siehst du, was du angestellt hast, Mamme? Sara und ihr Vater sind total gekränkt!«

»Die können gekränkt sein, soviel sie wollen. Dieser Abraham ist ein meschuggener Halbwilder.«

»Aber er ist doch Saras Vater.«

»Na und? Weißt du, weshalb er sich so aufregt?«

»Weil er seine Tochter hierbehalten will natürlich.«

»Idiot! Er brüllt rum, weil er nicht zahlen will, das ist alles.«

»Kannst du nie einen Menschen ernst nehmen?«

»Das tue ich, keine Sorge. Ich lasse mir bloß nichts vormachen. Und von denen schon gar nicht.«

»Er meint es ernst, glaub es mir, Mamme. Die Sephardim haben ein starkes Ehrgefühl.«

»Ehrgefühl, Schmergefühl. Hör mal gut zu, mein Kind. Das sind alles ganz ausgekochte Menschen, auch deine Braut. Laß dir kein X für ein U von denen vormachen. Außerdem können sie sich nicht benehmen. Ich habe hier nichts mehr zu suchen! Jetzt mußt du die Suppe auslöffeln, die du dir eingebrockt hast. Ich fahre zu Rebecca. Du bleibst hier und sagst dem Alten folgendes: Ich bin nach wie vor bereit, zu eurer Hochzeit ja zu sagen, aber nur unter zwei Bedingungen. Erstens, 20 000 Dollar Mitgift und zweitens, ihr wohnt in Deutschland, und zwar gleich nach der Hochzeit. Erzähl das deinem zukünftigen Schwiegervater. Und wenn er sich auf den Kopf stellt und tobt und die Zähne fletscht wie ein tollwütiger Hund, es wird ihm nichts nützen. Entweder Deutschland, oder er kann seine Tochter behalten. Mal sehen, ob er einen anderen Dummen findet, der unter 50 000 Dollar geht. Wenn er nicht zahlen kann, dann muß er eben seine Tochter ziehen lassen. So war's immer und so wird es immer bleiben.«

»Nicht bei den Sharons! Der Alte meint wirklich,

was er sagt. Du wirst sehen, Bella. Weshalb hast du dann überhaupt die Hochzeit eingefädelt?«

»Weil Sara, im Gegensatz zu dir, ein kluger Mensch ist. Ein Tagträumer wie du braucht eine solche Frau, sonst ist er verloren. Und wegen der Hochzeit mußt du dir keine Sorgen machen. Sie werden bald zu Kreuze kriechen, so einen günstigen Handel werden sie sich nicht entgehen lassen.«

Bella behielt Recht. Sobald sie mit dem Taxi abgedampft war und mich mutterseelenallein bei den Sharons gelassen hatte, hob ein irres Palaver an. Das Komische war, daß Sara nun ihrem Vater bittere Vorwürfe machte und ihn anbrüllte.

»Verlangst du, daß ich zum Gespött der ganzen Familie werde? Daß mein Vater als größter Geizkragen bekannt wird, dem seine Tochter nicht mal einen halben Schekel wert ist?«

»Du willst immer nur die feine Dame spielen. Studieren, einen gottverdammten Europäer heiraten und dann ins Ausland ziehen und deine Eltern abstreifen und wegwerfen wie einen alten Schuh.«

Abrahams Antlitz war zornrot.

»Ich werde euch immer lieben!« schrie Sara mit hoher Stimme zurück.

»Dann mußt du tun, was dein Vater sagt.«

»Großvater hat uns seinen Segen gegeben, daran kannst nicht mal du was ändern.«

»Aber er hat nichts davon gesagt, daß ihr zu den Gojim ins Ausland gehen sollt.«

»Kannst du uns hier ernähren? Shmuel und ich müssen erst fertig studieren. Dann kommen wir zurück. Stimmt's, Samy?«

»Sicher.« Was sollte ich sonst sagen?

»Siehst du!«

»Ihr seid alle verdammte Lügner. Ihr wollt mich nur arm machen und meine Familie zerstören.«

Vicky hatte sich die ganze Zeit im Hintergrund gehalten und zu Abrahams wildesten Tiraden geschwiegen. Jetzt wurde es ihr zu dumm. »Genug, Abraham! Reg dich nicht so auf und denk mal nach. Du weißt genau, was eine Wohnung in Israel kostet. Wenn du deine Tochter verheiraten willst, dann mußt du auch dafür zahlen, so einfach ist das.«

»Ich habe das Geld nicht.«

»Dann mußt du deine Tochter ins Ausland gehen lassen.«

»Nie im Leben! Eher bringe ich sie um!« brüllte Abraham aus vollem Hals.

Vicky blieb unbeeindruckt. »Ruhig, Abraham, ruhig. Du wirst niemanden umbringen. Du bist kein Mörder, sondern ein anständiger Mensch. Darum hast du so wenig Geld. Und darum darfst du Sara nichts in den Weg legen. Sie ist eine junge Frau und muß heiraten. Und Shmuel ist ein anständiger Junge. Sara liebt ihn, und mein Vater als Familienoberhaupt hat den Kindern seinen Segen erteilt. Sobald genug Geld da ist, werden wir die Kinder zu uns holen und als glückliche Familie zusammenleben. Aber jetzt wirst du, genau wie mein Vater, den Kindern deinen Segen geben.«

Abraham hatte seiner Frau zunächst aufgeregt, später resigniert zugehört. Als Vicky fertig war, schlich er aus dem Zimmer. Sara rannte ihm nach.

Vicky blieb sitzen. »Shmuel, schließe bitte die Tür, ich muß mit dir reden.«

Ich sprang auf und machte die Tür zu.

»Ja, Vicky?«

»Du weißt, daß ich dich wie einen Sohn liebe.«

»Ja, Vicky.«

»Deshalb stehe ich auch voll hinter Sara und dir, obwohl Abraham recht hat.«

»Aber . . .«

»Weißt du, was es für jüdische Eltern bedeutet, wenn ihr Kind ins Ausland geht? Besonders für Sephardim, wo die Familie das höchste Gut ist? Mein Vater hat euch den Segen gegeben, weil er sich nichts anderes vorstellen kann, als daß ihr in Israel lebt. Sonst wird er seinen Segen zurücknehmen.« Sie blickte mich ernst an.

»Du weißt, was das bedeutet?«

»Nein.«

»Daß es euch vor Gott und den Menschen verboten ist zu heiraten, ja sogar, euch zu sehen. Und du weißt ganz genau, daß Sara sich an sein Wort halten wird.«

»Ja, Vicky.«

»Ich will euer Glück, Samy.«

»Was, was tun wir jetzt, Vicky?«

»Ich schwöre dir, daß ich nicht ruhen werde, bis ich Abraham dazu bringe, daß er euch seinen Segen geben wird.«

»Ja, Vicky.«

»Du weißt, was du zu tun hast?«

»Ja, ein guter Mann zu sein.«

»Sicher.« Vicky belächelte meine Begriffsstutzigkeit. »Gewiß, aber im Moment gibt es Wichtigeres zu tun. Ich habe für dich bei meinem Mann gekämpft, jetzt mußt du auch etwas machen.«

»Was?«

Vicky sah mich ernst an, schwieg eine Weile, dann sprach sie bestimmt: »Samy, du mußt mit deiner Mutter reden. Ich will, daß ihr heiratet, weil du der richtige Mann für meine Sara bist, und ich bin sogar bereit, meine Tochter mit dir einige Zeit ins Ausland gehen zu lassen.«

»Danke, Vicky.«

»Aber du mußt auch für euer Glück kämpfen.«

»Wie?«

»Indem du bei deiner Mutter die Ehe durchsetzt.«

»Kein Problem, Vicky. Meine Mutter will, daß Sara und ich heiraten, deshalb ist sie doch hergekommen.«

»Ja, aber sie will auch 20 000 Dollar von uns. Und wir haben das Geld nicht.«

»Aber Sara hat doch gesagt, daß das Geld kein Problem ist.«

»Sie meint damit, daß es kein Problem sein darf. Damit hat sie recht. Wenn man sich liebt, darf Geld keine Rolle spielen.«

»Stimmt, Vicky.«

»Gut, mach das bitte deiner Mutter klar. Sag ihr, daß Abraham und ich euch das Geld mit Freuden geben würden. Alles, was wir haben. Aber wir haben leider nichts. Ist es eine Schande, arm zu sein?« Tränen standen in ihren Augen.

»Nein, Vicky. Ich werde mit meiner Mutter sprechen.«

Ihre Miene hellte sich auf. »Ich habe nie etwas anderes von dir erwartet, mein Sohn. So darf ich dich jetzt nennen?«

»Sicher, Vicky.«

Endlich durfte ich für eine gerechte Sache kämpfen. Vicky stand auf. »Gut. Dann fahre sofort zu deiner Mutter und rede mit ihr. Nimm Abrahams Auto.«

»Ich weiß nicht, ob . . .«

»Du darfst. Schalom.«

Ich machte mich auf den Weg.

»Ich habe schon immer gewußt, daß du ein Trottel bist, aber daß du so naiv bist, dich von diesen primitiven Schwarzen vollständig einwickeln zu lassen, habe nicht einmal ich geglaubt.«

»Die Sharons haben das Geld nicht.«

»Idiot!«

»Wie sprichst du mit mir?«

»Wie es sich für einen Idioten gehört. Ich habe dir schon immer gesagt, daß du dir keine Sorgen um die Schwarzen machen mußt. Sie haben Geld.«

»Aber Abraham ist doch nur ein Angestellter.«

»Angestellter! Sara hat mir erzählt, daß sie an einem Textilgeschäft beteiligt sind und noch eine andere Wohnung in Tel Aviv haben, die sie vermieten.«

»Davon wußte ich nichts.«

»Weil du dich für nichts interessierst.«

»Aber . . .«

»Kein Aber! Du fährst jetzt sofort zurück und sagst den Wilden, daß unter 20 000 Dollar nichts läuft.« Mamme schüttelte verärgert ihren Kopf. »Diese Blutsauger.«

»Nein!«

»Doch!«

»Nein!«

»Bist du mein Sohn oder ihr Kind? Nimm dir ein Beispiel an Sara, wie die zu ihren Eltern steht, sogar zu diesem Derwisch.«

»Er ist ihr Vater.«

»Und ich bin deine Mutter! Also fahr hin und bestehe auf den 20 000. Sag ihnen, sonst nehmen wir das nächste Flugzeug nach München.«

Meine Mamme sah die Sache nüchtern, obwohl sie mich unter die Haube bringen wollte. Die Sharons waren wohl doch nicht so arm wie sie neuerdings taten. Andererseits hatte ich Vicky mein Wort gegeben, und außerdem konnte ich nicht feilschen.

»Von mir aus fährst du nach Deutschland zurück. Ich bleibe hier und heirate Sara.«

Bella lachte hysterisch. »Jetzt bist du komplett meschugge geworden. Von was willst du leben? Und wo, wenn ich fragen darf?«

Ich hatte keine Ahnung.

»Warum meinst du, wollen die Sharons, daß du ihre Tochter heiratest? Etwa weil du so schön bist?«

»Weil sie mich gern haben.«

»Du Meschuggener! Du Trottel!«

Noch nie hatte ich meine Mamme so kreischen hören. Rebecca trat in den Raum. »Was ist hier eigentlich los?«

»Dein Neffe ist total übergeschnappt, das ist alles. Er glaubt, daß die Schwarzen ihn als Schwiegersohn haben wollen, weil sie ihn so lieb haben.«

»Was ist daran so meschugge, Bella?«

»Sie wollen keine Mitgift bezahlen, das ist alles.«

»Wieviel verlangst du?«

»Ganze 20 000.«

»Dollar oder Schekel?«

»Dollar! Es ist wohl das mindeste bei dieser Inflation hier.«

Rebecca sah mich an: »Das ist wirklich so gut wie nichts, Samy.«

»Sie sagen, daß sie's nicht haben.«

»Sie lügen. Natürlich. Die Schwarzen versuchen immer, uns reinzulegen.«

»Da hörst du's! Sogar deine Tante weiß es.« Mamme tobte weiter.

»Halt mal den Mund, Bella. Es geht jetzt um mehr als um deine miesen 20 000. Es geht um unser Kind. Obwohl ich allen Grund hätte, ihn zu verachten«, Rebecca sah mir direkt in die Augen, »liebe ich ihn wie mein eigenes Kind, ich kann nichts dafür.«

Noch eine Mamme.

»Es geht jetzt um Samuels Zukunft. Wir wissen alle, daß er ein leichtsinniger Bursche und ein Schürzenjäger ist und sich mit Schicksen herumtreibt und seit Jahren sogar mit dieser Nazitochter befreundet ist, allen Schwüren zum Trotz. Willst du, daß er die Nazitochter heiratet?«

»Verflucht soll sie sein, Herr der Welten.«

»Was ist dir wichtiger, dein Sohn oder die 20 000 Dollar?«

»Frag nicht so blöd, Riwka.« Bella hatte sich wieder in der Gewalt.

»Dann verzichte auf das Geld. Du hast mir selbst gesagt, daß Sara ganz vernünftig ist, obwohl sie schwarz ist.«

»Die werden schon nachgeben.«

»Und wenn sie nicht nachgeben?«

»Sie müssen!«

»Einen Dreck müssen sie. Samuel ist für die nur interessant, weil sie keinen Schekel hinlegen müssen. Wenn sie 20 000 Dollar zahlen sollen, ist es kein Geschäft mehr für sie. Für dieses Geld werden sie ihre Tochter zur Not auch in Israel los und müssen sich nicht von ihr trennen.«

»Sie werden nachgeben.«

»Das werden sie nicht!«

»Du hast noch nie gute Nerven gehabt, Riwka.«

»Es geht hier nicht um meine oder deine Nerven, sondern um die Zukunft unserer Familie. Willst du, daß der einzige überlebende Enkel unserer ermordeten, gottseligen Eltern die Tochter eines Nazimörders heiratet?«

»Nein!«

»Eben! Samuel wird seine Sara heiraten. Ich werde mit ihren Eltern sprechen, obwohl ich haargenau weiß, daß sie keinen Schekel herausrücken werden. Aber die Hochzeit sollen sie wenigstens ausrichten. Und um die Mitgift brauchst du dir auch keine Sorgen machen. Ich, ich meine Itzig und ich, werden den Kindern ein ordentliches Geschenk machen, das ihnen bei der Gründung ihrer Existenz helfen wird.«

»Wieviel?«

»Genug.«

»Wieviel, Riwka?«

»Zehntausend!«

»Dollar?«

»Nein, Schekel.«

»Behalt deine Schekel! Die Kinder brauchen Geld, keine Inflationszertifikate, Samy, komm, wir fahren ab.«

»Zehntausend Dollar!« Riwka jagte ihre Stimme in schwindelerregende Höhen. »Itzig muß mindestens ein Jahr für diese Summe arbeiten, aber es ist meine Pflicht, alles für die Zukunft des Enkels unserer gemeuchelten Eltern zu tun.« Und den einzigen Mann, mit dem sie es gewagt hatte, Itzig zu betrügen.

Kümmerte sich, über all den ermordeten Eltern, hintergangenen Ehemännern, eingesparten oder geschenkten Dollars und Schekeln, jemand um mein persönliches Glück? Alle behaupteten es. Der einzige, der wissen mußte, was gut für mich war, war ich selbst.

»Wenn nicht ich für mich einstehe, wer dann?« heißt es im Talmud. Aber ebenso wie unzählige Generationen jüdischer Ehemänner vor mir besaß ich nicht die Kraft, dem geballten Familienwillen aller wirklichen und Möchtegern-Mammes um mich herum zu widerstehen.

Alles lief nach Rebeccas Wunsch. Erstmals hatte sie ihren Kopf gegenüber ihrer älteren Schwester, meiner

Mamme, durchsetzen können, zum lächerlichen Preis von 10 000 Dollar. Vicky stimmte noch am Abend unserer Ehe zu, sie war einverstanden, daß Sara und ich nach der Hochzeit »zunächst« in Deutschland leben würden. Und sie versprach, die Hochzeit binnen einer Woche in Mottis Kibbuz ausrichten zu lassen.

Zwei Tage vor der Trauung holte ich meinen Vater am Flughafen ab. Herschl sah ein wenig zerknautscht aus. Die Hitze und die hohe Luftfeuchtigkeit machten ihm offensichtlich zu schaffen. Statt direkt zu Rebecca zu fahren, steuerte ich ein ruhiges Strandcafé in Tel Aviv an. Erschöpft ließ sich Herschl in einen Plastiksessel fallen. Nach einer kräftigen Tasse Tee wurde er jedoch wieder munterer und begann, mich nach den Hochzeitsvorbereitungen zu fragen.

»Alles in Ordnung, Tate. Im Moment liegt mir aber was anderes am Herzen. Ich wollte dich schon immer fragen, wie hältst du's nur mit Bella aus?«

Sofort zog Herschl schutzsuchend den Kopf zwischen die Schultern.

»Wie meinst du das?«

»Warum läßt du dich dauernd von ihr herumkommandieren?«

»Das machen die anderen doch auch so.«

»Genau! Wieso lassen sich alle Jidn von ihren Weibern so beherrschen?«

Herschl blinzelte gegen die Sonne, dann wandte er mir sein Gesicht zu, ein verschmitztes Lächeln flog über seine Lippen. »Weil wir's nie anders gelernt haben.«

»Wie meinst du das?«

»Schau mich an. Als Kind hat mir meine Mamme immer gesagt, was ich tun sollte.«

»Das ist doch bei den Gojim genauso.«

»Nein. Bei denen hat der Vater auch was zu sagen. Bei uns sieht man als Kind den Vater praktisch nie. Mein seliger Tate war die ganzen Jahre entweder auf der Jeschiwa oder als Vertreter unterwegs. Freitagabends kam er heim, gleich darauf ging er in die Synagoge. Am Schabbes war er fast den ganzen Tag im Bethaus. Am Sonntag war er schon wieder unterwegs. Nie hat er sich um uns Kinder gekümmert. Unsere Mamme dagegen war ständig um uns. Sie stand uns mit Rat und Tat und Trost immer zur Seite. Und sie hat uns dauernd gesagt, was richtig und was falsch war. Sie hat unser Leben bestimmt – den ganzen Tag.« Herschl blickte auf seine bleichen Hände. Seine Stimme wurde belegt. »Ich muß dir jetzt etwas ganz Schreckliches erzählen, Samuel. Ich habe noch mit niemand darüber geredet, nicht mal mit Bella. Du mußt mir versprechen, keinem ein Wort zu sagen.«

»Sicher, Tate.« Ich streichelte seine Hände – zum ersten Mal seit ich erwachsen war.

»Du weißt ja, daß ich als junger Bursche ins KZ kam. Es war die Hölle. Aber trotzdem – es war einfacher als später.«

»Wie meinst du das?«

»Wir kannten alle nur ein Ziel: zu überleben.« Herschls Stimme zitterte. »Es ist furchtbar, aber es stimmt. Die SS-Leute und die Kapos nahmen die Stelle unserer Mammes ein. Der Vergleich ist schlimm, denn unsere Mammes halfen uns, die SSler quälten uns und wollten uns vernichten. Aber eins war wie zu Hause – sie sagten uns immer, was wir zu tun hatten.« Herschl schluckte. Erst nach einer Weile sprach er zögernd weiter.

»Am schlimmsten war es nach dem Krieg. Fast jeder hatte seine Familie verloren, auch ich. Jahrelang hockten wir in den Flüchtlingsbaracken, fast wie zuvor im KZ. Keiner sorgte für mich, keiner sagte mir, was ich zu tun hatte. Niemand kochte, wusch, flickte und bügelte mir die Wäsche. Niemand! Am schlimmsten war, daß ich keinen Menschen hatte, der mich liebte, der mir Wärme gab und ein gutes Wort. Ich war total verzweifelt. Oft dachte ich daran, Schluß zu machen, um endlich Ruhe zu haben. Aber ich durfte nicht, denn von uns hatte niemand überlebt. Ich mußte weiterleben, damit ich das Kaddisch für meine Familie sagen konnte.« Er machte eine Pause. »Da lernte ich eines Tages deine Mutter kennen. Auch ihre Familie war ermordet worden. Wir halfen uns gegenseitig, so gut wir konnten, und sofort ging es uns besser. Endlich hatte ich wieder einen Menschen, der mich gern hatte, mich brauchte, mir half, für mich sorgte und mir sagte, was richtig und was falsch war.« Er lächelte matt. »Stimmt, sie will dauernd ihren Kopf durchsetzen. Na und? Soll sie doch, wenn es ihr so wichtig ist. Soll sie's noch hundert Jahre tun! Ich habe nichts dagegen. Manchmal ist es ein bißchen lästig, zugegeben. Aber dann sage ich mir immer: Herschl, du mußt dem Ewigen dankbar sein, daß er dir eine Frau gegeben hat, die dir Liebe schenkt und die für dich sorgt, und das Wichtigste«, er sah mich voller Zärtlichkeit an, »die mir einen Sohn geschenkt hat, der eines Tages für mich das Kaddisch sagen wird.«

»Aber Tate, die gojischen Frauen sorgen auch für ihre Männer und lieben sie. Trotzdem versuchen sie nicht dauernd, sie herumzukommandieren.«

»Bist du da so sicher? Und außerdem, Samuel, unsere Frauen hatten sehr viel mehr durchzumachen als die Schicksen. Ohne ihre Stärke hätte unser Volk nie überlebt. Seien wir froh, daß sie so stark sind. Dann wissen wir immer, daß wir uns auf sie verlassen können, das gibt Sicherheit.«

Hatte mein Vater recht? Oder war die ständig zur Schau getragene Stärke der jüdischen Weiber nicht ebenso lächerlich und unnötig wie der dauernde Männlichkeitswahn der gojischen Männer? Bald würde ich Gelegenheit haben, mich mit diesen Fragen höchst persönlich herumzuschlagen.

Die Nacht vor der Hochzeit verbrachte ich, wie es sich gehört, bei meiner Familie. Bis Mitternacht mußten Itzig, meine Eltern und ich Rebeccas pathetische Geschichten über ihre »gottseligen Eltern« anhören. Als Riwkale zum wiederholten Male von ihrem »heiligen Vater« und dessen unendlicher Güte und Barmherzigkeit tönte, wurde es meiner Mamme zu dumm. »Soweit ging seine Güte und Barmherzigkeit nicht, daß er dir nicht ordentlich den Hintern versohlt hat, wenn du es nötig hattest – und das war häufig der Fall.« Herschl und Itzig wagten nicht zu schmunzeln, der eine aus Angst vor seinem Eheweib, der andere, um nicht die 10 000 Dollar Mitgift zu gefährden. Riwkale aber war gekränkt. »Dir ist anscheinend nichts heilig, Bella, nicht mal unsere gottseligen Eltern.«

Meine Mamme lächelte maliziös. »Meine Eltern schon, Riwkale, aber nicht dein Toches.«

Um es nicht zu einem erneuten Schwesternstreit kommen zu lassen, in dem sein Weib mit Sicherheit unterliegen würde, mahnte Itzig gequält zum Friedensschlaf. »Morgen ist ein großer Freudentag für uns, aber sehr anstrengend, gehen wir doch schlafen.« Darauf hatten mein Tate und ich nur gewartet, unverzüglich erhoben wir uns. Rebecca und Mamme mußten sich wohl oder übel anschließen.

Nachts hatte ich einen fürchterlichen Traum. Ich lag nackt mit Margalith im Bett, wir streichelten uns.

Plötzlich stürmten Bella, Rebecca, Vicky, Kara, Vera und Sara ins Zimmer. Kara und Sara zerrten Margalith aus dem Bett, ohrfeigten sie und zerkratzten ihr Gesicht. Währenddessen sah mich Vicky unentwegt wortlos an. Nach einer Ewigkeit rief sie etwas, das ich nicht verstehen konnte. Sofort tauchte hinter ihr Motti auf und schob die kreischenden Weiber barsch beiseite.

»Betrüger, Nazi, Terrorist!« brüllte er, legte seine Uzi-Maschinenpistole an und feuerte auf mich. Unter ohrenbetäubendem Geknatter löste sich ein gelbroter Feuerstoß aus der Waffe.

Atemlos, mit verkrampften Gliedern, erwachte ich. Mein Herz trommelte gegen die Rippen. Ich lag allein in meinem Zimmer. Motti war weit weg in Kfar Yoram. Warum ging ich in den verdammten Kibbuz, um die Schwester dieses Zeloten zu heiraten? Das konnte nicht gutgehen!

Auf der Fahrt nach Kfar Yoram stritt sich Rebecca unentwegt mit meiner Mamme, die hinter ihr in Itzigs Volvo saß. Riwka hatte ein Thema gewählt, bei dem sie sich ihrer Schwester moralisch überlegen fühlte. »Warum müßt ihr unbedingt und mit Freuden im Naziland leben? Wenn ich nicht wäre, hätte unser Kind mit Sicherheit eine Nazitochter geheiratet.«

»Willst du die 10 000 Dollar zurück?«

Itzig, mein Vater und ich hatten Mühe, die meschuggenen Schwestern im Zaum zu halten. Nach zwei Stunden Fahrt kamen wir endlich im Kibbuz an.

Samy ahnte nicht, was ich in den letzten Tagen durchzumachen hatte. Seine Familie war für die Hochzeit, ihnen ging es nur darum, meinen Eltern möglichst viel Geld aus der Tasche zu ziehen, wie alle Wus-Wus. Meinem Vater dagegen lag vor allem ich am Herzen. Er wollte, daß ich bei meiner Familie, in meiner Heimat bleiben sollte. Abraham kämpfte wie ein Löwe um mich.

Es half nichts, gegen Vicky und ihren Vater kam er nicht an – und gegen mich, weil ich dumme, ungehorsame Tochter Samy unbedingt heiraten wollte. Aber Abraham gab nicht auf. Da er die Ehe nicht verhindern konnte, weigerte er sich, an der Hochzeit teilzunehmen. Als Vicky sah, daß ihr Mann stur blieb, griff sie zum letzten Mittel und überredete ihren Vater, Abraham mit einem Bannfluch zu belegen.

»Wenn du nicht an der Hochzeit von Sara, meiner ältesten Enkelin, teilnimmst, sollst du vor Gott und den Menschen verdammt sein«, rief Großvater. Abraham blieb nichts übrig, als nachzugeben und mitzukommen. Verbittert saß er herum und verdarb sich und den anderen, vor allem mir, die Freude.

Kurz nach dem Mittagessen traf Rabbi Ovadia ein. Er war Rabbiner der »Zelte des guten Namens«-Synagoge, in Bat Yam, in der mein Großvater regelmäßig betete. Der alte Herr wurde von einem Dutzend seiner Schüler begleitet. Alle hatten kohlrabenschwarze, lange Bärte und wallende Schläfenlocken. Mit gebührendem Respekt begrüßte Großvater seinen Lehrer: »Ehrbarer Rabbi, erlaube mir, im Namen meiner bescheidenen Familie, dich hier begrüßen zu dürfen. Wir alle möchten dir danken, daß du dir trotz deines hohen Alters die Mühe machst, uns mit deiner ehrenden Anwesenheit zu beschenken.«

Großvater verbeugte sich tief und küßte die dürre Hand des alten Mannes. Der Rabbi lächelte gütig, hob das Antlitz meines Opas empor und sprach mit klarer Stimme: »Die Ehre liegt ganz bei mir, Ephraim.

Du bist immer ein eifriger Schüler gewesen und später ein gewissenhafter Besucher unseres Gebetshauses und ein großzügiger Spender für die Werke des Herrn zum Wohle der Armen und Bedürftigen. Ich muß dir danken, daß du mir Gelegenheit gibst, dein ältestes Enkelkind vor dem Ewig Gepriesenen zu trauen. Und nun, Ephraim, stelle mir bitte das Brautpaar vor.«

Es war Opa furchtbar peinlich, daß Samys Familie noch nicht da war. Wie konnte man so wenig Anstand besitzen, einen würdigen Rabbiner warten zu lassen und damit unsere Familie bloßzustellen? Aber Großvater ließ sich nicht anmerken, wie unangenehm ihm das war. »Ehrbarer Rabbi Ovadia. Wir sind alle ein wenig in Sorge, die Familie des Bräutigams Shmuel sollte bereits seit Stunden hier sein. Wie du weißt, wir sind hier unweit der Grenze. Bitte erlaube mir dich darum bitten, den Ewigen um Schutz für die Familie Shmuels zu ersuchen.« Opa besaß eben unnachahmlichen Takt.

»Möge der Ewige, gelobt und gepriesen sei Sein Name, den Reisenden, die zu dieser Zeremonie anreisen, beistehen. Möge er sie beschirmen und beschützen . . .«

Schon bei den ersten Worten des Rabbi waren seine Schüler in die Worte des Gebets eingefallen. Jedesmal, wenn Rabbi Ovadia einen Abschnitt beendete, antwortete ihm ein lautes, vielstimmiges »Amen«.

Kaum hatte der Rabbi sein Gebet beendet, tauchte das rote Auto von Samys Tante auf. Ich konnte mich nicht beherrschen und rief, so laut ich konnte: »Er ist hier, sie sind hier! Das Gebet hat geholfen!«

Die Schüler des Rabbi waren außer sich vor Freude. Sie riefen lustig durcheinander, umarmten und küßten sich. »Die Gebete unseres Rabbi haben die Familie des Bräutigams mit starker Hand aus der Gefahr gerettet.«

Sie jubelten und tanzten und sangen. Die Kibbuz-
mitglieder kamen neugierig zu uns, um zu erfahren,
was geschehen war. Ein Schüler des Rabbi antwortete
stolz: »Unser Rabbi Ovadia hat wieder ein Wunder
vollbracht. Bringt Arak und laßt unseren Rabbi
gebührend feiern.« Die aschkenasischen Kibbuzniks
grinsten hochnäsig. Einige schüttelten schmunzelnd
ihre hohlen Köpfe. Die Schüler Rabbi Ovadias über-
sahen das. Ausgelassen feierten sie ihren Meister.

Ich befürchtete schon, daß Samy sich ähnlich wie
die übrigen Wus-Wus benehmen würde. Aber Samy
war zu schlau, um solchen Unsinn mitzumachen.
Statt dessen lief er auf mich zu, umarmte mich fest
und rief: »Endlich bin ich bei meiner israelischen
Familie.«

Mit seiner guten Laune zerstreute er sofort meine
trüben Gedanken. Ich küßte ihn auf die Wange.

»Wir haben uns Sorgen gemacht, weil ihr noch
nicht da wart, und da hat Rabbi Ovadia, der Lehrer
meines Großvaters, für eure sichere Ankunft gebetet.
Er hatte noch nicht geendet, da seid ihr angekommen.«

Samy freute sich, nahm mich erneut in den Arm.
»Das finde ich toll. Kann ich dem Rabbi danken?«

»Sicher.« Glücklich führte ich ihn hin.

»Ehrbarer Rabbi Ovadia, darf ich dir meinen Bräutigam vorstellen?«

Der Rabbi musterte Samy gütig lächelnd.

»Ehrbarer Rabbiner, ich möchte mich bei dir von
ganzem Herzen dafür bedanken, daß du für unsere
heile Reise gebetet hast.« Er sah Rabbi Ovadia strahlend an. »Und was Sara und mir noch viel wichtiger
ist, daß du uns trauen und für eine glückliche Ehe
beten wirst.«

Der Rabbi wiegte seinen Kopf hin und her, ehe er

antwortete: »Mein Sohn, ich werde zum Ewigen für euer Glück und eure Gesundheit und die eurer Kinder und Kindeskinder beten.« Nun sah er Samy ernst an und fuhr in strengem Ton fort: »Aber den Segen des Ewigen müßt ihr euch durch ein gottesfürchtiges Leben selbst verdienen. Denn es steht geschrieben: ›Ein jeder ist verantwortlich für sich‹.«

»Danke, ehrbarer Rabbi, ich will mich nach deinen Worten richten«, antwortete Samy ernst.

»Küsse ihm bitte die Hand«, flüsterte ich ihm ins Ohr. Er tat es, ohne zu zögern.

Wir verabschiedeten uns von Rabbi Ovadia. Ich war glücklich. Samy war mit Takt und Selbstsicherheit unserem ehrbaren Rabbi entgegengetreten. Ich glaubte, daß ich die richtige Wahl getroffen hatte. Samy hatte sich oft wie ein Kind benommen. Ich hoffte, daß er nun, da er die Verantwortung einer Ehe übernahm, erwachsen werden würde. In Deutschland hatte Samys Mutter auf mich eingeredet: »Er hat ein gutes Herz, Sara. Alles, was er braucht, ist eine kluge jüdische Frau, die ihm sagt, was richtig und was falsch ist und was er zu tun hat.«

Aber Bella, die mich noch vor Tagen angefleht hatte, ihren Sohn zu heiraten, benahm sich jetzt sehr reserviert, fast feindselig. Sie saß zusammen mit Samys Vater, seiner Tante und deren zu klein geratenem Mann auf der Veranda des Gemeinschaftsbaus und unterhielt sich auf jiddisch. Samy und ich gingen zu ihnen. Wir wollten sie zu meinen Eltern bitten, um Frieden zwischen unseren Familien zu stiften. Aber Bella reagierte sofort aggressiv.

»Dein Vater scheint keinen großen Wert auf unsere Gesellschaft zu legen, Sara.«

»Das stimmt nicht, Bella. Er macht sich nur Sorgen, daß ich ins Ausland gehe.«

»Er soll sich lieber darum sorgen, wie er dich und meinen Sohn unterstützen wird.«

»Das tue ich doch schon in großzügigster Weise«, rief Samys Tante hochfahrend.

Nach langem, mir unverständlichem jiddischen Palaver bequemten sich die Europäer zu meinen Eltern, die in Mottis Wohnung untergebracht waren. Meine Mutter war sehr freundlich zu ihnen, bat sie, sich zu setzen und bot ihnen Kaffee an. Bella bestand jedoch auf Tee. Mühsam machte man Konversation. Mein Vater saß schweigend in einer Ecke. Es reizte Bella, ihn zu demütigen.

»Warum freut er sich nicht? Seine Tochter heiratet, ohne daß er einen Schekel dafür zahlt, da muß er doch glücklich sein.« Glücklicherweise übersetzte niemand ihre Worte.

»Herschl, du kannst doch Hebräisch, jedenfalls behauptest du es immer. Frag den Alten, weshalb er den Beleidigten spielt, obwohl er ein Riesengeschäft gemacht hat.«

»Nein!« riefen Rebecca und Samy wie aus einem Mund. Es half nichts. Samys Vater, dieser Waschlappen, tat genau, was seine Frau verlangte.

Das ging über die Kräfte meines Vaters, er sprang auf: »Halt dein Maul, du elender Wus-Wus! Nimm deinen verfluchten Sohn und dein Schacherweib und verschwinde aus Israel, sonst schlage ich euch zu Krüppeln!« brüllte er.

Ängstlich hob Samys Vater die Hände vors Gesicht. Meine Mutter lief zu Abraham: »Hör auf! Laß diese Wus-Wus doch sagen, was sie wollen. Hauptsache, unsere Kinder werden glücklich.«

»Sie entführen unsere Tochter in die Diaspora, und du Rabenmutter unterstützt sie dabei!« schrie Abraham sie an.

»Jetzt ist es aber genug, Abraham. Mein Vater und Rabbi Ovadia haben dieser Ehe ihren Segen gegeben, und nicht einmal mein ehrbarer Mann wird diese Ehe verhindern. Motti, geh bitte mit deinem Vater so lange spazieren, bis er sich beruhigt hat und die Hochzeit beginnen wird, also in zwei Stunden.«

Motti mußte tun, was meine Mutter von ihm verlangte. Auch Samys Familie ging, allen voran sein feiger Vater. Vicky blieb weinend zurück. »Was habe ich nur gesündigt, daß der Ewige mich so straft?« heulte sie.

Ich versuchte sie zu trösten. »Es tut Vater weh, daß ich für eine Weile ins Ausland muß, er meint es gar nicht so, Mutter.«

»Und ob er es so meint! Wenn mein Vater nicht wäre, würde er alle totschlagen, nur um seinen Starrkopf durchzusetzen.«

Gott sei Dank war es schon ziemlich spät, so daß wir alle damit beginnen mußten, uns zu baden, zu schminken und uns dabei, wie es der Brauch verlangt, Henna ins Haar zu reiben. Dadurch hatten wir kaum Zeit, viel zu denken und uns zu kränken, während mein armer Vater von Motti wie ein Gefangener spazierengeführt wurde.

Ich mußte Abraham zur Vernunft bringen. Oft genug hatte er sich störrisch wie ein Maulesel benommen, aber Dank der Hilfe des Allmächtigen und mit unendlicher Geduld war es mir jedesmal gelungen, ihn zu beruhigen. Auch heute mußte ich Erfolg haben. Ich ließ Sara in der Obhut meiner Schwestern zurück und ging zur Dorfstraße, wo ich meinen Gatten an der Seite Mottis sah. Abraham trug sein Haupt gesenkt, eine steile Zornfalte stand inmitten seiner Stirn.

»Mein ehrbarer Gemahl, im Namen des Herrn bitte ich dich, deinen berechtigten Zorn fahren zu lassen, um der Hochzeit unserer Tochter Segen zu spenden.«

Abraham wandte sich mir zu. Sein Blick war finster, seine Stimme rauh: »Hat dieser verfluchte Wus-Wus euch alle verhext? Ist meine ganze Familie plötzlich wahnsinnig geworden? Sind wir Verbrecher oder Bettler, daß wir es nötig haben, unsere Tochter wie eine Dirne zu verschachern? Weil ich mir das nicht bieten lassen will, wirft mich die eigene Familie aus dem Haus. Womit habe ich das verdient, Herr im Himmel? Begreift ihr nicht, daß ihr euch versündigt?«

Plötzlich wandte sich Abraham nach vorn, riß seine Hände hoch und deutete mit dem Zeigefinger zum Park.

»Da! Da, seht ihr's«, brüllte er. »Dieser Hurenbock treibt es vor aller Augen mit der Braut meines Sohnes.«

Abraham rannte auf Samy und die Frau, mit der er sich unterhielt, zu.

»Auf was wartest du noch, Motti? Halte ihn fest, ehe ein Unglück geschieht«, rief ich.

Mein Sohn sah mich verstört an. »Aber er ist doch mein Vater.«

»Willst du, daß dein Vater im Zuchthaus landet?«

»Nein.«

»Dann halte ihn zurück, um Himmels willen!«

Endlich sprang Motti ihm nach und packte ihn an den Schultern.

»Laß mich sofort los«, tobte Abraham. »Laß mich los, ich muß ihm das Lebenslicht ausblasen, damit er nie wieder eine anständige jüdische Tochter zur Hure machen kann.«

Dem Herrn sei Dank, Motti hielt ihn fest, obgleich Abraham wie ein Rasender um sich schlug und versuchte sich loszureißen.

»Ihr seid ja alle vollkommen verrückt geworden. Dieser Hund treibt es direkt vor der Hochzeit mit meiner Tochter am hellichten Tag mit deiner Verlobten, und ich mache mich lächerlich, ich? Wenn du auch nur einen Funken Ehre im Leib hast, bringst du beide auf der Stelle um.«

Ich ging zu Abraham, legte ihm meine Hand auf den Arm. »Genug, Abraham! Samy wird doch noch mit Margalith reden dürfen.«

»Reden nennst du das? Seht ihr nicht, daß sie dabei waren, es zu treiben? Schaut, wie erschrocken sie sind, weil ich sie ertappt habe.«

So hatte ich meinen Mann noch nie erlebt. Es war sinnlos, mit ihm zu reden.

»Motti, ich verlange, daß du bei deinem Vater bleibst, bis er sich beruhigt hat, und wenn er die ganze Hochzeit draußen bleiben muß.«

»Aber . . .«

»Kein Aber, mein Sohn! Du bist mir, deiner Schwester Sara und deinem Vater selbst verantwortlich, daß Abraham keine unbedachte Tat begeht, und uns damit alle in Schande stürzt. Oder willst du gern Sohn eines Mörders genannt werden.«

»Nein.«

»Eben! Versprich mir, daß ich mich auf dich verlassen kann.«

»Ich verspreche es, Mutter«, antwortete mein Sohn, ohne zu zögern. Wenigstens auf meine Kinder konnte ich mich verlassen. Stolz auf Motti, aber beschämt über den Zorn meines Gatten, ging ich wieder ins Haus.

Der Schreihals und der Holzkopf hatten mir gerade noch gefehlt. Nach dem Wahnsinnsauftritt des Alten und entsprechenden Kommentaren von Mamme und Rebecca verdrückte ich mich aus dem Gemeinschaftsbau. Auf dem Weg zum Kuhstall hörte ich meinen Namen rufen. Es war Margalith. Ich war sicher, daß sie sich für die Dauer der Hochzeit zurückgezogen hatte.

»Marga, was machst du hier?«

»Was du machst, muß ich dich ja wohl nicht fragen.« Sie sah traurig aus.

»Nein.«

»Bist du glücklich, Samy?«

»Todunglücklich.«

»Warum heiratest du dann?«

»Weil ich muß.«

»Weil Sara gegen eine Abtreibung ist?«

»Sie ist nicht schwanger.«

»Was ist es dann?«

»Sara hat sich mit meiner Mutter verbündet! Gemeinsam mit ihrer Mutter und meiner Tante haben sie mich gezwungen, sie zu heiraten.«

»Und das läßt du dir bieten?«

»Was bleibt mir übrig?«

»Nein zu sagen.« Sie sah mich verständnislos an.

»Meine und ihre Familie würden aus Enttäuschung verzweifeln.«

»Samy!« Margaliths Stimme nahm eine Bestimmtheit an, die ich an ihr nicht kannte. »Es geht nicht darum, ob die Familien von Sara und dir verzweifeln oder gekränkt sind, sondern um dein Leben, um deine Zukunft.«

»Du hast recht, Marga. Was soll ich tun?«

»Nein sagen! Du kennst mich, ich will dich nicht heiraten, aber es tut mir weh, mitanzusehen, wie du dein Leben ruinierst.«

»Du hast recht, Marga.«

»Das wissen wir allmählich.«

»Was soll ich nur machen?«

In diesem Moment tauchten Abraham und Motti auf. Glücklicherweise hielt Motti den Meschuggenen zurück. Wenn er von mir und Margalith geahnt hätte . . .

Als beide endlich abzogen, ergriff Marga meine Hand. »Hat dich das überzeugt?«

»Ja.«

»Und, was wirst du jetzt tun?«

Warum quälte sie mich so? Sie wußte doch, daß ich keine Wahl mehr hatte.

»Heiraten.«

»Du bist ein Waschlappen, Shmuel. Trotzdem viel Glück.«

Marga gab mir einen Kuß auf den Mund. Dann lief sie in ihre Wohnung. Wie gern wäre ich mitgekommen, hätte sie in den Arm genommen und mit ihr geschlafen, statt Sara zu heiraten. Aber Margalith hatte recht, ich war ein Waschlappen.

Meine Tochter Sara war eine wunderschöne Braut. Stundenlang hatten ich und meine Schwestern Ruth, Lea und Shulamit sie geschminkt und gepflegt. Saras hohe Gestalt mit ihren dunklen, jetzt rötlich schimmernden Haaren kam in dem weißen Brautkleid voll zur Geltung. Mit einer blauen, wohlriechenden Salbe, die nach einem alten Familienrezept zubereitet wurde, bestrichen wir ihre Lider. Saras warmherzige Augen schimmerten in einem herrlichen Glanz. Ich dankte dem Ewigen, daß er mich mit einer so schönen, gesunden und klugen Tochter gesegnet hatte, und begann mich selbst zurechtzumachen. Durch das Fenster sah ich Abraham. Motti wich ihm nicht von der Seite, wie ich es ihm befohlen hatte. Herr der Welten, weshalb hast du, dessen Weisheit unergründlich ist, meinen Gemahl mit einem so maßlosen Zorn gestraft?

Warum wurde er nie erwachsen? Abraham wollte nie begreifen, daß das Leben kein Märchenbuch ist, sondern ein ständiger Kampf. Daß man das Beste aus dem, was ist, machen mußte: Ob es einem paßt oder nicht, Israel gehört den Europäern, nicht uns Sephardim. Und Samy war ein Europäer. Er studierte, bald würde er als Manager arbeiten mit schönem Büro und gutem Gehalt und nicht auf dem Souk oder in der Fabrik sein Geld verdienen müssen. Auch Sara war gescheit, vielleicht würde auch sie eine gute Stelle finden. Beide würden für lange Zeit nach Europa gehen. Ich als Mutter würde am meisten unter der Trennung leiden. Aber in Europa war Sara wenigstens in Sicherheit. Nicht wie Motti, um den ich ständig Angst haben mußte. In wenigen Jahren würde der Ewige Sara und Samy mit einem Haufen Kinder segnen, dann mußten sie nach Israel zurückkehren.

Durch die Hochzeit mit Shmuel sparten wir die Mitgift, die würden wir bald für Zippy und Aviva brauchen. Ich warf noch einen kurzen Blick auf meine geliebte Sara, die in der Obhut meiner Schwester Ruth zurückblieb, um auf die Trauungszeremonie zu warten und ging zum Gemeinschaftsbau.

Der Saal war geschmackvoll mit vielen Blumen dekoriert. Der Traubaldachin lag zusammengerollt in der Mitte des Raumes. In einer Ecke saß der ehrwürdige Rabbi Ovadia im Kreis seiner Schüler. Auch mein Vater und meine Brüder waren bei ihnen. Auf dem Tisch standen Arakflaschen. Aus ihrer Runde waren laute Stimmen und Lachen zu hören. Einige Tische weiter unterhielt sich die Familie von Shmuel. Sie hockten alle zusammen. Konnten die Wus-Wus-Weiber nicht wenigstens hier unsere Bräuche achten und getrennt von den Männern sitzen? Unsere Frauen hielten sich doch auch abseits in einer Ecke, ohne daß ihnen etwas entging. Mußten diese Europäer uns so deutlich ihre Verachtung zeigen?

Ich näherte mich dem Tisch von Rabbi Ovadia und blieb in gebührendem Abstand stehen. Nach einer Weile bemerkte mich mein Bruder Menachem. Er stand auf, kam lächelnd auf mich zu. »Masel tov, Vicky. Seid ihr Frauen soweit?«

»Ja, Menachem.«

»Gut, dann können wir im Namen des Ewigen beginnen. Du weißt ja, daß wir als erstes den Ehevertrag aushandeln müssen. Ich werde deinen Mann rufen und den Bräutigam, und dann werden wir uns gemeinsam mit dem ehrbaren Rabbi Ovadia, Samys Vater, einem Bürgen des Bräutigams und mir als ältestem Onkel Saras zusammensetzen und den Kontrakt unterzeichnen.« Menachem lächelte. Dann sah er mich genauer an und wurde ernst. »Was hast du, Vicky?«

»Ich glaube nicht, daß Abraham mitmachen kann.«

Menachem schüttelte den Kopf. »Irgendwo hört der Spaß auf! Auch ich bin bestimmt kein Freund der Wus-Wus. Aber Samy ist ein netter Bursche, und Sara liebt ihn. Was führt er sich so auf? Wir leben doch nicht mehr in Casablanca.«

»Abraham schon.«

»Das glaube ich allmählich auch. Du bist um deinen Mann nicht zu beneiden. Er kann doch nicht den schönsten Tag im Leben seiner Tochter kaputt machen.«

Jedes seiner Worte schnitt wie ein scharfes Messer in mein wundes Herz.

»Das darf er einfach nicht. Ich werde es ihm nicht erlauben.«

»Bitte, Menachem. Du kennst Abraham. Wenn er sich was in den Kopf gesetzt hat, ist er hart wie eine Nuß. Das einzige, was dabei herauskäme, wäre, daß er sich auch mit dir streiten würde.«

»Aber was sollen wir denn machen, Vicky?«

»Ich bin nur ein Weib, du bist ein Mann. Muß ich dir das sagen?«

Er blickte mich verlegen an, dann strafften sich seine Züge. »Du mußt den Ärger über deinen unglücklichen Gatten nicht an mir auslassen, Vicky.« Er zögerte kurz. »Dann bleibt uns nichts anderes übrig, als zu handeln wie im Falle einer Waisen. Dein Vater muß an Stelle Abrahams den Ehekontrakt unterzeichnen... Jetzt weine bitte nicht. Abraham lebt doch, aber weil er sich wie ein kleines Kind verhält, müssen wir gemäß den Vorschriften des Talmud handeln, als ob er tot wäre. Nimm dir's aber nicht zu Herzen, spätestens bei der Beschneidung seines ersten Enkels hat er sich wieder beruhigt.«

Menachem ging zu den Goldmanns und sprach kurz mit Samy. Sofort fingen die Wus-Wus an zu keifen. Herr im Himmel, weshalb bereitest du mir diese Schande? Ich habe doch immer gemäß deinen Geboten gelebt, meine Kinder zu gottesfürchtigen Menschen erzogen und treu meinem Mann gedient.

»Ich bestehe darauf, daß sich dieser meschuggene Schreihals bei uns in aller Form entschuldigt und sich anschließend wie ein Mensch benimmt und nicht wie ein wildes Tier. Das kann er in Afrika tun, wo er herkommt!« Bella kochte vor Empörung.

Gott sei Dank verstand Menachem kein Wort Jiddisch.

»Jetzt ist es aber genug, Mamme!« Ich fühlte, wie mir das Blut zu Kopf stieg und brüllte los. »Du! Du ganz allein hast mir diese Hochzeit eingebrockt. Kein Mensch sonst wollte diese Ehe. Und jetzt tust du seit Tagen nichts anderes, als alles wieder kaputtzumachen. Wenn du noch ein Wort sagst, dann hau ich endgültig ab. Dann kannst du Sara heiraten. Ein einziges Wort nur!«

»Schon gut, schon gut.« Herschl, Itzig und Menachem blickten mich verblüfft an. Sicher hatte keiner von ihnen je so zu seiner Mamme oder seinem Weib gesprochen. Nur Rebecca grinste unverhohlen. Endlich hatte jemand ihrer älteren Schwester das Maul gestopft. Sie stand auf, gab mir einen schmatzenden Kuß auf die Wange und meinte mit heller Stimme: »Recht hast du, mein Jingele! Du sollst heute deine Braut heiraten. Und wenn du immer so mit Sara reden wirst, dann werdet ihr sehr glücklich sein.«

Hatten unsere Weiber die Schnauze voll von uns jüdischen Schlappschwänzen? Wünschten sie sich richtige Männer, die ihnen sagten, was zu tun sei, statt ewige Kinder, die sich dauernd nach einer strengen Mamme sehnten, der sie alles aufbürden konnten?

»Itzig, du wirst jetzt zusammen mit Samy, Herschl und Herrn Menachem zum Rabbi gehen und die Ehe aushandeln. Und daß du es ja nicht wagst, mir unverrichteter Dinge unter die Augen zu treten.«

Itzig und Herschl erhoben sich. Auch ich stand auf. Gemeinsam mit Menachem marschierten wir zu Rabbi Ovadia und seinen Jüngern. Menachem trat an den Sessel des Alten und wartete, bis dieser ihn ansprach.

»Ja, mein Sohn?«

»Ehrbarer Rabbi Ovadia, der Bräutigam und sein Vater lassen dich fragen, ob du bereit wärst, den Verhandlungen des Ehevertrages und dessen Besiegelung durch die Ehre deiner Anwesenheit Gültigkeit zu verbürgen.«

Der Rabbi strich bedächtig seinen grauweißen Bart. »Gewiß, mein Sohn. Zu diesem Zweck sind wir hierhergekommen.« Er sah Menachem fragend an. »Und wo ist der Vater der Braut?«

Saras Onkel tänzelte von einem Bein aufs andere. »Ehrbarer Rabbi, es ist so: Abraham, der Vater der Braut, fühlt sich nicht wohl. Um die Wahrheit zu sagen, er ist nicht bei bester Gesundheit heute, und ich weiß nicht, ob man es ihm in diesem Zustand zumuten darf, ein so wichtiges Dokument zu unterzeichnen . . .«

»Dieser Nichtsnutz!« schrie Saras Großvater auf.

»Bitte fasse dich, Ephraim«, ermahnte ihn der Rabbi milde. »Es geschieht gelegentlich, daß Eltern, die ihre Kinder vorbildlich in Gottesliebe erzogen haben, im Moment des Eheschlusses aus Schmerz über die Trennung von ihren Nachgeborenen einer recht eigenartigen Stimmung unterworfen sind«, er machte eine kurze Pause, »die sich bald wieder gibt. Das ist sehr ehrbar. Es besteht kein Grund, Abraham zu zürnen, mein Schüler Ephraim.« Die schwarzen Augen Ovadias glänzten listig. »Ganz im Gegenteil! Durch Abrahams Unwohlsein wirst du an seine Stelle treten.« Die Worte des Gelehrten beruhigten Ephraim. Rabbi Ovadia wandte sich wieder Menachem zu. »Mein Sohn, ich frage dich, ist neben dem Bräutigam und seinem Vater, wie lautet sein ehrbarer Name . . .?«

»Zwi«, antwortete ich schnell, ehe mein Vater »Herschl« sagen konnte.

»Schön, Herr Zwi. Und wie heißt euer Bürge?«

»Itzchak, Sohn des David, Gott hab ihn selig«, antwortete Itzig.

»Gut. Und auf seiten der Braut wirst, wie ich mir vorstellen kann, du, Menachem, als ältester Onkel, dieses Ehrenamt bekleiden.«

»Mit deiner gütigen Erlaubnis, Rabbi«, erwiderte Menachem mit gesenktem Kopf.

Rabbi Ovadia erhob sich langsam. »Dann bitte ich euch, Männer Israels, mir in einen separaten Raum zu folgen, um mit dem Segen des Ewigen einen befriedigenden Ehevertrag auszuhandeln und zu unterzeichnen.

Schlurfenden Schrittes ging der Rabbi, auf den Arm eines Schülers gestützt, durch den Saal in ein Nebenzimmer. In gehörigem Abstand folgte Ephraim, hinter dem Menachem, Herschl, Itzig und ich hertrotteten.

Nachdem Rabbi Ovadia mühsam am kargen Kunststofftisch Platz genommen hatte, legte er seinen Hut ab, unter dem eine große schwarze Kippa seine spärlichen Haare bedeckte. Erst jetzt setzten auch wir uns.

»Elazar, mein Sohn, reiche mir bitte die Ketubah, den Heiratskontrakt«, sprach der Rabbi zu seinem Schüler. Elazar tat, wie ihm geheißen.

»Und jetzt beschaffe uns bitte eine Flasche Arak, damit wir am Ende den Erfolg mit einem herzhaften Schluck besiegeln können.«

Eilig machte sich der Jünger aus dem Raum. Der Rabbi lehnte sich zurück. Keiner sagte ein Wort. Amüsiert ließ der Alte seinen Blick in der Runde kreisen. Mit einem Mal wurde seine Miene ernst.

»Meine Brüder, der Herr der Welten hat diese beiden Leute zusammengeführt, auf daß sie sich und unser Volk vermehren. Zuvor gilt es jedoch, den Gesetzen Genüge zu tun. Der Sinn der Ketubah ist, die finanziellen Verpflichtungen des Mannes gegenüber seinem Weibe zu regeln.« Der Rabbi schloß seine Augen. »Der Talmud sagt dazu: ›Auf daß der Gatte es nicht als einfach erachtete, sich scheiden zu lassen‹.« Rabbi Ovadia hob seine Lider. »Unser heiliges Buch regelt selbst die Summe, die im Falle einer Scheidung dem Weibe von seiten des Mannes zusteht: Einer Jungfrau gebühren zweihundert Ziz, einer Witwe oder Geschändeten die Hälfte dieser Summe. Da Sara unverheiratet ist und wohlbehalten im Schoße ihrer Familie lebt, gehe ich von 200 Ziz aus.«

Der Rabbi fiel nun in den jahrhundertealten Singsang der Schriftauslegung. »Zweihundert Ziz sind die Mindestsumme. Da eine geschiedene Frau vielfach in großer Not ist, sieht der Talmud eine zusätzliche Versorgung des Weibes vor. Diese sogenannte Zugabe soll etwa die Hälfte der Nadunja, also der Mitgift der Braut, betragen.«

Ovadia sah meinen Vater und Itzig an.

»Bist du, Zwi, als Brautvater willens, das zukünftige Weib deines Sohnes mit einer Zugabe zu versorgen, sollte die Ehe scheitern?«

Herschl schmunzelte. Er tuschelte mit Itzig. Dieser antwortete: »Ehrbarer Rabbi, der Vater des Bräutigams ist bereit, sich zu verpflichten, zusätzlich zu den vorgeschriebenen 200 Ziz, die volle Summe der Mitgift im Falle einer Scheidung der Braut zukommen zu lassen.«

»Das ist eine sehr großzügige Zusage.« Ovadia wandte sich nun Saras Großvater zu. »Ephraim, mein Sohn, wie hoch ist die Mitgift?«

Hatte Saras Vater das ganze Theater nur inszeniert, um nicht vor aller Welt als Geizkragen dazustehen? Wußte Ephraim von seinem Geiz? Vicky wird ihn kaum im unklaren gelassen haben.

Saras Opa wurde verlegen. »Ehrbarer Rabbi Ovadia, über die Einzelheiten der finanziellen Abmachung zwischen den Brauteltern weiß ich kaum Bescheid.«

»Dennoch gehe ich davon aus, daß sich die Familien im Namen des Herrn geeinigt haben. Daher schlage ich vor, daß wir in der Ketubah lediglich die Verpflichtung von seiten der Familie des Bräutigams aufnehmen, der Frau, sollte es zu einer Scheidung kommen, neben den zweihundert Ziz die gesamte Mitgift auszahlen zu lassen, ohne eine Summe zu nennen. Stimmen beide Seiten meinem Vorschlag zu?«

Ovadia blickte mit ernster Miene in unsere Runde. Alle murmelten: »Ja.« Der Rabbi sah uns heiter an. Dann fuhr er fort. »Elazar, setze bitte die genannte Formel ein.«

Sobald der Schüler dies getan hatte, fuhr Ovadia mit erhobener Stimme fort: »Masel tov! Ich bin gewiß, der Herr wird dem Brautpaar seinen Segen nicht vorenthalten. Dennoch mußten wir vor Gott und der Welt unsere Pflicht erfüllen und für die Wohlfahrt der Braut Vorsorge treffen, sollten die Umstände dies erfordern.« Ovadia hielt inne. Langsam fuhr er fort: »Meine Brüder, ehe wir nun den Ehekontrakt unterschreiben, muß ich euch noch auf zwei Sachen aufmerksam machen.« Wieder unterbrach er sich. »Ziz war eine Silbermünze zur Zeit unserer Vorväter. Ihr Gegenwert ist unbestimmt. Vor zwanzig Jahren hat das Oberrabbinat den Wert von 200 Ziz auf etwa 2000 Schekel beziffert. Seither hat unser Schekel leider ständig an Wert verloren. Ich fände es gotteslästerlich, in einem so heiligen jüdischen Vertrag eine gojische Währung einzusetzen.« Der Rabbi dachte kurz mit gerunzelter Stirn nach, dann schmunzelte er: »Außerdem, wer sagt uns, daß das Geld der Gojim nicht eines Tages ebenso an Schwindsucht erkranken wird wie

unser Schekel?« Ovadias Züge wurden wieder ernst.
»Daher erwarte ich vom zukünftigen Ehemann, daß er
bei einer Trennung die Frau, die er heute heiratet,
entsprechend seinen Möglichkeiten unterstützen wird.
Sollte es zur Scheidung kommen, wird ein Rabbinat-
gericht die finanziellen Ansprüche der Frau im einzelnen regeln.«

Rabbi Ovadia breitete seine Arme aus und richtete
seine dürren Hände in die Höhe. »Möge der Ewige
das Brautpaar segnen«, sagte er versonnen, blickte
sekundenlang ins Leere, ehe er langsam die Arme
senkte. Der Rabbi sammelte sich kurz, dann wandte
er mir sein Gesicht zu und sprach mit klarer Stimme:
»Shmuel, mein Sohn, ich habe den Segen des Herrn,
gelobt sei Sein Name, für deine Familie erfleht. Ich
bin gewiß, er wird euch Sein Wohlwollen nicht vorenthalten, wenn ihr gemäß Seinen Geboten leben werdet.
Dennoch darfst du nie die Worte des Ewigen vergessen: ›Sei mutig und stark und achte darauf, daß du
alles hältst und tust nach dem Gesetz, das dir mein
Knecht Moses angeordnet hat, damit du Erfolg haben
wirst in allem, was du unternimmst.‹«

Die Männer begannen miteinander zu murmeln.
Rabbi Ovadia sah sie streng an, augenblicklich wurde
es wieder ruhig.

»Meine Brüder, ich bitte euch nun, die Ketubah zu
unterzeichnen. Danach soll sie Ephraim für die Familie der Braut in Empfang nehmen und sorgfältig auf-
bewahren. Denn die Vorschriften des Talmud besagen,
daß die Ehe nur Gültigkeit besitzt, wenn die Eheur-
kunde vorzuweisen ist. Sollte sie durch Krieg, Feuer
oder anderes Unheil verlorengehen, so bist du,
Shmuel, verpflichtet, dir umgehend bei einem Rabbiner eine Ersatzurkunde zu besorgen, sonst lebt ihr
ungesetzlich zusammen.«

Langsam hellten sich die Züge Ovadias auf.

»Ich habe euch genug ermahnt und gescholten, unterzeichnet nun die Urkunde und seid fröhlich, auf daß unsere Freude sich auf die Ehe zwischen Shmuel, Sohn des Zwi, und Sara, Tochter des Abraham, übertrage.«

Ich mußte als erster unterschreiben. Meine Hand blieb ruhig. Als ich fertig war, küßte mich mein Vater auf die Stirn. Danach unterzeichneten Itzig, Ephraim und Menachem die Urkunde.

Rabbi Ovadia ließ nun Elazar für jeden von uns ein Wasserglas voll Arak einschenken. Er hob den Becher: »Le Chaim, zum Leben und zum Glück«, rief er. Wir fielen alle in den Trinkspruch ein und stürzten das scharfe Zeug hinunter. Ich ging zum Rabbi und küßte seine milchweiße Hand. Der Alte segnete mich mit den gleichen Worten, die Ephraim einige Tage zuvor am Flughafen gebraucht hatte.

Als ich mich umdrehte, lagen sich alle in den Armen. Dann begannen sie zu singen: »Das Volk Israel lebt! Das Volk Israel lebt! Das Volk Israel lebt, es wird ewig leben!«

Elazar ergriff die halbleere Arakflasche, hob sie in die Höhe und begann nach unserem rhythmischen Händeklatschen einen Tanz. Bald gesellte sich Menachem zu ihm, darauf Itzig und der alte Ephraim. Auch mein Vater und ich reihten uns ein. Wir alle tanzten immer schneller um Elazar und seine Flasche. Wohlwollend betrachtete uns der greise Rabbi. Er erfüllte seine Pflicht, mitzuhelfen, das Volk Israel am Leben zu halten.

»Nu Itzig, ist alles gut gegangen?« Mein Mann strahlte, er hielt Herschls Hand, beide stanken nach diesem Marokkanerschnaps.

»Sicher, Riwkale, sicher.« Itzig lachte, Herschl hatte einen ganz roten Kopf. Er umarmte mich und küßte mich auf den Mund, dieser Schwerenöter. »Dem Ewigen sei Dank!« rief ich aus. Meine Schwester saß mit ihrem süß-sauren Gesichtsausdruck da, während Itzig und Herschl auf sie einredeten. Ich beugte mich zu ihr. »Bellinca, Masel tov! Masel tov! Freu dich! Dein Sohn heiratet, wird Ehemann eines jüdischen Weibes und bald auch Familienvater. Sein erstes Kind müssen wir nach unserem gottseligen Vater Jakob nennen!«

»Woher willst du wissen, daß es ein Junge sein wird?«

Mußte diese Person einem immer und überall jede Freude verderben, sogar jetzt? »Ich fühle es, ich fühle es ganz genau, Bella«, antwortete ich unverdrossen.

»Hoffentlich täuschst du dich nicht wieder.«

»Was sagst du, Herschl, ist dein Sohn fähig, uns einen männlichen Nachkommen zu zeugen?«

»Ich bitte dich, bei dem Vater!« Herschl umarmte mich erneut. Sollte sich Bella ruhig ärgern und auch mein Itzig, der nicht mal dazu in der Lage war.

Glücklich, daß alles doch noch gut endete, dankte ich unserem Gott im Himmel und nahm mir fest vor, mir meine Freude von niemandem, nicht mal von meiner boshaften Schwester, verderben zu lassen. Ich bewunderte die Familie der Braut. Die Schwarzen wissen, wie man Feste feiert, das muß man ihnen lassen. Und wie! Kaum waren der alte Mann und sein Sohn bei ihrer Familie gelandet, da begannen die Weiber schon zu kreischen wie die Wilden in Afrika.

Rasch bildeten die Männer einen Kreis um den Großvater, faßten sich bei den Händen und tanzten eine Debka. Immer schneller drehte sich ihr Kreis, während die Weiber um sie herumstanden und klatschten und kreischten, klatschten und kreischten. Der Rhythmus ging mir ins Blut. Ich faßte Bella bei der Hand. »Komm, Belinca, laß uns mittanzen auf der Hochzeit unseres Kindes.« Sie schüttelte störrisch ihren Kopf. »Aber Riwkale, muß ich dir sagen, daß bei den Schwarzen nur die Männer tanzen?«

»Unsinn, die Weiber tanzen auch, nur getrennt.«

»Wenn du Lust hast, mit denen zu tanzen, dann tu's doch.«

»Und du?«

»Ich schaue zu.«

»Kommst du mit mir zum Tanzen, Samylein?«

»Ich wüßte nicht, was ich lieber tun würde.« Er schob mich in die Mitte des Saales, umfaßte mit beiden Händen meine Taille, zog mich an sich und drückte sein Gesicht an meine Wange. »Doch, ich wüßte, was ich noch lieber täte, als mit dir zu tanzen«, raunte er mir zu.

»Was, Samyle?«

»Weißt du's wirklich nicht, Riwka?«

Ich wurde ein wenig verlegen. »Doch, mit deiner Braut zusammen zu sein.«

»Und was mit ihr tun?«

Die Hitze stieg mir zu Kopf. Samy war eben ein richtiger Mann.

»Du wirst ja ganz rot, Riwkale.« Er lachte und küßte mich ungeniert auf den Mund. Fest und lang, dieser Teufelsbraten. Samy warf seinen Kopf zurück, faßte mich noch fester. »Riwkale, was will ich mit meiner Braut tun?« Gottseidank sprach er jiddisch.

»Deinen Spaß haben?«

»Das mit dem Spaß stimmt schon, nur denke ich dabei nicht an Sara.«

»An wen sonst, du Meschuggener?«

»An dich, Riwkale, nur an dich«, rief er lachend. Dabei drückte er seinen Körper gegen meinen Schoß.

»Samy, jetzt ist es aber genug! Du heiratest in ein paar Minuten.«

»Eben deshalb! Mein größter Wunsch wäre, mein Junggesellenleben durch einen ordentlichen Fick mit dir zu beenden«. Er gab sich noch nicht einmal die Mühe, seine Stimme zu senken. Ich war empört und wollte mich losmachen, aber Samy ließ es nicht zu. Was regte ich mich eigentlich so auf? Samy war nun mal ein Spaßvogel und hatte mich lieb. Und ich ihn. Er war lebensfroh und lustig wie ich, kein Schlappschwanz oder Schwarzseher wie Itzig und Bella. Samy küßte mich wieder ganz heftig auf den Mund, sogar seine Zunge spürte ich. Zwischen meinen Beinen wurde es heiß. Warum hatte ich mich damals so angestellt, statt die Ferien mit Samy zu genießen? Itzig hat mir meine Treue nie gedankt. Aber jetzt war es zu spät.

»Ach was, Tante, dafür ist es nie zu spät.« Samy lachte wie ein Schuljunge. »Wir verschwinden einfach in den Kuhstall.« Er konnte sich kaum halten vor Lachen. Ich lachte mit. Mir blieb nichts anderes übrig, nur die Erinnerung, daß ich es wenigstens einmal in meinem Leben gewagt hatte, mit einem richtigen Mann zu schlafen. Samy ließ mich los. Wir standen am Rand des wirbelnden Männerkreises. Ein Bursche brüllte uns zu: »Los, Shmuel! Komm her, laß deine Tante, bald hast du was Jüngeres im Bett.« Samy gab mir einen Kuß und sogar einen Klaps auf den Po und reihte sich in die Kette der Tanzenden ein.

Inzwischen hatte sich der Saal gefüllt. Vom Schreien und Klatschen angelockt, waren die Kibbuzniks, jüngere Männer und Frauen in kurzen Hosen, eingetreten. Einige standen rum, andere schlossen sich den Tanzenden an, die meisten bildeten einen gemischten Hora-Kreis. Ich hatte Lust, mitzutanzen. Aber ich durfte nicht. Ich mußte mich um die Hochzeit kümmern, denn ich wußte, daß meine Schwester keinen Finger rühren würde. Von Herschl und Itzig ganz zu schweigen. Und die Schwarzen waren damit beschäftigt, zu schreien und zu tanzen.

Der alte Rabbi saß, umgeben von seinen Schülern, plaudernd in einer Ecke des Saals. Ich ging hin und wartete, wie es sich gehört, bis er auf mich aufmerksam wurde.

»Meine Tochter, womit kann ich dir helfen?« Er lächelte mich gütig an.

»Ehrbarer Rabbi, bitte verzeiht mir, wenn ich, ein gewöhnliches Weib, euch mit einem Anliegen belästige.«

»Sprich, meine Tochter.«

»Da die Eltern des Bräutigams die hebräische Sprache nur unvollkommen beherrschen, haben sie mich, als Tante, ersucht, euch zu bitten, mit der Trauung rasch zu beginnen.«

Der Rabbiner lächelte erneut. »Gewiß, meine Tochter.« Er räusperte sich. »Elazar, verständige bitte die Familien des Hochzeitspaares, daß die Trauung sogleich beginnen wird. Ersuche den Vater der Braut, seine Tochter in wenigen Minuten zur Trauung zu führen. Und euch, meine Schüler, bitte ich, sich um den Traubaldachin zu kümmern.«

Sofort sprangen die jungen Männer auf und liefen in die Mitte des Saals, wo sie den Baldachin ergriffen und unter lautem Rufen, Pfeifen und Singen entrollten. Elazar ging währenddessen beschwingt zur tanzenden Familie von Sara und redete gestenreich auf die Männer ein. Im Nu hörten sie auf zu tanzen, schrien schrill durcheinander und fielen sich um den Hals. Ihre Weiber taten kreischend das gleiche. Ich verneigte mich tief und dankte dem Rabbiner. Auch meine Familie war in Aufregung geraten. Bis auf meine Schwester Bella natürlich, die immer noch auf ihrem Platz saß. »Willst du nicht zur Trauung deines Sohnes kommen, Bella?«

Sie sah mich ironisch an. »Wenn ich mich nicht täusche, bin ich schon da.«

»Aber du sitzt doch nur herum, während sich alle bereit machen.«

»Was machen sie bereit? Sie hupfen wie aufgeregte Flöhe herum, das ist alles.«

Es war zwecklos, sie war kalt wie Eis. Aber Herschl und Itzig drängten sich wie alle anderen um den Baldachin, den die Schüler des Rabbis jetzt aufbauten. Mein Mann stand einfach herum und gaffte.

»Itzig, nimm wenigstens einen Stab vom Baldachin in die Hand, sonst halten allein die Schwarzen das Hochzeitszelt.« Er sah mich verständnislos an. »Was schaust du so begriffsstutzig, Itzig?«

Mein »Gebieter« drängte sich nach vorn, sprach mit irgendeinem Menschen und bekam schließlich dessen Träger in die Hand gedrückt. Daß man diesem Mann alles sagen mußte!

Der Rabbi trat vor den Baldachin. An seiner Seite standen der Großvater von Sara und ihr Onkel. Neben ihnen der aufgeregte Herschl, mit rotem Kopf. Auch Bella hatte sich endlich bequemt, an der Zeremonie teilzunehmen. Sie trat neben Herschl und zupfte ihm die Krawatte zurecht.

Mein Samy stand direkt vor dem Rabbiner und unterhielt sich mit Saras Mamme. Alle warteten auf die Braut. Wieso kam sie nicht? Was war jetzt wieder los?

Ich fragte ihre Mamme. »Verzeihen Sie, Frau Sharon, ich bin Riwka, Samuels Tante, können Sie mir sagen, weshalb Ihre Tochter noch nicht da ist?«

Sie sah mich unsicher an. »Es ist so, Madame Riwka, mein Mann soll Sara zum Baldachin begleiten, aber er hat sich schlecht gefühlt und ist an die frische Luft gegangen, und jetzt können wir ihn nicht auffinden.«

Wie in Afrika! »Es kann doch nicht lange dauern, ihn zu finden. Der Kibbuz ist doch nicht so groß.«

»Das weiß allein der Herr.« Die arme Frau starrte zu Boden.

»Frau Sharon, lassen sie uns nicht um den heißen Brei herumreden. Wir wissen alle, daß Ihr Mann von dieser Hochzeit nicht gerade begeistert ist.«

»Das möchte ich so nicht sagen.«

»Mir ist egal, wie Sie es sagen möchten. Es geht jetzt um das Glück unserer Kinder. Außerdem finde ich es eine Zumutung, unseren Herrn Rabbiner so lange warten zu lassen.«

»Was soll man tun?« Sie war ganz verzweifelt.

Mit ihr konnte ich nicht rechnen. Auch auf Itzig, Herschl und Samy war kein Verlaß. Wieder einmal lastete das ganze Glück der Familie auf meinen Schultern.

»Wo steckt denn Ihre Tochter?«

»In der Wohnung meines Sohnes Mordechai.«

»Dann bringen Sie mich bitte sofort hin.«

»Aber das kann ich doch nicht tun. Ich muß doch als Brautmutter hier warten. Außerdem wäre mein Mann sicher nicht einverstanden.«

Ich mußte mich beherrschen, nicht die Geduld mit dieser simplen Person zu verlieren. »Frau Sharon, wenn Ihr Mann nicht den Anstand hat, seine Tochter herzubringen, und alle übrigen Männer hier zu feige sind, dann müssen eben wir Frauen Mut zeigen. Ich, ich werde Ihre Tochter zur Trauung führen, es wird mir eine Ehre sein.«

Alle blickten mich entsetzt an, alle außer dem klugen, alten Rabbiner.

»Israels Frau ist eine wehrhafte Frau‹, heißt es in unseren Schriften. Du bist eine wehrhafte Frau, meine Tochter. Ich gebe dir meinen Segen zu deinem Vorhaben. Frau Sharon, begleiten Sie bitte die tapfere Tante des Bräutigams zu Ihrer Tochter.«

Saras Mutter wagte nicht, dem Befehl des Rabbiners zu widersprechen. Sie brachte mich zu dem kleinen Häuschen, direkt am Gemeinschaftsbau. An der Wohnungstür bat ich Frau Sharon, umzukehren.

»Wäre es nicht besser, wenn ich mitkomme, um mit meiner Tochter zu sprechen?« fragte sie unsicher.

»Nein!«

Sie stand unschlüssig da.

»Gehen Sie bitte zurück, Frau Sharon. Ich erledige das für Sie und unsere Familien.«

»Gott segne Sie«, sagte sie und ging endlich.

Ich trat ins Haus. Sara saß in ihrem weißen Brautkleid auf einem Sessel. Sie sah bezaubernd aus. Neben ihr war ein junges Mädchen.

»Masel tov, Sara! Ich bin gekommen, um dich zur Trauung abzuholen.«

Sie sah mich erstaunt an. »Riwka, schön, daß Sie gekommen sind. Aber ist es nicht Aufgabe meines Vaters, mich zur Trauung zu begleiten?«

»Sicher, aber wie ich höre, fühlt sich dein Vater heute nicht besonders gut, deshalb hat mich der ehrbare Rabbiner, der euch trauen wird, gebeten, dich zur Trauung zu begleiten.«

Sie sah mich ungläubig an. »Sie?«

»Ja, mich, so wahr mir Gott helfe. Ich weiß, welche

große Ehre der weise Rabbi mir damit zuteil werden ließ.«

»Was wird mein Vater dazu sagen?«

Es hatte keinen Sinn, mit ihr stundenlang zu debattieren. Wenn ich länger wartete, konnte noch ihr meschuggener Vater kommen und sie mit seinem Wahn anstecken, oder der Rabbiner verlor die Geduld. Mir blieb nichts anderes übrig, ich mußte handeln. So nahm ich Sara einfach bei der Hand und zog sie hoch. Sie war ganz verstört. »Sara, mein Kind, du und Samy, ihr wollt doch heiraten, dann tut es, und zwar sofort, ehe es zu spät ist.«

»Aber mein Vater.«

»Dein Vater wird sich damit abfinden. Der Rabbi hat mir befohlen, dich zur Trauung zu holen, und diesem Befehl mußt du folgen, ohne Widerspruch. Ein Wort des Rabbi ist wie ein Gebot Gottes, dem man unbedingt zu gehorchen hat!«

»Ich weiß nicht . . .«

Aber ich wußte! Die Zukunft unserer Familie stand auf dem Spiel. Ohne auf ihre Einwände zu achten, zog ich Sara aus der Wohnung und führte sie in den Saal. Sobald wir den Raum betraten, schrien alle vor Begeisterung auf. Ich führte meine Sara am Arm durch ein Spalier jubelnder Menschen zu meinem Samy, der gemeinsam mit der Brautmutter vor dem Rabbiner am Traubaldachin wartete. Samy fiel mir um den Hals. Es war der glücklichste Moment meines Lebens.

Seit meiner Kindheit wollte ich eine schöne Frau. Sara gefiel mir auf Anhieb. Keine Frau hatte mich so angezogen wie sie. Dennoch, seit ich sie kannte, fürchtete ich mich vor einer Ehe mit ihr, denn das bedeutete Endgültigkeit.

Ach was, wir sind doch keine Katholiken. Bei uns verhandelt man doch schon vor der Trauung über die Modalitäten der Scheidung. Wenn es nicht auszuhalten war, konnte ich mich immer von ihr trennen. Andererseits, wenn ich jetzt schon an Scheidung dachte, warum heiratete ich dann überhaupt? Was regte mich so auf? Es konnte alles gutgehen. Außerdem würde ich endlich mein eigener Herr sein. Eigener Herr? Das war ich jetzt, in meiner Wohnung. Wenn Sara bei mir einzog, war die Freiheit zu Ende. Na und? Sie sah mich so zufrieden an. Sie hat auch allen Grund dazu, du Trottel. Endlich ist sie am Ziel ihrer Wünsche.

Rabbi Ovadia beendete mein Grübeln: »Mein Sohn, begib dich unter den Baldachin. Und du, meine Tochter, senke bitte deinen Schleier und lasse dich von deiner und der Mutter deines zukünftigen Mannes um den Bräutigam führen.«

Während die gesichtslose Sara, an der Hand von Bella und ihrer Mamme, mich siebenmal langsam umkreiste, kam ich mir vor wie das goldene Kalb. Oder war ich eher der tumbe Ochse? Hör endlich auf zu sinnieren, Goldmann, es ist eh zu spät! Endlich war die Karuselltour beendet. Sara stand zwischen beiden Mammes an der Seite Rabbi Ovadias, der mit fester Stimme nach mir rief. »Shmuel, Sohn des Zwi, tritt zu mir und lüfte den Schleier deiner Braut.« Vorsichtig hob ich das Spitzentuch, dabei spürte ich Saras warme Wangen an meinen Fingerkuppen. Sie hatte Tränen in den Augen. Ich sah mich um. Auch Rebecca, Vicky, ja sogar meine Mamme drückten ein wenig Augenwasser in ihre Taschentücher. Der Rabbi reichte mir einen Silberbecher mit Rotwein. »Shmuel, trinke einen

Schluck dieser Rebenfrucht und reiche dann den Becher deinem künftigen Weibe.« Während ich Sara den Wein gab, sah sie mich mit einer Zärtlichkeit an, die ich nicht an ihr kannte. Dann nippte sie vorsichtig an dem vollen Silberbecher. »Shmuel, mein Sohn, ich frage dich nun: Willst du Sara, die Tochter des Abraham, ehelichen?«

Wollte ich, mußte ich? »Ja.«

»Und du, Sara, Tochter des Abraham, bist du bereit, die Ehe mit Shmuel einzugehen, dem Sohn des Zwi?«

»Ja!«

Alle jubelten. Der Rabbi blieb unbewegt, wartete, bis der Lärm sich gelegt hatte. Kaum war es einigermaßen still geworden, entstand neue Unruhe.

Abraham stürmte, dicht gefolgt vom verwirrten Motti, in den Saal. »Schande, Schande! Bin ich ein Toter?« brüllte er. »Ist euch der Segen des Brautvaters egal? Bin ich für meine Familie gestorben? Schande! Schande!«

Ephraim wollte ihm in den Weg treten. Sara schrie: »Vater!« Rabbi Ovadia ließ sich nicht aus der Ruhe bringen. »Man reiche mir den Trauring«, sagte er bestimmt. Alle, auch der Meschuggene, wurden ruhig. Menachem übergab dem Greis einen Goldring. Rabbi Ovadia wandte sich an mich.

»Meine Brüder und Schwestern, ehe ich den Bund des Brautpaares durch den Ehering besiegeln lasse, gestattet mir ein kurzes Wort an das Paar, an deren Familien sowie an alle anderen Gäste.

Mein Sohn, du trägst den Namen Shmuel. Was bedeutet, höret Gott. Shmuel, der Sohn Hannas, war einer unserer strengsten und eben deshalb einer unserer wichtigsten Propheten. Er war unerbitt-

lich gegen sich und jedermann, allein Gottes Gebot hörig. Deshalb
verhalf er unserem Volk zu Selbstachtung und Größe.

Shmuel, wenn du vor dir selbst und vor deinen Mitmenschen Gel-
tung gewinnen und bewahren willst, dann mußt du in unerbittli-
cher Strenge deinen Weg allein, gemäß Gottes Geboten, gehen! Du
mußt den liebedienerischen Einflüsterungen falscher Freunde dein
Ohr verweigern! Deinem Weib gegenüber aber sollst du handeln
nach den Worten des Talmud: Nicht aus dem Kopf des Mannes
hat der Ewige die Frau des Mannes geschaffen, daß er ihr befehle;
noch aus seinen Füßen, daß sie ihm Sklavin sei; vielmehr aus sei-
ner Seite, daß sie seinem Herzen nahe stehe.

Achte also und liebe stets dein Weib, Shmuel!

Und du, meine Tochter, trägst den Namen Sara. Sara war das
Weib unseres Erzpatriarchen Abraham. Gott ließ sie nicht sterben,
ehe sie mit 90 Jahren ihrem Mann einen Sohn und Erben geboren
hatte: Isaak, der Vater Jacobs, der später Israel hieß und unserem
Volk seinen Namen gab. Meine Tochter, ich ermahne dich, vergiß
über allen Tand der Welt nie, deinem Mann stets ein gehorsames
Weib zu sein und schenke ihm Söhne und Töchter, auf daß euer
Geschlecht sich vermehre – mit dem Segen des Ewigen!«

Es war still im Raum.

»Und nun sollst du, Shmuel, Sohn des Zwi, eure
Ehe besiegeln.«

Rabbi Ovadia reichte mir den Ring. »Sprich mir
die nun folgende Formel nach:

»Hiermit bist du mir gesegnet, gemäß dem Glauben des Moses
und Israels.«

Ovadia sah mich ernst an. Auch Sara heftete ihre
Augen auf mich. Langsam, Wort für Wort betonend,
wiederholte ich in der gutturalen Betonung der Sephardim den Trauspruch. Saras Blick blieb unver-
rückbar auf mich gerichtet. Ich lächelte sie an, endlich
entspannten sich ihre Züge.

»Und nun, meine Tochter, recke bitte den Zeigefinger deiner rechten Hand deinem Gemahl entgegen.«

Ich stülpte Sara den Ring fest über ihren kalten Zeigefinger. Die Menschen begannen zu schreien und zu klatschen. Die Stimme des Rabbis brachte sie zur Ruhe. »Elazar, schaffe bitte das Glücksglas herbei.« Der Schüler legte es mir, in braunes Packpapier gewickelt, vor die Füße. Ich hob das rechte Bein, zielte genau, mein Herz pochte wild, ja nicht danebentreten! Das wäre ein furchtbares Omen. Mit einem mächtigen Tritt zerstampfte ich das Glas. Sara fiel mir um den Hals. Alle schrien wie toll, klatschten mit den Händen und stampften mit den Füßen. Ich wurde unentwegt von den Sharons und meiner Familie umarmt und geherzt, sogar Abraham drückte mir einen feuchten Kuß auf den Mund. Am heftigsten jedoch umarmten mich Rebecca und meine Mamme. Bella heulte Rotz und Wasser. »Masel tov, mein Jingele, werde glücklich und bleibe gesund.« Sie wandte ihren Kopf ab. Ich wollte sie in den Arm nehmen, da wurde ich von irgendeinem Menschen, den ich gar nicht kannte, offenbar ein Sharon, heftig abgeknutscht.

Irgendwann drückte mich auch Motti an seine breite Brust. Ganz zum Schluß tauchte Margalith auf, sie küßte mich zart auf den Mund. »Ich hoffe, du findest endlich deinen Frieden, Samy«, sagte sie traurig und wandte sich rasch ab.

Während mein Blick ihr folgte, hörte ich das Singen einer Geige und das Gedudel einer Ziehharmonika. Ein Kibbuzbursche in abgeschnittenen Jeans, an dessen Schultern ein Schifferklavier hing, schob sich singend in die Saalmitte, wo noch vor wenigen Momenten der Traubaldachin aufgebaut war. Um ihn herum tanzte der weißbestrumpfte Elazar mit einer Fidel unterm Kinn. Alle warteten. Sara und ich mußten den Tanz eröffnen. Allein uns beiden war es an diesem Abend vorbehalten, Arm in Arm zu tanzen, die anderen hatten jeweils ein weißes Taschentuch zwischen Männlein und Weiblein in die Höhe zu recken. Elazar und der Schifferklavierspieler stimmten einen Wiener Walzer an. Sara und ich schaukelten ins Zentrum des Raumes, um uns herum tanzten alle. Es war herrlich. Vielleicht würde alles doch gutgehen. Womöglich hatte der alte Rabbi recht, und ich konnte mein und meiner Familie Glück sichern, indem ich mich zumindest an den Sinn der Thoragebote hielt. »Sara, ich glaube, Rabbi Ovadia hat recht, wir sollten versuchen, nach seinen Worten zu leben.«

Sie sah mich belustigt an, drückte ihren Körper enger an mich. »Aber meine Samuela. Ich habe dich geheiratet, weil du das genaue Gegenteil eines strengen Propheten bist. Fanatiker und Sturköpfe haben wir hier in Israel genug. Du bist meine weiche, alberne Diaspora-Samuela.«

»Ja, Mamme.«

Glossar

Aschkenasim hebr. Juden aus Mittel- und Osteuropa; Wörtl.: Deutsche

Bar Mizwa hebr. Reifefeier jüdischer Knaben am 13. Geburtstag, entspricht in etwa der Kommunion; wörtl.: Sohn der Pflicht

Chassid, Chassidim (pl.) hebr. Anhänger einer von Osteuropa ausgehenden religiösen Strömung im Judentum, die die Freude an Gott und seinen Geboten betont; wörtl.: Frommer

Chuzpe jidd., Anmaßung, Frechheit; hebr.: Chuzpa

Debka arabisch, nordafrikanischer Tanz

Halacha hebr., verbindliche Auslegung des *Talmud*, wörtl.: Gang

Hora rumänisch, israelischer Nationaltanz (Reigen)

Jaffo antike Kaananiterstadt im Süden Tel Avivs, heute Amüsierviertel

Jecke hebr., Slangausdruck für deutsche Juden

Jingele jidd., Knäblein

Kadisch aramäisch, jüdisches Totengebet, wörtl.: heilig

Le Chaim hebr. Trinkspruch; wörtl.: zum Leben

Masal tov hebr., Gratulation, viel Glück; wörtl.: gutes Glück

Mischpoche jidd., Familie

Riwka hebr. Name, Koseform: Riwkale: Rebecca

Negev Wüste im Süden Israels

Schabbes jidd., Sabbat

Shmuel hebr. Name, Samuel; wörtl.:: Höret Gott (auf) Gott

Schickse jidd. Nichtjüdin; wörtl.: Unreine

Sephardim hebr., Juden aus arabischen und südeuropäischen Ländern; wörtl.: Spanier

Shechunat Hatikwa hebr.; Siedlung der Hoffnung, Armeleuteviertel im Süden Tel Avivs

Tate jidd., Vater

Thora hebr., Altes Testament; wörtl. Lehre

Talmud hebr., Zusammenfassung der Lehren und Kommentare der jüdischen Religion; wörtl. Lehre

Toches jidd., Popo

Wus-Wus hebr., Slangbezeichnung der Sephardim für die Aschkenasim, die angeblich ständig fragen (wus jidd. = was)

Zabar, Zabarim (pl.) hebr., süßschmeckende Kaktusfrucht, mit stacheliger Schale, Synonym für die rauhbeinigen, aber herzlichen in Israel geborenen Juden

Zwi hebr., Vorname; wörtl. Hirsch, jidd.: Hersch oder Herschl

Israelisch-arabische Kriege

Unabhängigkeitskrieg 1948-49
Sinai-Feldzug 1956
Sechs-Tage-Krieg 1967
Jom-Kippur-Krieg 1973
Libanon-Feldzug 1982

V. S. Naipaul
im dtv

Foto: Isolde Ohlbaum

An der Biegung des großen Flusses
Roman · dtv 11694

Salim, ein indischer Kaufmanns-
sohn von der afrikanischen Ost-
küste, zieht in eine Stadt im
Landesinneren und übernimmt
ein heruntergekommenes
Geschäft. Er bemüht sich, dort
Wurzeln zu schlagen …

Eine islamische Reise
dtv 11734

Wie lebt man in den Ländern,
in denen die Religion Vehikel
politischer Veränderungen ist?
Wie lebt man unter der Herrschaft
des Islam? Ein scharfsichtiger
und bewegender Bericht über
die Suche nach Identität.

In den alten Sklavenstaaten
Eine Reise
dtv 11801

Die Geschichte einer Reise durch
den tiefen Süden der USA.

Indien
Ein Land in Aufruhr
dtv 11890

1989 fuhr Naipaul kreuz und quer
durch den Vielvölkerstaat Indien,
vom Süden des Landes bis hinauf
nach Kaschmir. In diesem großen
Land leben Menschen unter-
schiedlichster Herkunft, verschiedener Kasten und Religio-
nen: eine brisante Mischung.

Der mystische Masseur
Roman · dtv 11955

Die Geschichte von Ganesh,
einem indischen Bücherliebhaber
und zunächst erfolglosen Masseur
auf der Insel Trinidad, der durch
Phantasie und Intuition zum
Heiler und »mystischen Masseur«
aufsteigt. Ein liebevoll-satirisches
Bild eines Dorfes und seiner
Bewohner.

Ein Haus für Mr. Biswas
Roman · dtv 12020

Ein Familien- und Entwicklungs-
roman im indischen Milieu von
Trinidad. Mr. Biswas ist von
Geburt an ein Außenseiter – als
Abkömmling indischer Einwan-
derer steht er am Rand der Gesell-
schaft. Mr. Biswas' größter
Traum: ein eigenes Haus …

Max von der Grün im dtv

Foto: Isolde Ohlbaum

Männer in zweifacher Nacht
Roman · dtv 11829

Als Werkstudent auf einer Zeche im Ruhrgebiet.

Stellenweise Glatteis
Roman · dtv 11830

Für Karl Maiwald, Arbeiter in einem Dortmunder Betrieb, sind Moral und Gerechtigkeit noch Werte, die er auch von seinem Arbeitgeber fordert. Doch er macht bittere Erfahrungen, als er einen Abhörskandal aufdeckt …

Leben im gelobten Land
Ausländer in Deutschland
dtv 11926

Menschen verschiedener Nationalitäten, die in Deutschland arbeiten, erzählen von ihren Heimatländern und der Bundesrepublik, von ihrer Arbeit, von ihren Erwartungen und Enttäuschungen.

Fahrt in den Morgen
Erzählungen · dtv 11994

21 Erzählungen aus dem Ruhrgebiet.

Zwei Briefe an Pospischiel
Roman · dtv 11996

Paul Pospischiel, Arbeiter in einem Dortmunder Elektrizitätswerk, erhält einen Brief von seiner Mutter, der existenzbedrohende Folgen hat.

Wie war das eigentlich?
Kindheit und Jugend im Dritten Reich
dtv 12098

Max von der Grün, Jahrgang 1926, erzählt seine Jugendgeschichte, die Geschichte seiner Familie und darüber hinaus die Geschichte einer Epoche totalitärer Herrschaft.

Späte Liebe
Erzählung · dtv 25061

»Warum ist die Liebe für junge Menschen ein Glück und für uns Alte eine Torheit?« Zwischen der siebzigjährigen Witwe Margarete Gmeiner und dem ebenfalls verwitweten ehemaligen Schneidermeister Wolfgang Burger hat sich eine herzliche Freundschaft angebahnt, die beiden ein neues Lebensglück verheißt …

Herbert Rosendorfer
im dtv

Foto: Isolde Ohlbaum

Das Zwergenschloß
und sieben andere Erzählungen
dtv 10310

Vorstadt-Miniaturen
dtv 10354

Briefe in die chinesische
Vergangenheit
dtv 10541 / dtv großdruck 25044

Stephanie und
das vorige Leben
dtv 10895

Königlich bayerisches
Sportbrevier
dtv 10954

Die Frau seines Lebens
und andere Geschichten
dtv 10987

Ball bei Thod
dtv 11077

Vier Jahreszeiten im Yrwental
dtv 11145

Eichkatzelried
dtv 11247

Das Messingherz oder
Die kurzen Beine der Wahrheit
dtv 11292

Bayreuth für Anfänger
dtv 11386

Der Ruinenbaumeister
dtv 11391

Der Prinz von Homburg
dtv 11448

Ballmanns Leiden oder
Lehrbuch für Konkursrecht
dtv 11486

Die Nacht der Amazonen
dtv 11544

Herkulesbad
Skaumo
dtv 11616

Über das Küssen der Erde
dtv 11649

Mitteilungen aus dem
poetischen Chaos
dtv 11689

Die Erfindung des
SommerWinters
dtv 11782

… ich geh zu Fuß nach Bozen
und andere persönliche
Geschichten
dtv 11800

Die Goldenen Heiligen oder
Columbus entdeckt Europa
dtv 11967

Der Traum des Intendanten
dtv 12055

Peter Härtling
im dtv

Nachgetragene Liebe
dtv 11827

Die Geschichte einer Kindheit –
und die Geschichte eines Vaters.

Hölderlin
Ein Roman
dtv 11828

Härtling folgt den Lebensspuren
des deutschen Dichters Friedrich
Hölderlin.

Niembsch oder Der Stillstand
Eine Suite
dtv 11835

Ein erotischer Roman um den
Dichter Nikolaus Lenau.

Ein Abend, eine Nacht,
ein Morgen
Eine Geschichte
dtv 11837

Eine Liebesgeschichte als
Grundlage einer Geschichte.

Eine Frau
Roman · dtv 11933

Die Geschichte einer Frau –
ein Roman über das deutsche
Bürgertum.

Der spanische Soldat
Frankfurter Poetik-Vorlesungen
dtv 11993

Härtlings Poetik-Vorlesungen aus
dem Jahr 1984.

Felix Guttmann
Roman · dtv 11995

Der Lebensroman eines
jüdischen Rechtsanwalts.

Schubert
Roman · dtv 12000

Ein empfindsamer Schubert-
Roman von großer Musikalität
der Sprache.

Zwei Briefe an meine Kinder
dtv 12067

Zwei Briefe von einem Vater,
der seinen Kindern Rede und
Antwort steht.

Herzwand
Mein Roman
dtv 12090

Ein autobiographisches Buch,
dessen Anlaß eine Herzunter-
suchung ist.

Martin R. Dean
im dtv

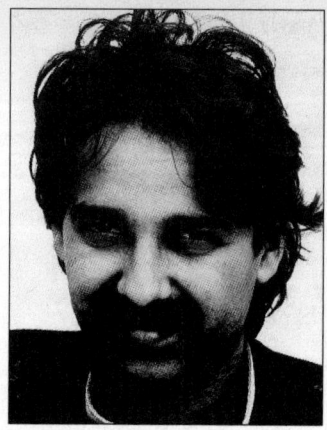

Foto: Isabelle Blaser

Die verborgenen Gärten
Roman · dtv 6359

Manuel, ein junger Mann ohne Arbeit, wird von einem exzentrischen Millionär als Hüter seiner abgelegenen, ziemlich verwahrlosten Villa in der Provence engagiert. Der Aufenthalt in dem beängstigend großen Haus mit dem wildwuchernden mediterranen Garten wird zur Reise in ein Labyrinth... Der Roman ist eine Parabel auf den Umgang des Menschen mit der Natur, eine Satire auf den Junggesellenmythos und vor allem eine raffinierte psychologische Kriminalgeschichte.

Die gefiederte Frau
Fünf Variationen über die Liebe
dtv 10758

Surrealistische Männer- und Frauenphantasien. »Martin R. Dean ist fast ein Einzelfall in der jungen deutschen Gegenwartsliteratur, seine Geschichten zeugen von einer ungewöhnlichen Bildphantasie und vertrackten Fabulierkunst.« (Frankfurter Allgemeine Zeitung)

Der Mann ohne Licht
Roman
dtv 12139

Ein junger Journalist interviewt einen alternden Schweizer Schriftsteller, der seit zehn Jahren nichts mehr veröffentlicht, aber offenbar an einem interessanten Werk gearbeitet hat. Das Tonband wird zum Vermächtnis ... »Dean gelingt das Kunststück, etwas von der Problematik des Edison-Mythos sichtbar zu machen.« (Die Zeit)

Erich Loest
im dtv

Rafik Schami
im dtv

**Das letzte Wort
der Wanderratte**
Märchen, Fabeln und
phantastische Geschichten
dtv 10735

Die Sehnsucht fährt schwarz
Geschichten aus der Fremde
dtv 10842

Erzählungen vom ganz realen
Leben der Arbeitsemigranten
in Deutschland.

Der erste Ritt durchs Nadelöhr
Noch mehr Märchen, Fabeln &
phantastische Geschichten
dtv 10896

Das Schaf im Wolfspelz
Märchen & Fabeln
dtv 11026

**Der Fliegenmelker
und andere Erzählungen**
dtv 11081

Geschichten aus dem Damaskus
der fünfziger Jahre. Im Mittelpunkt steht der unternehmungs-
lustige Bäckerjunge aus dem
armen Christenviertel, der Rafik
Schami einmal gewesen ist.

Märchen aus Malula
dtv 11219

Rafik Schami versteht es, in
diesen Geschichten den Zauber,
aber auch den Alltag und vor
allem den Witz und die Weisheit
des Orients einzufangen.

Foto: Root Leeb

Erzähler der Nacht
dtv 11915

Salim, der beste Geschichten-
erzähler von Damaskus, ist
verstummt. Sieben einmalige
Geschenke können ihn erlösen.
Da schenken ihm seine Freunde
ihre Lebensgeschichten …

Eine Hand voller Sterne
dtv 11973

Alltag in Damaskus. Über
mehrere Jahre hinweg führt ein
Bäckerjunge ein Tagebuch …

Der ehrliche Lügner
dtv 12203

Der weißhaarige Geschichten-
erzähler Sadik erinnert sich an
seine Jugend, als er mit seiner
Kunst im Circus India auftrat.
Und an die Seiltänzerin Mala,
seine große Liebe …